한자와 나오키
아를르캥과 어릿광대

INFLUENTIAL
인 플 루 엔 셜

◆ 차례

• 일러두기

본문의 주는 모두 옮긴이가 독자의 이해를 돕기 위해 붙인 것입니다.

1장

아를르캥의 방

1

도쿄중앙은행 오사카 서부 지점은 오사카에서 땅값이 가장 비싼 곳에 있다. 오사카 시내를 남북으로 관통하는 요쓰바시스지와 동서로 달리는 주오오도리가 교차하는 곳이다.

오전 8시 반. 지금 그 은행 건물의 옥상에는 오사카 서부 지점의 은행원들이 모두 모여 있다. 매달 1일마다 이나리[稲荷] 신* 에게 참배하는데, 오늘이 바로 그날이다.

이곳에 올라와 주변을 둘러본 사람들은 다들 깜짝 놀란다. 주변에 있는 대부분의 건물 옥상에 붉은 사당이 있기 때문이다. 매달 은행원들이 옥상에 모여 참배하는 모습은 오사카에서는 흔히 볼 수 있는 독특한 관습이다.

사당의 이름은 도쿄중앙이나리. 어차피 은행 총무부에서 적당히 붙인 이름이겠지만, 사당으로서의 격식은 완벽하게 갖추

• 벼의 신이자 풍요와 번영의 신.

고 있다. 이 지역에서 가장 유명한 신사이자 유서 깊은 도사이나리신사[土佐稲荷神社]의 분사(分祠)이기 때문이다.

21세기에 들어선 지 얼마 지나지 않은 현재.

9월이었다. 옥상에서 내려다보는 오사카 시내는 늦더위의 매서운 햇살이 넘쳐서, 9월에 접어들었음에도 푹푹 찌는 무더위는 언제 끝날지 모르고 계속되고 있다.

"지점장님, 기다리고 있었습니다. 이쪽으로 오시죠."

한 발 늦게 옥상에 나타난 아사노 다다스의 모습을 발견하고, 부점장인 에지마 히로시가 두 손을 비비며 재빨리 뛰어갔다.

야쿠자처럼 보이는 뽀글 머리가 트레이드마크인 에지마는 거래처를 방문하면 경비원이 반드시 신분을 확인할 만큼 험상궂게 생겼다. 지금 그 얼굴에 비굴한 웃음을 가득 담고 눈썹을 팔자로 만든 모습은 험상궂다기보다 기괴하게 생겼다고밖에 표현할 도리가 없다.

부지점장의 과한 의전을 당연한 얼굴로 받아들인 아사노는 오랫동안 인사부에서 일한 '본부 관료' 출신으로, 머리끝에서 발끝까지 엘리트 의식이 배어 있는 사람이다. 아사노에게 지점에서 근무하는 은행원은 무사가 권력을 가졌던 시대의 농부처럼 무시해도 되는 존재에 불과하다.

아사노는 오사카 서부 지점에 부임한 지 석 달 됐는데, 이 행사에는 항상 늦게 참석한다. 주인공은 마지막에 등장하는 법이라고 말하고 싶은 것이겠지만, 지점의 은행원들 중에 아사노를 좋아하는 사람은 한 명도 없다. 에지마 부지점장은 면종복배(面從腹背)•의 대표적인 인물로, 속으로 어떤 생각을 하고 있는지 눈에 훤히 보였다.

"이쪽입니다."

사람의 장벽을 뚫고 작은 사당 앞으로 아사노를 안내한 에지마는 융자과장인 한자와 나오키를 보자마자 간살스러운 웃음을 집어넣고 불쾌한 목소리로 말했다.

"한자와 과장, 왜 행원들을 줄 세우지 않았지? 이건 자네 일이잖아!"

"그게 제 일이었나요?"

그게 자신의 일이란 말은 들어본 적이 없다. 하지만 일일이 반박하기 귀찮아서 한자와는 주변에 있는 은행원들에게 "줄 맞춰서 나란히 섭시다"라고 말하고 자신도 아사노의 뒤에 섰다.

소리가 되지 않은 대답들 속에서, 은행원들이 한자와의 뒤에 우르르 서기 시작했다. 그것을 확인하고 에지마가 "지점장님, 부탁합니다"라고 말하자 아사노는 얼굴을 찡그린 채 한 걸음 앞으로 나섰다.

다음 순간…….

"아!"

바지 주머니를 더듬는 걸 보니 새전(賽錢)을 깜빡한 모양이다.

"지점장님, 여기 있습니다."

• 겉으로는 순종하는 체하고 속으로는 딴 마음을 먹음.

에지마가 곧바로 동전지갑에서 100엔짜리 동전을 꺼내주었다. 아사노는 고맙단 말도 없이 "음……"이라고 하면서 건네받은 동전을 새전함에 넣고는 늘어진 끈을 잡아 방울을 울렸다.

아사노가 정중하게 고개를 두 번 숙였을 때, 뒤쪽에서 뭔가를 기대하는 듯한 작은 웃음소리가 들렸다.

두 팔을 크게 벌리고 박수 두 번. 은행원들 사이에서 '스모 선수 자세'라고 쑥덕거리는 아사노의 독특한 동작이다. 결국 누군가가 웃음을 터트렸다. 정중하게 인사를 마치고 뒤를 돌아본 아사노의 얼굴에 불쾌한 표정이 드리웠다. 그러나 그의 마음속에 똬리를 틀고 있는 분노의 불씨는 지금의 웃음소리 때문이 아니라 오사카 서부 지점장이라는 직책이 마음에 들지 않기 때문이다.

이곳은 나처럼 대단한 사람이 올 곳이 아니다…….

미간을 찡그린 채 오사카의 하늘을 노려보는 저주의 눈길에는 그런 분노가 담겨 있었다.

미련을 질질 끄는 사람이군, 하고 한자와는 생각했다.

은행원이 인사 발령으로 이동하는 것은 당연한 일이다. 그리고 자신에게 주어진 장소에는 다 이유가 있다. 심사부 조사역으로 놀라운 능력을 발휘했던 한자와가 이 지점으로 온 데에도 역시 이유가 있었다. 본부의 막강한 권력자인 다카라다 신스케와 사사건건 대립했고, 대부분 그의 주장을 철저하게 박살냈기 때문이다.

체면을 구긴 다카라다는 분노를 참지 못하고, 한자와를 어느 산간벽지로 날려버리라고 인사부에 압력을 가했다. 하지만 인사부장인 스기타는 그런 압력을 일축한 뒤, 일이 잠잠해질 때까지 안전지대인 오사카 서부 지점으로 보낸 것이다.

몸을 빙글 돌린 아사노가 한자와 앞에서 걸음을 멈추었다.

"나중에 지점장실로 오게."

그는 그 말을 남긴 채, 은행원들을 남기고 재빨리 옥상에서 모습을 감추었다.

"무슨 일이죠?"

한자와의 옆에서 융자과 대리인 미나미다 쓰토무가 귀엣말을 했다. 미나미다는 오랫동안 지점을 돌아다닌 베테랑 융자맨으로, 한자와보다 두 살 많다.

"글쎄요. 화나는 일이라도 있었나 보죠."

아사노는 유난히 까탈스러운 남자였다. 그리고 아랫사람에게 엄격하고 윗사람에게는 살살거린다. 선민의식으로 똘똘 뭉친 전제군주라고나 할까?

아사노 다음으로 사당 앞에 선 에지마가 10엔짜리 동전을 새전함에 넣었다.

"쪼잔하긴. 지점장님에게는 100엔을 줘놓고."

뒤쪽에서 중얼거리는 소리가 한자와의 귀에도 들렸다.

한자와가 오사카 서부 지점에 부임한 지 겨우 한 달이 지났다. 이 관습에도, 오사카 사투리에도 이제 겨우 익숙해지고, 융자과에서 담당하는 거래처도 머리에 들어온 참이다.

아사노는 불만이 많은 듯하지만 한자와는 이 지역이 마음에 들었다. 오사카는 음식도 맛있고 사람들도 인정이 많다. 허세를 부리거나 목에 힘주는 사람이 없고, 솔직한 말투와 거침없는 일 처리 방식도 한자와의 성격과 잘 맞았다.

유일한 고민은 아사노나 에지마를 보면 알 수 있듯이 상사 복이 없다는 점인데 이것만은 자신의 힘으로 해결할 수 없는 문제다. 특히 은행이라는 조직에서는 아무 데나 돌을 던져도 인간 같지 않은 인간이 맞을 만큼 비뚤어진 사람들이 많다. 그런 것에 일일이 불평을 하면 한도 끝도 없다.

"한자와, 당분간 얌전히 있어."

친구인 도마리 시노부가 고마운 충고를 해주었지만, 그의 충고가 아니더라도 얌전히 있을 생각이었다. 얌전히 있으면 소문이 잠잠해지는 것이 세상의 이치다. 아무리 상사와 인간적인 궁합이 맞지 않더라도 화를 내지 않고 적당히 넘기는 게 월급쟁이의 처세술이다.

그런데…….

참배를 마치고 은행원들과 같이 2층으로 돌아왔을 때, 아사노는 굳게 닫힌 지점장실에 틀어박혀 있었다. 노크를 하고 들어갔더니 집무용 책상 앞에 앉은 채 '이쪽으로 와'라고 눈짓을 했다.

"오사카 영본에서 연락이 왔어. 중요한 프로젝트를 의논하고 싶다더군. 곧바로 전화해. 상대는 반노 조사역이야. 반노 조사역이 전에 있던 부서는 업무총괄부이고. 알고 있지?"

'오사카 영본'이란 '오사카 영업본부'의 약칭이다. 그리고 반노 아쓰시는 한자와가 업무총괄부장인 다카라다와 치열하게 대치했을 때, 다카라다 밑에 있던 사람이다. 간사이 지방으로 이동했다고 들었는데, 이런 식으로 이름을 들을 줄은 꿈에도 몰랐다.

한자와는 일단 고개를 숙이고 물러나 본인 책상 위에 있는 수화기를 들어 오사카 영업본부의 내선번호를 눌렀다. 수화기 너머에서 귀에 익은 목소리가 흘러나왔다.

"한자와 과장님? 오사카의 물맛은 어떤가요? 난 좀처럼 익숙해지지 않던데요."

거들먹거리는 말투는 여전했다.

"물맛은 도쿄나 여기나 똑같지. 어차피 다 수돗물이니까."

"하여간 융통성이 없다니까. 그래서 심사부에서 그런 곳으로 밀려난 거야. 얌전히 반성이나 하는 편이 좋지 않겠어?"

"유감스럽지만 반성할 건 아무것도 없어. 그나저나 무슨 일이지?"

반노는 생각지도 못한 이야기를 꺼냈다.

"실은 M&A 이야기가 있어서……."

"M&A?"

기업의 인수 합병을 가리키는 말이다.

"오사카 서부 지점의 거래처 하나를 매수할 수 없겠냐는 얘기가 있거든. 가능하면 내가 직접 그 회사에 가서 설명하고 싶은데, 그때 귀 지점에서도 동행해줄 수 있겠나?"

'귀 지점'이란 말은 도쿄중앙은행에서만 사용하는 독특한 경어다.

"우리 지점의 거래처라고? 어디지?"

"센바공예사."

연매출 50억 엔 정도의 출판사였다. 100년의 전통을 가지고 있는 미술 전문 출판사로, 현재 사장은 창업자의 손자인 센바 도모유키였다. 40세 전후이니까 경영자로서는 젊은 축에 속한다고 할 수 있다. 오사카에 이 정도 규모의 출판사는 거의 없다.

"매수하려는 곳은?"

"그건 지금은 말할 수 없어. 정보가 새어 나가면 곤란하거든."

"지금 내 쪽에서 정보가 새어 나가기라도 한다는 건가?"

웃기는 소리 작작해! 한자와는 마음속으로 분통을 터트렸다.

"어린애에게 심부름 시키는 것도 아니고, 매수하려는 곳이 어딘지도 모르면서 중개하라는 건가?"

"싫으면 됐어. 아사노 지점장님께 직접 부탁하지 뭐. 지점장님은 매수하려는 곳이 어디냐, 같은 쓸데없는 질문은 안 할걸."

한자와는 작게 혀를 찼다. 일부러 열 받게 하려는 것이리라.

"약속을 잡으면 되나?"

"그래, 부탁해."

반노는 그렇게 말하고는 재빨리 자기가 편한 날짜를 세 개 정도 덧붙였다.

"그쪽에는 솔깃한 경영 정보가 있다는 식으로 말해주면 좋겠어."

너만 좋으면 다냐? 한자와는 원래 이렇게 거드름 피우는 작자들을 싫어했다.

"약속을 정하고 나서 연락하지."

한자와는 수화기를 내려놓고 융자과에서 가장 젊은 센바공예사 담당자를 불렀다.

"나카니시 씨."

그러곤 사정을 설명한 뒤, 회의를 주선하라고 말했다.

"M&A요?"

"상대는 아직 몰라. 센바 사장님이 회사를 팔 것 같진 않지만, 아무튼…… 지점장이 직접 지시한 사항이야."

나카니시 에이지는 지점장이라는 말을 듣고 살짝 어깨를 들썩였다.

2

미술 전문 출판사인 센바공예사는 오사카시 니시구의 중심지에 벽돌로 된 세련된 본사 건물을 가지고 있다. 조금 오래되긴 했지만, 지상 5층에 지하 1층짜리 중후한 건물이다. 예술 전문지인 《벨 에포크(Belle Époque)》를 필두로 건축과 디자인 전문지를 발행하면서, 미술관의 특별전시회를 기획하는 등 미술 분야 전반에 넓게 뿌리를 내리고 있다.

하지만 출판계 불황의 직격탄을 맞으면서 대표 잡지인 《벨 에포크》를 제외하고 전부 적자에 허덕이는 가운데, 회사의 실적을 견인하고 적자를 메우고 있는 곳은 오히려 기획 부문이었다.

한자와는 지금 센바공예사 5층의 사장실에 있었다. 벽에 걸린 그림 〈아를르캥(Arlequin)〉이 시선을 사로잡는 방이다. 한눈에도 누구의 작품인지 알 수 있을 만큼 독특한 화풍으로, 현대 미술의 거장인 니시나 조의 석판화다.

아를르캥이란 피에로와 함께 이탈리아 희극에 등장하는 인기 어릿광대다. 교활한 아를르캥과 순수한 피에로의 대비는 화가들이 즐겨 다루는 주제 중 하나다.

예전에 센바 도모유키에게 들은 바에 따르면 니시나 조는 아를르캥과 피에로를 동시에 그린 일이 많았고, 이 그림처럼 아를르캥만 그린 일은 매우 드물다고 한다.

그때 도모유키는 이렇게 감상을 말했다.

"요컨대 이 그림을 보고 있는 당신이 피에로다, 하고 말하고 싶은 게 아닐까요?"

그의 성격답게 농담처럼 말했지만 약간 자학적인 느낌도 배어 있었다.

한자와는 사장실의 소파에 오사카 영업본부 조사역인 반노와 나란히 앉아 있었다. 15분쯤 전에 오사카 서부 지점에 나타난 반노를 데리고 여기까지 걸어왔다. 지점에서 센바공예사까지는 걸어서 5분밖에 걸리지 않는다. 반노의 옆에서 찜찜한 표정을 짓고 있는 사람은 나카니시였다.

비아냥거리는 표정의 아를르캥이 내려다보는 가운데 명함 교환을 마친 반노가 정중하게 입을 열었다.

"바쁘신 와중에 시간을 내주셔서 고맙습니다. 정식으로 여쭤보고 싶은 게 있어서 이렇게 찾아뵀습니다."

"오사카 영업본부에서 일부러 오신 걸 보니, 상당히 중요한 일인가 보군요."

반노가 내민 명함을 탁자 위에 올려놓으면서, 센바 도모유키 사장은 송구스러운 듯이 말했다. 무슨 용건인지 몰라서 그런지 도모유키도, 옆에 있는 여동생인 하루도 어딘지 모르게 경계하는 눈빛이었다.

도모유키보다 다섯 살 어린 하루는 도쿄의 한 사립대학에서 미학미술사를 전공하고 프랑스에서 유학한 뒤, 프랑스의 미술관에서 연구원으로 일하면서 많은 실적을 쌓았다. 그 후 회사일을 도와주던 어머니의 죽음을 계기로 귀국해, 전문 지식과 인맥을 살려 기획 부문을 만들어 수익의 기둥으로 키워낸 커리어우먼이다.

"귀사는 역사와 전통을 자랑하는 출판사로, 미술계에서 권위가 있다고 들었습니다. 그런데 소문을 듣자하니 요즘은 실적이 좋지 않아서 고전하고 있다고 하더군요."

거래처의 경영 상황은 은행의 데이터베이스를 조사하면 금방 알 수 있다. 사전에 조사했을 테니까 반노는 센바공예사의 상황을 자세하게 파악하고 있으리라.

"앞으로 경영 자금이 필요하실 텐데, 실적이 나빠지면 대출도 어려워집니다. 혹시 지금 자금 때문에 고민하고 계시진 않으십니까?"

"그렇지요 뭐."

도모유키가 모호하게 대답했다. 반노의 이야기가 어디로 향할지 예상할 수 없었기 때문이다.

"오늘은 근본적인 해결책을 하나 가져왔습니다. 그게 실현되느냐 마느냐는 오직 사장님의 결단에 달렸습니다."

반노는 그렇게 운을 떼고 본론을 꺼냈다.

"사장님, 단도직입적으로 묻겠습니다. 혹시 귀사를 매각하실 뜻은 없으십니까?"

생각지도 못한 말을 듣고 도모유키가 눈을 끔뻑거렸다. 하루는 입을 반쯤 벌린 채 말을 잃어버렸다.

"이런! 많이 놀라셨나 보군요. 하긴 놀라시는 것도 무리가 아닙니다."

반노는 얼굴 앞에서 손을 하늘하늘 흔들며 영업용 미소를 지었다.

"그런데 사장님, 한번 생각해보십시오. 지금처럼 출판계가 불황에서 벗어나지 못한다면, 그런 경영 판단도 하나의 선택지라고 생각하시면 어떨까요?"

도모유키는 곤란한 표정으로 머리를 긁적였다.

"아뇨, 그런 생각은 한 번도 해본 적이 없습니다. 너도 그렇지?"

뒷말은 하루에게 한 말이다. 하루는 놀라움을 뛰어넘어 어이없는 표정을 지었다. 원래 확실하게 말하는 성격인지 곧바로 "그래, 없어"라는 대답이 돌아왔다.

그 즉시 반노의 영업용 웃음이 시들었다.

"하지만 자금 때문에 골치가 아프지 않으십니까? 큰 회사 밑으로 들어가면 그런 걱정은 하실 필요가 없습니다."

반노가 가장 큰 약점을 찌르자 도모유키는 가벼운 조바심을 느꼈다.

"회사를 팔라는 말씀을 참 쉽게도 하시는군요. 우리 회사는 곧 창사 100주년을 맞이하는 전통 있는 곳입니다. 그렇게 쉽게 팔 수 있을까요? 도대체 어디입니까? 우리 회사를 사고 싶다는 곳이……."

"그건 비밀유지계약서에 사인하시지 않으면……."

"그렇다면 됐습니다. 알고 싶지 않습니다."

얼굴 앞에서 손을 내젓는 도모유키를 보고 반노의 눈에서 감정이 사라졌다. 말투는 정중해도 반노의 본심은 은행지상주의다. 거래처는 은행에 찍소리도 해서는 안 된다는 우월적 사고방식이 뼛속까지 스며들어 있는 것이다.

반노가 갑자기 무례하게 말했다.

"사장님, 이대로 가만히 계셔도 될까요? 돈이 필요할 때마다 은행에서 대출해준다곤 할 수 없습니다. 그리고 이렇게 좋은 이야기가 항상 있다고 생각하면 큰 착각이지요. 회사가 곤경에 처하기 전에 검토해야 한다고 생각합니다만."

마지막 말은 협박이나 다름없었다.

"그게 무슨 말씀이죠? 실적이 나빠지면 대출해주지 않겠다는 말씀인가요? 한자와 과장님, 그런가요?"

도모유키의 질문을 받고 한자와는 황급히 대답했다.

"그렇지 않습니다. 반노 조사역의 말이 좀 심했던 것 같습니다. 죄송합니다."

하지만 고개를 숙인 사람은 한자와와 나카니시뿐이고, 당사자인 반노는 무시하는 눈길로 도모유키를 똑바로 쳐다보았다.

"사장님, 더는 나쁜 말을 하지 않을 테니까 회사 매각을 적극적으로 검토해주시지 않겠습니까?"

"이제 그만해."

한자와의 만류에도 불구하고 반노는 계속 말을 이었다.

"앞으로 출판계가 불황에서 벗어날 일은 없지 않을까요? 이제 출판사 경영은 체력전이 될 겁니다. 즉, 돈을 많이 가지고 있는 쪽이 승리하는 거죠. 귀사에 그만한 자금이 있습니까?"

"체력이 없으면 회사를 팔라…… 그런 말인가요?"

하루의 말투에 밴 분노를 알아차리고 반노가 재빨리 말을 바꾸었다.

"꼭 그렇다는 게 아니라 이것도 하나의 경영 판단이라는 겁니다. 두 분은 아직 젊습니다. 출판사를 팔면 엄청난 금액이 손에 들어오지요. 그걸 밑천으로 삼아 더 유망한 분야에 투자할 수도 있잖습니까?"

도모유키가 타이르듯 말했다.

"반노 조사역님, 일이라는 건 꼭 돈을 벌기 위해서 하는 게 아닙니다. 우리 출판사는 예술 분야에서 사회적 책임과 의무를 가지고 있습니다. 한마디로 말하면, 전통 있는 출판사의 자긍심입니다."

"그렇다면 더욱 자본이 튼튼한 회사 밑으로 들어가야 하지 않겠습니까? 기획 부문도 지금처럼 답보 상태에 머물러 있어서는 너무 아깝고요."

반노는 미리 준비라도 한 것처럼 막힘없이 대답했다.

"그래요? 그거 죄송하네요. 제 능력이 부족해서 그래요."

하루의 빈정거림에도 반노는 입꼬리를 올리고 실실 웃으면서 "그런 말은 하지 않았습니다"라는 말과는 정반대의 눈길로 하루를 보았다.

"경영에는 경영의 프로가 있습니다. 과연 어느 쪽이 더 회사를 발전시킬까요?"

"반노 조사역님, 그건 실례가 아닌가요? 하루 부장님은 아무것도 없는 상태에서 기획부를 만들어 지금 회사의 실적을 지탱하고 있습니다."

반노는 옆에서 끼어든 나카니시를 무서운 얼굴로 노려보았다.

"난 지금 센바공예사를 위해서 말씀드리는 거야. 아무래도 현실을 모르시는 것 같아서 말이야."

한자와가 재빨리 제지했다.

"이제 그만해. 센바공예사는 회사를 매각할 단계도 아니고, 그걸 원하시지도 않아. 이건 억지로 밀어붙일 만한 얘기가 아니잖아?"

반노가 비난하는 말투로 대꾸했다.

"지점의 담당자라면 거래처의 사정을 가장 잘 알아야지. 아무리 말하기 힘들어도, 거래처의 발전을 위해서라면 솔직하게 말해야 하지 않겠나?"

그러더니 마지막으로 도모유키를 향해 선언하듯 말했다.

"오늘은 인사하러 왔다고 생각하고 이쯤에서 실례하겠습니다. 당장 결론을 내지 않아도 되니까 신중하게 검토해주십시오."

그 말을 끝으로 반노는 밖으로 나와 택시를 잡아타고 재빨리 철수했다.

택시의 뒤꽁무니를 보고 나카니시가 황당한 표정을 지었다.

"저 사람, 제정신인가요? 어떻게 거래처에게 그런 협박을 할 수 있죠?"

한자와가 내뱉듯이 말했다.

"이건 있을 수 없는 일이야. 저놈은 거래처를 영업의 도구로밖에 생각하지 않아. 어차피 보너스 포인트를 따려는 속셈이겠지."

도쿄중앙은행에서는 올해 4월부터 M&A, 즉 기업 매매를 성사시킨 본점이나 지점에 보너스 포인트를 주는 제도를 새로 도입했다. 이 포인트 제도는 은행이 얼마나 M&A를 중요시하느냐는 반증이기도 하다.

"보너스 포인트를 받기 위해서라면 거래처의 의향은 무시해도 되나요?"

나카니시는 눈에 분노를 가득 담은 채, 이제는 보이지도 않는 택시 쪽을 노려보았다.

"그나저나 센바공예사에 너무나 무례한 짓을 했습니다. 도모유키 사장님과 하루 부장님, 두 분 다 상당히 불쾌한 표정이었어요."

"회사를 팔 생각이 없다는 건 이제 반노도 알았겠지."

"이대로 마무리될까요?"

한자와는 고개를 끄덕였지만 이 이야기가 생각지도 못한 형태로 다시 불이 붙은 것은 그다음 날의 일이었다.

"한자와 과장, 나 좀 보게."

외근에서 돌아온 한자와를 아사노가 불쾌한 얼굴로 호출한 것은 막 점심시간이 지났을 무렵이었다. 아사노는 감정을 즉시 얼굴에 드러내는 사람이다.

한자와가 지점장의 책상 앞으로 다가가자마자 아사노의 입에서 날벼락이 떨어졌다.

"자네, 센바공예사의 M&A에 소극적이었다고 하더군. 오사카 영본의 반노 조사역이 일부러 그 회사까지 찾아가 추진하려고 하는데, 도와주지는 못할망정 초를 치다니!"

반노가 뒤에서 고자질한 것이리라.

한자와는 사실대로 대답했다.

"센바 사장은 회사 매각에 관심이 없습니다. 그런 상황에서 억지로 추진하는 건 좀 그렇지 않을까 해서……."

아사노가 입에 침을 튀겨가며 비난했다.

"상대가 관심이 없다고 하면 자네는 순순히 물러나나? 보너스 포인트에 관해선 알고 있겠지? M&A가 정해지면 우리 지점의 보너스 포인트가 올라가는 걸 몰라서 그래? 이건 지점의 실적과 직결되는 중요한 문제야! 융자과장 주제에 그런 의식도 없이 너무 대충 일하는 거 아닌가?"

옆의 부지점장 자리에서 에지마가 거들었다.

"그런 식으로 일하면 안 되지! 한자와, 반성해!"

"당사자가 원하지도 않는데 M&A를 추진하라는 말씀입니까?"

이의를 제기한 한자와를 향해 아사노는 과장된 표정을 지었다.

"센바공예사는 전기에 적자였잖아? 더구나 출판업계는 계속 내리막길을 걷고 있어. 도쿄도 아니고 오사카에 있는, 불면 날아갈 법한 회사가 편하게 살아남을 수 있을 만큼 세상은 만만

하지 않다고! 센바 사장이 어떻게 말하든 이 M&A가 센바공예사의 존속에 도움이 되는 건 틀림없잖나!"

"아뇨, 그건……."

"한자와, 반성하라니까!"

반론을 하려던 한자와를 향해 에지마가 다시 야단치더니, 무슨 착각을 했는지 엉뚱한 말을 꺼냈다.

"지점장님, 아무래도 한자와로는 안 되겠습니다. 이 에지마가 가서 설득하고 올까요? 센바공예사처럼 코딱지만 한 곳은 찍소리도 못하게 하겠습니다. 더구나 이번 M&A는 센바공예사를 위한 거니까요."

"부지점장, 부탁해도 되겠나?"

"물론이죠."

에지마는 힘차게 고개를 끄덕인 뒤 한자와에게 명령했다.

"자네도 따라와!"

한자와가 에지마와 함께 다시 센바공예사를 방문한 것은 그날 저녁 무렵이었다.

"그래서 어떻게 됐어?"

흥미진진한 모습으로 도마리 시노부가 물었다.

본부의 융자부 기획팀 조사역인 도마리는 한자와와 같은 게이오대학 동창으로, 은행 안에서 손꼽히는 정보통이다. 은행의 구석구석까지 뻗어 있는 넓은 인맥은 타의 추종을 불허한다.

"어떻게 되고 말고도 없어. 에지마란 녀석은 입으로만 일하는 인간이니까."

"사, 사장님. 저희 영업본부 행원이 대단히 무례한 말씀을 드렸다고 하더군요. 정말 죄송합니다."

에지마는 쭈뼛거리며 그렇게 말하고는 깊숙이 고개를 숙였다. 그의 얼굴에서 자신감이라고는 한 조각도 찾아볼 수 없었다. 지점장 앞에서는 자신이 설득하겠다고 큰소리치더니…….

"뭡니까? 부지점장님께서 사과하러 오신 건가요?"

"그게 아니라, 그 제안을 긍정적으로 검토해주실 수 없을까 해서……."

"또 그 얘기인가요? 그건 이미 거절했잖습니까? 안 그래도 바쁘니까 그 얘기는 두 번 다시 꺼내지 마십시오."

"생각을 바꾸시면 안 되겠습니까?"

뽀글 머리에다 험상궂은 얼굴에 억지웃음을 지으며 에지마는 눈썹을 팔자로 만들고 저자세로 나갔다. '찍소리도 못하게 하겠다'고 큰소리쳤을 때와 180도 달라진 모습에 한자와도, 같이 온 나카니시도 아연할 따름이었다. 그런 끝에 은행의 속사정까지 실토하는 실수를 저지르고 말았다.

"M&A를 추진하라는 은행의 방침이 있어서요……."

"그건 그쪽 사정이잖습니까?"

도모유키가 날카롭게 말한 순간, 에지마의 억지웃음이 일그러졌다.

"지금까지 정기예금을 들어달라든지 신용카드를 만들어달라든지, 은행의 요구는 뭐든 들어줬습니다. 그런데 은행 실적을 위해 회사를 팔라는 게 말이 됩니까? 부지점장님, 지금 진심으로 하시는 말씀인가요?"

"물론 사장님의 마음은 충분히 알고 있습니다. 하지만 말이죠……."

"알겠습니다. 생각해보지요."

도모유키는 귀찮은지 그렇게 대답했다. 오사카에서 생각해보겠다는 말은 완곡한 거절의 표현이다. 그런데…….

"생각해보시겠다고요? 사장님, 감사합니다!"

에지마는 그 말을 진심으로 받아들이고 희희낙락하며 아사노에게 보고했다.

"아사노 지점장은 뭐래?"

웃음을 집어삼키느라 도마리의 어깨가 가볍게 흔들렸다.

"그건 허울 좋은 거절의 말이잖아! 오사카에 3년이나 있었으면서 그런 것도 몰라, 하고 한 소리 들었지 뭐."

히가시우메다역 가까이에 있는 후쿠와라이라는 단골 식당에서 둘이 술을 마시는 중이다. 카운터 너머에서 요리 실력을 발휘하고 있는 사람은 올해 일흔 살에 접어든 과묵한 주인장이다. 노부부가 딸과 함께 운영하는 작은 음식점이었다.

"그나저나 반노는 왜 그렇게 강압적으로 일하지?"

"그런 인간들이 있어서 은행이 오해를 받는 거야."

"누가 아니래?"

이심전심이라는 듯 고개를 끄덕인 도마리는 목소리를 최대한 낮추었다.

"지금 오사카 영본은 이즈미 부부장이 앞장서서 M&A를 부르짖는 중이야. 실적을 올려서 기시모토 은행장님에게 잘 보이려고 하는 거겠지."

도쿄중앙은행 은행장인 기시모토 신지가 장차 수익의 기둥으로 기업 매수, 즉 M&A를 손꼽고 있다는 것은 주지의 사실이다. 은행이라는 조직에는 충견처럼 윗사람의 의향에 지나칠 만큼 꼬리를 흔드는 은행원이 있는데, 그들은 윗사람이 '우향우'라고 하면 아무런 생각도 없이 오른쪽을 향한다. 조직의 논리를 고객에게까지 적용시키려고 하면서 세상에서 가장 훌륭한 곳은 은행이라고 착각하는, 머리가 없는 한심한 인간들이다.

한자와가 술잔을 바라보면서 말했다.

"M&A가 앞으로 수익의 기둥이 될 거라는 말은 틀리지 않아."

영세중소기업 경영자들이 은퇴할 나이에 접어들었기 때문이다. 미래를 내다볼 때 후계자가 없는 회사에 기업 매매의 필요성은 더욱 증가하리라. 그때 도쿄중앙은행의 가장 큰 사업 분야는 M&A 업무가 될 것이다.

한자와가 다시 말을 이었다.

"하지만 은행장님께선 원하지도 않는 회사에까지 찾아가 M&A를 부추기리라곤 생각지도 못하셨을 거야."

도마리가 고개를 끄덕였다.

"이하동문이야. 그런데 은행장님께서 'M&A를 미래의 핵심 사업으로 하겠다'고 말한 순간, 말이 혼자 걸어 다니지. 다카라다 업무총괄부장이 제일 먼저 그 말에 달려들었고."

한자와가 심사부에 있던 시절에 철저하게 대립했던 업무총괄부는 지점의 업무 목표를 제시하고 관리하는 부서다.

한자와는 심사부 시절과 똑같이 날카로운 말투로 단호하게 말했다.

"그 인간이 정한 목표에는 알맹이가 없어. 목표를 위해 목표를 세우고, 결과를 지점에 피드백해주지도 않지. 완전히 지점을 무시하고 있어."

조용히 술잔을 기울이는 한자와의 눈에 불꽃이 튀었다.

"그런 녀석에게 일을 맡기면 은행은 엉망이 될 거야."

다카라다는 항상 수익성이 없는 무의미한 목표를 설정해왔는데, 그로 인해 수만 명의 은행원들이 필요 없는 일에 시달리며 쓸데없이 야근을 해야 했다. 다카라다만 해고해도 은행의 효율은 몰라보게 좋아질 것이라고 한자와는 생각하고 있다.

그때 도마리가 뜻밖의 사실을 말해주었다.

"다카라다는 오사카 영본의 이즈미 부부장과 친해. 입행 동기거든. 알고 있어?"

입행 동기라 해도 한쪽은 부장이고 한쪽은 부부장이다. 출세에서는 다카라다가 한 걸음 앞서가고 있는 것이다.

"아니, 몰랐어."

한자와는 고개를 한 번 흔들고 나서 물었다.

"그리고?"

"이즈미와 너희 지점의 아사노 지점장은 같은 대학 선후배고. 즉, 그 세 명은 뒤에서 이어져 있는 한통속이란 거지."

한자와가 눈을 크게 뜨고 작게 무릎을 쳤다.

"아하, 이제 알았어! 어쩐지 지점장이 오사카 영본 편을 들더라니."

"이즈미 부부장이 미리 부탁을 했겠지. 중요한 고객사에서 특별히 관심을 보인다고 하면서."

도마리의 의미심장한 말에 한자와가 살짝 고개를 들었다.

"매수하려는 회사가 어디인지 알고 있어?"

오사카 영업본부의 반노는 센바공예사를 매수하려는 회사가 어디인지 끝까지 말해주지 않았다. 도모유키 사장도 상대의 이름을 들으려고 하지 않아서, 어느 회사인지는 아직 모르는 상태다.

"네 얘기를 듣고 여기 오기 전에 오사카 영본 사람에게 슬쩍 알아봤어."

"설마 업무상 비밀이라고 하면서 안 가르쳐주는 건 아니겠지?"

미심쩍은 눈길로 묻는 한자와를 향해, 도마리는 가볍게 손을 가로저었다.

"난 오사카 영본 사람이 아니니까 그들에게 의리를 지킬 이유는 없지."

도마리는 그렇게 말하더니, 한자와에게만 들리도록 목소리를 낮추었다.

"……자칼이야."

"자칼……?"

생각지도 못했던 회사였다.

인터넷 사업으로 성장한 신흥 강자다. 인터넷 쇼핑몰이 크게 성공하면서 눈 깜짝할 사이에 사업을 확대해, 창업한 지 5년 만에 상장을 이루었다. 사장인 다누마 도키야는 현재 많은 사람들의 찬사를 받는 스타 경영자다.

"자칼이 왜 출판사를?"

눈 씻고 찾아봐도 양쪽 사이의 관련성은 보이지 않았다.

"그건 나도 몰라. 성공한 경영자의 대부분은 출판사를 가지고 싶어 하는 경향이 있긴 하지만."

"다누마 도키야가 아무런 목적도 없이 센바공예사를 매수하려고 하지는 않을 거야."

다누마의 성격과 인품은 TV와 잡지의 인터뷰, 그리고 주거래은행인 도쿄중앙은행 내부의 소문을 통해 한자와의 귀에도 들어왔다. 철저한 합리주의자로 이익에 민감하다. 돈을 위해서라면 무슨 일이든지 하지만 돈이 되지 않는 일에는 아예 손을 대지 않는다.

그런데 도마리가 뜻밖의 말을 했다.

"다누마 사장에게는 한 가지 취미가 있어. 실은 세계적으로 알려진 회화 수집가지. 특히 현대미술의 거장인 니시나 조의 작품에 관해서는 엄청난 컬렉션을 자랑할 뿐만 아니라 니시나와 친하게 지낸 후원자였어."

'니시나 조'라는 말을 듣고 한자와가 맨 처음 떠올린 것은 센바공예사 사장실에 걸린 〈아를르캥〉이었다.

니시나 조는 현대미술계에서 이름을 널리 알린 일본의 화가로, 그의 평생의 주제는 '아를르캥과 피에로'다. 회화라기보다 만화의 캐릭터처럼 가벼운 터치로 그린 그림에 화단(畫壇)이 열광하면서 니시나 조의 대명사가 되었다.

또한 그의 명성을 확립하고 전설로 만든 것은 3년 전에 있었던 수수께끼 같은 죽음이었다. 그는 파리의 아틀리에에서 스스로 목숨을 끊었는데, 이유는 베일에 싸인 채 지금도 알려지지 않았다. 그 이후 니시나 조는 미스터리한 현대 화가의 한 사람으로서 확고한 지위를 얻기에 이르렀다.

도마리가 다시 말을 이었다.

"내년 봄에 고베 시내에서 다누마미술관이 문을 여는데, 그곳에서 주력하고 있는 컬렉션이 니시나 조의 작품이야. 다누마미술관에 관해선 너도 알고 있지?"

도마리가 은근한 눈길로 한자와를 바라본 데에는 이유가 있다. 그 미술관의 건립 비용인 300억 엔을 대출해준 사람이 당시 오사카 영업본부 차장이었던 다카라다였기 때문이다. 다카라다는 다누마에게 파고들어 자칼의 주거래은행 자리를 차지했을 뿐만 아니라 거액의 대출을 따내어 은행 안에서 이름을 날렸다. 그 실적을 내세워 업무총괄부장으로 승진했는데, 입행 동기 중 가장 빠른 출세였다.

"그림을 좋아한다면 센바공예사를 탐낼 수도 있지. 특히 《벨 에포크》는 매력적이니까."

"권위 있는 예술 잡지가 특정 미술관의 산하로 들어가는 건 좀 그렇지 않을까?"

반대 의견을 말한 한자와를 보면서 도마리가 고개를 갸웃거렸다.

"다누마 도키야라는 사람이 그런 미묘한 사정을 알까?"

"알든 모르든 가장 중요한 건 센바공예사 사장이 M&A를 거부한다는 거야. 그렇다면 어쩔 도리가 없잖아? 미술계 전문 잡지를 내는 곳은 센바공예사 말고도 있는데, 왜 하필 그곳을 사려는 거지? 그 이유는 물어봤어?"

"물어봤지만 그건 모른대. 흔히 말하는 '다누마 마법' 아닐까?"

다누마 마법. 잇따라 사업을 성공시켜온 다누마의 능력을 사람들은 그런 말로 높이 평가했다.

"아무튼 오사카 영본에선 다누마 사장의 마음에 들기 위해 필사적이야. 다누마 사장에게 눈도장을 콱 찍어놓으면 앞으로 줄줄이 대기하고 있는 자칼의 M&A 프로젝트가 넝쿨처럼 굴러들어올 테니까. 다누마 사장은 센바공예사의 M&A에 상당히 의욕을 불태우고 있는 것 같아. 어쩌면 강압적인 수단을 쓸지도 몰라."

한자와가 가볍게 코웃음을 쳤다.

"흥! 다누마든 뭐든 강압적으로 나오면 끝까지 싸우겠어. 거래처를 지키는 건 지점 담당자의 임무니까."

도마리는 어깨를 흔들며 깊은 한숨을 내쉬었다.

"그러기 위해선 지점장과의 싸움도 마다하지 않겠지. 이거 골치 아프게 됐군. 그런 일을 하는 동안은 당분간 본부로 돌아올 수 없을 테니까."

3

"사장님, 죄송합니다. 저희 쪽에서 신중하게 접근했는데, 센바공예사 쪽에서는 매각 의사가 없는 것 같습니다."

이마에 맺힌 땀을 손수건으로 닦으면서 오사카 영업본부 부부장인 이즈미 고지는 얼굴을 찡그렸다. 그의 옆에는 반노가 등을 쭉 펴고 반듯한 자세로 앉아 있었다.

두 사람이 있는 곳은 우메다역에서 멀지 않은 자칼의 본사로, 그중에서도 가장 화려한 사장실이었다.

고급 호텔의 라운지같이 꾸며진 사장실에는 이탈리아제 고급 소파와 함께 구두 바닥이 파묻힐 만큼 푹신한 카펫이 깔려 있었다. 탁자를 사이에 두고 맞은편에 앉아 있는 남자는 맨발에 로퍼를 신고, 셔츠를 두 번째 단추까지 풀어헤쳤다. 목에 있는 금목걸이는 벼락부자임을 과시하는 듯했고, 통이 좁은 바지는 빼빼 마른 몸을 더욱 두드러지게 만들었다.

세련된 옷차림과 나이를 가늠할 수 없는 외모, 매력적인 독신남으로 유명한, 자칼의 사장 다누마 도키야였다. 족제비처럼 갸름한 얼굴 안에서 작고 동그란 눈동자가 날카로운 빛을 내뿜었다.

"난 말이지, 꼭 센바공예사를 갖고 싶어. 무슨 일이 있어도 살 거야. 알겠나?"

다누마가 귀에 거슬릴 만큼 새된 목소리로 말하자 두 은행원은 동시에 "네에……"라고 대답하며 고개를 숙였다.

"이즈미 부부장, 당신이 그랬잖아. 센바공예사 정도라면 지금 당장이라도 살 수 있다고. 분명히 그렇게 말했지? 그런데 이제 와서 이렇게 말하면 안 되지. 설마 지금 내게 포기하라고 말할 생각은 아니겠지?"

신경질적인 말투에는 다누마의 집요한 성격이 배어 있었다. 고개를 숙인 이즈미의 옆얼굴이 조바심으로 인해 창백해졌다.

"당치도 않습니다! 센바공예사의 장래를 생각하면 자칼의 산하에 들어가는 게 최선의 선택입니다. 센바 사장은 아직 그런 경영 판단이 부족한 것 같아서, 저희 쪽에서 다시 설득하려고 합니다."

억지로 짜낸 변명을 듣고 다누마가 말했다.

"이거 영 믿음이 안 가는데? 우리는 앞으로 적극적으로 회사를 사들일 생각인데, 도쿄중앙은행에 맡겨도 될지 모르겠네."

이즈미는 더욱 고개를 숙이면서 눈만 위로 치켜뜨고 대답했다.

"물론 되고말고요! 저희 은행은 대형 M&A에 관해 최고의 노하우를 가지고 있습니다. 부디 안심하고 맡겨주시기 바랍니다. 다카라다 부장도 아무쪼록 잘 부탁드린다고 전해달라고 했습니다."

"다카라다 부장이라면 이렇게 사소한 일은 눈 깜짝할 사이에 처리해줄 텐데."

"죄송합니다."

자존심에 상처를 입은 표정이 이즈미의 옆얼굴에 배어났다. 다카라다와 이즈미는 입행 동기로, 마음속 깊이 라이벌 의식이 새겨져 있다.

"반드시 만족하실 만한 결과를 내놓을 테니까 시간을 조금 주실 수 없겠습니까? 이렇게 부탁드립니다."

무릎 사이에 파묻힐 만큼 고개를 숙인 이즈미의 머리 위로 다누마의 한마디가 떨어졌다.

"그렇게까지 사정하면 좀 기다려주지 뭐."

살았다…….

"고맙습니다."

반노와 함께 다시 고개를 조아리는 이즈미의 창백한 옆얼굴이 딱딱하게 굳었다.

4

장 피에르 프티는 하루가 파리의 미술관에 있을 때부터 알던 사람으로, 당시에도 일류 큐레이터로 알려진 남자였다. 수많은 미술관 관계자뿐만 아니라 유럽 전역에 이르는 개인 수집가들의 네트워크가 그의 가장 큰 무기다.

장 피에르는 이번에 하루가 기획한 전시《프랑스 인상파전》의 프랑스 측 큐레이터를 맡고 있다. 다이니혼전기에서 주최하는 이 특별전은 전국 다섯 개 전시장에서 열릴 예정으로, 예상 입장객만 해도 80만 명이 넘는 대형 기획이다. 흑자 전환을 목표로 하는 센바공예사에게는 이번 분기 최대의 핵심 사업이라고 할 수 있다.

그런 장 피에르가 급히 일본에 온다는 말을 들었을 때부터 하루는 '뭔가 있다'는 불길한 예감에 휩싸였다. 프랑스인은 원래 대부분의 일은 전화로 끝내려고 한다. 준비 작업이 막바지에 접어든 상황에서, 안 그래도 바쁜 시기에 일부러 일본에 온다는 것은 보통 일이 아니기 때문이다.

장 피에르가 도착하는 날짜에 맞춰 오사카에서 도쿄로 상경한 하루는 그가 항상 숙박하는 파크 하얏트 도쿄의 라운지에서 그를 기다리고 있었다.

만나기로 약속한 시간은 오후 6시. 장 피에르는 그 시간에 정확히 라운지에 나타났다. 여느 때라면 '프랑스 타임'으로 늦게 나타나는데……. 불길한 징조였다. 하루의 마음속에서 불안이 점점 부풀어 올랐다.

"실은 오르세 미술관에서 이번 특별전에 작품 대여를 거절했어."

왜 불길한 예감은 항상 적중하는 것일까. 하루는 할 말을 잃고 멍하니 상대를 바라보았다.

장 피에르가 말을 이었다.

"당신이 협찬 기업으로 추가한 미카도해상화재보험 말이야, 최근 어느 미술품 사고에서 오르세 미술관과 문제가 있었던 모양이야."

"문제라니, 어떤 문제?"

"보험 때문인 것 같은데, 자세한 건 나도 몰라."

있어서는 안 되는 일이지만 대여한 미술품을 운반하는 도중에 가끔 흠집이 생기는 일이 있다. 그래서 보험이 있다. 그런데 수많은 부대조항에 의해 보험금 지급을 둘러싸고 분쟁이 발생하기도 한다.

"이제 와서 무슨 말이야? 광고와 홍보 일정까지 정해져서 이미 움직이고 있는데."

낭패한 표정의 하루를 보면서 장 피에르가 말했다.

"미카도를 뺄 수는 없어?"

"그건 안 돼. 처음에 협찬하겠다고 했던 도자이물산이 갑자기 빠지고, 미카도 덕분에 이번 프로젝트가 성사된 거나 마찬가지니까. 그곳을 빼면 이 프로젝트는 진행할 수 없어."

"그래? 유감이군."

"그 말 한마디로 이 프로젝트를 접으란 말이야? 어떻게 안 될까?"

하루는 필사적으로 매달렸다. 이 기획이 물 건너가면 센바공예사는 벼랑 끝에 서게 된다. 장 피에르라면 오르세의 의사 결정을 내리는 몇몇 중요 인물과 친분이 있을 것이다.

그런데 그런 장 피에르도 이때는 고개를 숙인 채 머리를 가로저었다.

"그건 불가능해. 이건 오르세의 결정 사항으로 교섭의 여지가 없어. 이번 일은 나중에 벌충할 테니까 특별전은 일단 백지로 돌려줘."

이번 분기에 예상했던 흑자가 물거품처럼 사라진 순간이다. 센바공예사의 실적에 검은 먹구름이 드리웠다.

5

"2억 엔……이요?"

한자와는 그렇게 말하고, 도모유키가 내민 센바공예사의 시산표를 뚫어지게 응시했다. 이번 분기에만 이미 4천만 엔 정도 적자를 보이고 있었다.

옆에서 이야기를 들은 나카니시가 난감한 얼굴로 말했다.

"문제는 전기 결산입니다. 이쪽 적자는 1억 엔에 가까우니까요. 이대로 가면 이번 분기에도 비슷한 금액의 적자가 날 가능성이 있습니다."

그 말이 맞는다.

"취소된 전시회를 보충하기 위해 기획부에서 열심히 해주고 있으니까 작년처럼 되지는 않을 겁니다만……."

그렇게 말한 사람은 경리부장인 에다지마 나오토였다. 올해 50대 후반에 접어든 에다지마는 둥글고 두툼한 셀룰로이드 안경을 썼는데, 조금 헐렁한 셔츠를 입어서 그런지 야윈 몸이 더욱 강조돼 보였다. 꼭 옛날 사람이 시간이동을 한 듯한 분위기의 남자였다.

도모유키 사장도 사정했다.

"출판 부문도 어떻게든 도움이 되려고 노력할 테니까 잘 부탁합니다."

"도움이 된다는 건, 구체적으로 어떻게 한다는 건가요?"

“타깃 독자층에 더 어필할 수 있도록 현재의 지면을 근본적으로 재고하라고 지시했습니다.”

한자와의 질문에 대한 도모유키의 대답은 구체적이지 못하고 두루뭉술했다.

도모유키와 에다지마의 모습이 1층 계단으로 사라질 때까지 배웅하고 나서 한자와는 곧바로 나카니시에게 지시했다.

“즉시 품의를 올려줘. 이번 대출은 쉽지 않을 것 같아.”

품의란 은행 내부의 대출 기획서 같은 것이다.

“하긴 두 분기 연속 적자에다 담보가 없으니까요.”

나카니시도 잘 알고 있었다. 지금 센바공예사에는 담보로 넣을 만한 자산이 없다.

“지점장님 결재도 나지 않을지 모릅니다.”

은행 대출에는 대출 총액과 조건에 따라 지점장 결재로 끝나는 것과 본부 결재까지 받아야 하는 것이 있다. 이번 센바공예사의 경우에는 후자에 속한다.

난관은 두 가지다.

하나는 아사노 지점장. 여신에 대한 그의 태도—즉, 대출에 대한 자세가 매우 보수적이라서, 위험한 다리는 철저하게 피하는 타입이다.

또 하나는 본부 융자부의 이노구치 하지메. 그는 ‘저팔계’라는 별명처럼 우락부락하게 생겼지만, 얼굴 크기에 반비례해서 몸은 야위었고 사소한 문제에만 꽂혀 트집을 잡는 타입이다.

머리를 짜낸 끝에 나카니시가 '센바공예사 운전자금 2억 엔 대출 품의서'를 완성한 것은 그로부터 며칠 후의 일이었다. 담당자 의견이 10여 쪽에 이르는 역작으로, 이번에 대출해주지 않으면 센바공예사가 일어설 수 없다는 결론으로 마무리 지었다.

한자와는 이 품의서를 약간 수정해 에지마 부지점장에게 올렸다. 에지마는 30분도 지나기 전에 미간에 주름을 잔뜩 잡고 한자와에게 손짓을 했다.

"한자와 과장, 나 좀 보게. 자네 말이야, 지금 생각이 있어, 없어?"

"그게 무슨 말씀이신지……."

"그러니까 말이야……."

답답하다는 듯 얼굴을 찡그린 에지마는 외출로 공석인 지점장 자리를 힐끔 쳐다보고 나서 말을 이었다.

"센바 사장은 우리 M&A 제안을 거절했잖아? 그런데 두 분기 연속으로 적자가 날 것 같다는데 돈을 빌려주자는 거야? 우리 제안을 거절한 지 얼마 되지도 않았으면서 돈을 빌려달라는 건 너무 뻔뻔한 거 아니냐고!"

"그것과 이것은 별개 아닌가요? 더구나 두 분기 연속 적자가 된다곤 할 수 없습니다."

"만년 적자 편집부가 있는데, 그렇게 쉽게 흑자가 되겠어?"

에지마는 그렇게 단정하더니 목소리를 낮추고 덧붙였다.

"지금이라도 늦지 않았어. M&A를 검토해달라고 하는 게 어때?"

"센바 사장님은 회사를 팔 생각이 없습니다. 그건 부지점장님도 확인하셨잖습니까?"

자신이 직접 나선 지난번 회의를 떠올렸는지, 에지마는 불쾌한 표정을 지었다.

"이런 대출을 지점장님이 허락할 것 같나?"

"이 대출을 해주지 않으면 센바공예사는 궁지에 몰리게 됩니다."

에지마는 황급히 센바공예사의 대출 총액과 담보 일람표를 펼쳤다. 알몸 여신, 즉 담보 없이 대출해줘서 도산했을 때 대손(貸損)• 이 되는 대출금이 총 3억 엔을 넘는다.

한 회사에서 3억 엔의 대손 금액은 결코 적은 금액이 아니다. 아사노의 인사고과에 엑스표가 들어갈 것은 불을 보듯 훤하다. 물론 에지마와 한자와도 예외는 아니다.

"우리는 센바공예사의 주거래은행으로서 오랫동안 거래해왔습니다. 더구나 센바공예사는 다른 은행과는 일체 거래가 없습니다. 적자가 나고 있는 지금, 지원해줄 수 있는 곳은 우리 은행뿐입니다. 그런 회사를 버리자는 겁니까?"

이 말에는 뺀질뺀질한 에지마도 말문이 막혔다.

"지금 이 회사는 어떻게든 흑자로 만들기 위해 사장님을 비롯해 전 직원이 죽을힘을 다해 노력하고 있습니다. 응원해주실 수 없겠습니까?"

• 대출금 등을 돌려받지 못하여 손해를 보는 일.

다시 한번 강조하자 에지마로부터 질문이 돌아왔다.

"자네, 이 대출에 자신이 있나?"

"자신이 없으면 이런 품의는 올리지 않습니다."

에지마는 계속 망설이는 눈으로 한자와를 바라보더니, "흐음, 자네가 정 그렇게 말한다면야……"라고 말하며 그 품의서를 겨우 아사노 지점장의 미결제함에 던져 넣었다.

6

"센바공예사 말인데, 어떻게든 사장을 설득할 수 없겠나?"

사뭇 진지한 목소리로 말한 사람은 오사카 영업본부 부부장인 이즈미였다. 이즈미의 깨끗하게 벗겨진 대머리가 알코올로 인해 빨갛게 물든 채 개별실 조명 밑에서 번들번들 빛을 뿌리고 있었다.

난바에 있는 일식요릿집이었다. 전통 있는 오래된 가게로, 지역 특산품인 고등어초밥이 일품이다. 예전에 이즈미를 따라온 다음부터는 아사노도 가끔 이용하는 곳이다.

"지금으로선 매각할 의사가 없다곤 하지만 어차피 코딱지만 한 중소기업입니다. 앞으로 무슨 일이 있을지 모르지요. 오늘도 대형 기획이 물 건너갔다면서 대출을 2억 엔이나 신청하더군요."

"적자가 날 자금 아닌가?"

그렇게 물은 사람은 업무총괄부장인 다카라다 신스케였다. 머리에 기름을 발라 올백으로 넘긴 다카라다는 금테 안경을 썼고, 셔츠 소매에서는 커프스가 빛나고 있었다.

영업 분야에서 오랫동안 일해온 사람으로 수단도 좋고 말주변도 좋다. 회식 때마다 로봇 애니메이션 〈에이트맨〉의 주제가에 맞춰 춤을 추는 것으로 출세한 옛날 방식의 영업맨이다. 자칼의 다누마의 마음에 든 것도 오다 노부나가•에게 빌붙었던 도요토미 히데요시•처럼 오직 아부와 잔머리 덕분으로, 빈말이라도 이론파라고 하기는 어렵다.

그런 다카라다의 눈에서 감정의 불길이 흔들리기 시작했다.

"막 나오려고 할 때 품의서가 와서 자세히 보지는 않았지만, 실적도 별로 좋지 않아서 마음이 내키지 않던 참입니다."

다카라다가 말했다.

"그래? 재미있는 얘기군. 만약 우리가 대출해주지 않으면 어떻게 되지?"

"아마…… 궁지에 몰리겠지요."

"그럼 센바공예사의 목숨은 끝나겠지. 이럴 때 그쪽에다, 아무래도 대출이 안 될 것 같다고 말해주면 어떻게 되겠나?"

• 전국시대에 가장 먼저 통일의 기반을 닦았으나 믿었던 가신의 배신으로 자살했던 비운의 인물이다.

• 오다 노부나가의 휘하에 있다가 그의 죽음 후 전국시대를 통일하고 임진왜란을 일으켰다.

"그러면 조바심을 내겠지요. 살아남기 위한 돈이 나오지 않으니까요."

아사노는 그렇게 대답한 뒤, 겨우 다카라다의 의도를 알아차리고 흠칫 놀랐다. 다카라다의 입에서 예상했던 말이 흘러나왔다.

"대출이 안 된다면 센바 사장도 다시 생각할 수밖에 없겠지. 아사노 지점장, 안 그런가? 비상사태에는 물불 안 가리고 달려들 수도 있을 거야."

이즈미가 음모를 꾸미는 눈길로 팔짱을 꼈다.

"문제는 방법인데……. 적당한 이유가 필요해. 대출을 거절해도 이상하게 여기지 않을 만큼 그럴듯한 이유."

"적자에 담보도 없다고, 부지점장에게서 구두로 설명을 들었습니다."

이즈미는 천천히 고개를 옆으로 가로저었다.

"아니, 그것만으론 안 돼. 더 확실한 이유가 필요해. 센바공예사 쪽에서 '대출 조이기'라고 주장할 수도 있으니까. 자네도 그런 말은 듣기 싫잖아? 지점장의 '대출 조이기' 때문에 회사가 궁지에 몰렸다고 하면……."

당연하다는 듯이 아사노는 고개를 끄덕였다.

"그야 그렇죠. 하지만…… 어떤 이유를 대야 할지 생각이 나지 않습니다. 이럴 땐 어떻게 해야 좋을까요?"

이즈미가 목소리를 낮추었다.

"센바공예사에 대해 알아보다가 재미있는 사실을 하나 발견했어. 5년쯤 전에 센바공예사가 어떤 사건과 관련되었다는 의혹이 있더군. 엄청난 불상사에 말이야."

"어떤 일인데요?"

이즈미는 본부 안에서 떠도는 소문이라고 운을 떼고 그 내용에 관해 자세히 설명했다. 이야기를 듣는 동안 아사노의 눈은 크게 벌어지고, 다카라다는 이미 들어서 알고 있는지 조용히 술잔을 기울였다.

"제, 제가 그걸 지적하면 되나요?"

다카라다가 불안한 표정의 아사노를 어린애처럼 다독였다.

"자네가 아니라 본부의 융자부에서 지적할 거야. 기타하라는 워낙 깐깐한 사람이라서, 규정이나 준법감시•에도 까다롭지. 안 좋은 소문이 있는 회사에는 쉽게 대출해주지 않을 거야. 지점장인 자네가 억지로 밀어붙이지 않는 한 말이야."

아사노가 얼굴 앞에서 손을 좌우로 흔들었다.

"당치도 않습니다! 제가 왜 억지로 밀어붙이겠습니까?"

"고명하신 다카라다 업무총괄부장님께서 기타하라 부장에게 미리 귀띔을 해두는 게 어때?"

이즈미는 그렇게 말하고 유쾌하게 웃었다.

다카라다가 비열한 미소를 지었다.

"그리고 시간이 흐르게 놔두는 거야. 자금을 써야 할 날이

• 기업의 임직원 모두 제반 법규를 철저히 지키도록 상시적으로 통제 및 감독하는 것.

가까워질수록 센바 도모유키는 조바심을 내다가, 결국 직원들을 길거리에 나앉게 하지 않기 위해선 어떻게 해야 할지 겨우 알아차리겠지. 우리는 그 틈을 노려서 말을 거는 거야. '회사를 팔 생각이 없습니까? 회사를 팔면 편해질 수 있습니다'라고 말이야."

아사노의 입에서 감탄사가 흘러나왔다.

"그렇군요! 역시 백전노장 선배들의 간교한 지혜에는 감탄을 금할 수 없습니다!"

"이거 칭찬인가, 비난인가?"

"물론 칭찬이지요."

아사노의 대답을 듣고도 다카라다는 불쾌한 기색을 감추지 않았다.

"나 참, 이래서 인사부 출신은 골치 아프다니까."

다카라다가 인사부를 싫어하는 것은 유명해서, 이즈미와 친하지 않았으면 아사노를 만나는 일도 없었을 것이다. 그런 면에서 볼 때, 다카라다가 속으로 아사노를 어떻게 생각할지는 불을 보듯 뻔하다. 그걸 모르는 사람은 아사노뿐이 아닐까?

"자네도 우리를 계속 만나다 보면 훌륭한 악당이 될 수 있어. 안 그런가, 다카라다?"

그렇게 빈정거리는 이즈미를 향해 다카라다가 무표정한 얼굴로 말했다.

"정의가 승리하는 건 동화 속뿐이지. 현실 세계에서 승리하는 건 항상 악당이고 간교한 지혜야. 정의의 편은 바보라도 될 수 있지만 악당이 되려면 뛰어난 머리가 필요하니까."

이즈미가 말을 이어받았다.

"아사노 지점장, 이건 식량 보급로 차단 공격이야. 식량이 떨어져서 옴짝달싹 못할 때, 상대의 목을 치는 거지. 자칼의 다누마 사장은 무슨 수를 쓰더라도 센바공예사를 갖고 싶다고 하더군. 그 기대에 부응해야지 않겠나?"

아사노가 한 가지 제안을 했다.

"그렇다면 이건 어떨까요? 융자부에서 대출 품의를 퇴짜 놓을 때, 센바공예사에 한 가지 조건을 내미는 겁니다. 현재 상태론 대출해줄 수 없지만 M&A 제안을 받아들일 경우에는 대출해줄 수도 있다고요. 어떠십니까?"

아사노는 그렇게 말하고 눈을 굴리며 두 선배의 표정을 살폈다.

"그래, 그게 좋겠군."

이즈미는 흡족한 얼굴로 무릎을 한 번 치고 옆의 다카라다를 쳐다보았다.

"안 그런가?"

다카라다의 눈이 반짝이더니, 입술 사이에서 감출 수 없는 미소가 흘러나왔다.

"자네는 악당의 재능이 있어. 굉장해! 그런데 요즘 이쪽은 어떤가? 꽤 열심히 연습한다고 들었는데."

다카라다는 그렇게 말하며 골프의 스윙 자세를 흉내 냈다.

"며칠 전의 스코어는 101이었습니다. 두 자릿수 안으로 들어가기까진 얼마 안 남았습니다만."

아사노가 자존심 상한 것처럼 말하자 이즈미가 과장스럽게 맞장구를 쳤다.

"그거 아깝군. 하지만 이제 얼마 안 남았잖나? 골프를 시작한 지 1년밖에 안 됐는데, 두 자릿수가 코앞이라니. 자네는 그쪽에도 재능이 있어. 조만간 우리보다 잘 치는 거 아닌가?"

"에이, 설마요. 두 분 같은 고수의 영역에는 영원히 미치지 못할 겁니다."

"지나친 겸손은 오만이야."

다카라다도 만족한 표정을 지었다. 오랫동안 영업의 길을 걸어온 다카라다는 싱글의 실력으로, 주말이면 골프장에서 사는 골프광이다. 일 년 내내 햇볕에 그을린 까무잡잡한 피부가 증명해주고 있었다.

"골프도 이런 교섭도, 그립과 방향성이 중요하지. 아무쪼록 잘 부탁하네."

센바공예사 매수의 성공을 예감했는지, 길게 꼬리를 끄는 다카라다의 웃음이 오사카의 어둠 속으로 녹아들었다.

7

“지점장님은 결국 센바공예사의 품의를 결재하지 않았습니다. 어떻게 하려는 걸까요?”

나카니시의 질문을 받고 한자와는 마시던 소주잔을 손에 든 채 동작을 멈추었다. 나카니시의 옆에서는 미나미다 대리가 깊은 생각에 잠겨 있었다.

금요일 밤. 융자과 행원들은 일찌감치 일을 정리하고 지점 근처에 있는 이자카야에 들렀다. 자주 가는 단골 가게로, 이야기가 새어 나가지 않도록 안쪽에 있는 반개별실에 자리를 잡았다.

이날 저녁, 부지점장인 에지마가 센바공예사의 품의를 올렸지만 아사노는 내용도 보지 않고 말했다.

“난 이런 대출은 해주고 싶지 않아. 대형 기획전도 무산됐다면서? 그렇다면 두 분기 연속 적자가 확실하잖아? 그런 회사에 담보도 없이 대출해주라는 건가?”

“현재로선 적자지만 흑자로 만들기 위해 지금 전 직원이 최선을 다하고 있습니다. 이럴 때는 주거래은행으로서 조금이라도…….”

아사노는 에지마의 주장을 일언지하에 잘라버렸다.

“그게 말이 된다고 생각하나! 이 대출의 이점이 뭐지? 얼마 안 되는 이자 수입인가? 리스크와 리턴이 걸맞지 않잖아! 이러면서 왜 M&A를 거절했지? 이렇게 돈이 필요하다면 M&A를 받아들이는 편이 훨씬 낫잖아?"

아사노는 어디까지나 M&A를 전제로 하고 있다. 보너스 포인트를 벌려는 속셈이다.

"그러고 보니 지점장님이 우리 거래처를 닥치는 대로 돌아다니며, 회사를 팔지 않겠냐고 물어본다고 하더군요."

그렇게 말한 사람은 테이블을 둘러싸고 있는 젊은 은행원 중 한 명인 야우치였다.

"회사 실적이 더 나빠지기 전에 팔라는 등, 자기 멋대로 말한다면서 모치즈키철강 사장님이 불쾌한 얼굴로 화를 내시더라고요. 덕분에 계속 머리를 숙이고 사죄했습니다."

또 다른 은행원이 말했다.

"그 얘기는 저도 들었습니다. 다이요건설에는 회사를 매수하지 않겠냐고 제안했답니다. 그것도 상당히 강압적으로, 20억 엔을 대출해줄 테니까 사라고 말이죠. 지점장님이 뜬금없이 그런 말을 해서 사장님도 난감했다고 하더라고요."

미나미다가 한숨을 쉬었다.

"과장님, 어떻게 안 될까요? 계속 이런 식이면 거래처의 신뢰를 잃게 됩니다."

"센바공예사 M&A도 가능하면 성사시키려는 속셈일 거야."

한자와가 그렇게 말했을 때, 미나미다가 의미 있는 눈길로 그를 쳐다보았다.

"그렇다면 그 품의…… 끝까지 승인해주지 않을지도 모르겠군요."

나카니시가 당황한 얼굴로 이의를 제기했다.

"잠깐만요! M&A와 대출은 차원이 다른 얘기잖습니까? 더구나 이번 2억 엔은 센바공예사에게 꼭 필요한 자금입니다. 주거래은행으로서, 거래처가 어려울 때는 확실히 지원해줘야 하지 않나요?"

흥분해서 씩씩거리며 말하는 나카니시를 한자와가 달랬다.

"일단 진정해. 나도 알고 있으니까. 오늘은 결론이 나지 않았지만 다음 주 월요일에 지점장님이 어떻게 나올지 지켜보자고. 앞으로 어떻게 할지는 그다음에 판단하면 돼."

아직 흥분이 가라앉지 않는지 나카니시가 열을 내며 말했다.

"지점장님의 머릿속에 있는 건 결국 눈앞의 손익계산뿐인가요? 센바공예사의 처지는 조금도 생각하지 않다니! 정말 전형적인 본부 관료입니다."

미나미다가 자조적으로 말했다.

"그런 은행원은 밤하늘의 별처럼 많아. 자네는 부디 그런 은행원이 되지 말게."

한자와는 동정하는 눈길로 미나미다를 힐끗 쳐다보았다. 누구보다 성실한 미나미다가 저런 말을 하다니. 아마 지금까지 그런 상사나 동료들에게 수도 없이 이용당하고 발판이 되었으리라. 그런 끝에 만년 대리에서 벗어나지 못하고 있다. 은행은 정직한 사람이 손해 보는 세계다. 미나미다처럼 신념 있는 은행원들이 수많은 영세중소기업을 지탱하고 있는데…….

미나미다가 이야기를 본론으로 되돌렸다.

"어쨌든 지점장님도 참 골치 아픈 사람이군요. 설마 끝까지 결재를 거부하진 않겠지요?"

"문제는 타이밍입니다. 빨리 결재해주지 않으면 자금이 떨어질 테니까요. 그러면 부도가 나잖아요!"

절규하는 나카니시를 보면서 한자와가 대답했다.

"설마 그렇게까지 하지는 않겠지. 지점장도 자기 판단으로 부실채권을 떠맡고 싶지는 않을 테니까. 문제는 절충안이야. 언제, 어떤 조건으로 승인하느냐……."

한자와는 손가락을 이마에 대고 생각에 잠겼다.

"과장님, 잘 부탁합니다."

나카니시가 긴장된 얼굴로 고개를 숙였다. 막상 그렇게 됐을 때 아사노를 설득하는 것은 한자와의 역할이다. 하지만 아사노는 쉽게 설득될 사람이 아니다.

한자와는 무겁게 한숨을 쉬었다.

그리고 다음 주 월요일…….

"한자와 과장, 잠깐 나 좀 보지."

조례가 끝나고 아사노가 한자와를 자기 자리로 불렀다.

"센바공예사의 품의 말인데, 정말로 담보는 없나?"

"유감스럽게도 없습니다."

"그래?"

아사노는 잠시 생각하는 얼굴로 여봐란 듯이 품의서를 팔락팔락 넘겼다. 처음부터 부정한 지난주와는 다른 분위기에, 미나미다와 나카니시도 일어나서 지점장 자리로 다가왔다.

"여러모로 생각해봤는데, 전기 적자에다 이번 분기도 현재로선 적자야. 그런 회사에 담보도 없이 2억 엔을 융자한다는 건 상당한 리스크가 따르지. 그건 자네도 각오하고 품의를 올렸겠지?"

"물론입니다."

아사노는 그렇게 대답한 한자와의 얼굴을 몇 초간 뚫어지게 쳐다보았다. 옆에 있는 부지점장 자리에서는 에지마가 마른침을 삼키며 상황을 지켜보았다. 물론 무슨 일이 있으면 아사노에게 가세할 생각이겠지만, 아사노의 의향을 알 수 없어서 일단은 지켜보는 것이다.

"모두 있을 때 확실히 말하겠지만, 난 이런 대출은 해주고 싶지 않아."

이대로 퇴짜 놓을 생각인가?

한자와가 반박을 하려던 그때, 아사노가 말을 이었다.

"하지만 우리가 대출해주지 않아서 도산했다는 말을 듣는 건, 솔직히 이만저만한 민폐가 아니야. 3억 엔이나 되는 부실채권을 떠안는 건 죽어도 싫고."

한자와에게 고정된 아사노의 눈동자 속에서 수많은 감정과 생각들이 교차했다.

"그러면 승인해주시겠습니까?"

아사노는 한자와의 말에 대답하는 대신에 그 자리에서 품의서에 서명했다.

"이게 내 결론이야. 하지만 이건 부실채권을 피하기 위한, 어디까지나 소극적인 승인이란 걸 명심하게."

아사노는 그 말을 끝으로 재빨리 자리에서 일어나 지점장실로 들어갔다.

"과장님, 고맙습니다."

나카니시는 한자와에게 고개를 숙이고, 미나미다는 안도한 표정을 지었다.

"갑자기 맥이 쭉 빠지는군요. 괜히 걱정했습니다."

품의서를 본부 융자부에 전송하자, 이미 대출이 정해지기라도 한 것처럼 나카니시의 목소리가 들떴다.

"다소 논의는 있겠지만 이제 마음 놓아도 될 것 같군요."

미나미다의 말처럼 한자와도 낙관했다. 융자부에서 생각지도 못한 부분을 지적하리라곤 한자와도 미처 예상하지 못한 것이다.

8

"나카니시 씨, 융자부의 이노구치 조사역 전화입니다."

본부 융자부에서 연락이 온 것은 그다음 날 오후 5시가 지나서였다. 나카니시가 긴장한 얼굴로 내선전화를 받았다. 융자부에서 품의를 검토하기 시작하면 담당 조사역이 맨 먼저 연락하는 사람은 품의서를 쓴 담당자다.

"왔습니다."

한자와의 앞자리에서 뒤를 돌아보지 않고 미나미다가 말했다.

한자와의 자리에서는 나카니시가 대답하는 소리만 들렸다. 가끔 "죄송합니다"라는 말이 섞인 것을 보면 뭔가 지적을 받는 듯하지만 내용까지는 알 수 없었다.

그렇게 얼마나 있었을까, "설마!" 하는 나카니시의 당황한 목소리를 듣고 한자와는 고개를 들었다. 미나미다도 손을 멈추고 걱정스러운 얼굴로 나카니시의 등을 바라보면서 말했다.

"저팔계가 일방적으로 밀어붙이는 것 같군요."

신입 행원인 나카니시와 베테랑 조사역인 이노구치와는 경험의 차이가 너무 크다.

"알겠습니다. 실례하겠습니다……."

수화기를 내려놓은 나카니시가 창백한 얼굴로 황급히 한자와의 책상 앞으로 다가왔다.

"과장님, 큰일 났습니다! 이노구치 조사역이 생각지도 못한 걸 지적했습니다. 센바공예사가 예전에 계획도산에 관여했다고……."

"계획도산?"

너무나 뜬금없는 이야기를 듣고 한자와는 자기도 모르게 되물었다. 어떤 목적을 가지고 일부러 회사를 도산시켜 채권자들에게 손해를 입히는 것—그것이 계획도산이다. 하지만 센바 도모유키가 그런 짓을 했으리라고는 생각할 수 없다.

"그런 의혹이 있는 이상, 대출은 해줄 수 없다고 합니다."

미나미다가 물었다.

"자세한 얘기는 들었어?"

"아뇨, 직접 조사해보라고 하더군요. 5년 전이라고 하면서."

"5년 전 일을 왜 이제 와서……."

5년 전이라면 한자와도 나카니시도 센바공예사를 담당하기 전이다.

"이노구치 조사역도 최근에 알았다고 합니다. 아무리 5년 전이라도 은행의 준법감시로 볼 때 간과할 수 없다고 하더군요."

"거래처 파일에 그럴듯한 정보가 있었나?"

중대한 사건이라면 당시 담당자가 정리해놓은 경위서가 있을 테지만, 나카니시는 머리를 옆으로 가로저었다.

"아니요……."

그런 정보가 있으면 한자와도 알아차렸을 것이다. 한자와는 재빨리 나카니시에게 지시를 내렸다.

"일단 서고에 가서 옛날 서류를 찾아봐. 그런 다음에 도모유키 사장님에게 이야기를 들어보지."

"알겠습니다. 만약 시간이 된다면 오늘이라도 이야기를 듣고 오겠습니다."

"약속이 정해지면 나도 같이 갈게."

한자와가 그렇게 말했을 때 뒤에서 부르는 소리가 들렸다.

"한자와 과장."

에지마 부지점장이다.

"부탁이 있는데, 오늘 축제위원회에 참석해주지 않겠나? 올해 첫 모임이야."

"제가요?"

한자와는 무심코 되묻고는 어느새 비어 있는 지점장석을 흘끗 쳐다보았다.

"지점장님은요? 그 모임에는 지점장님께서 참석하는 게 관례인데요."

도쿄중앙이나리의 '이나리 축제'는 반세기가 넘는 역사를 가지고 있는데, 옥상에서 제사를 지내고 나면 주요 거래처를 모아서 파티를 한다. 이 축제에 맞춰서 여러 거래처에 이런저런 영업 지원을 부탁하는 게 관례였다. 그것을 준비하는 축제위원회에는 오사카 서부 지점의 주요 거래처인 10개 회사의 대표들이 모이고, 위원장은 이타치보리제철의 모토오리 다케키요 회장이 맡고 있다. 나머지 9개 회사의 대표들도 그에 뒤지지 않는 회사의 대표들이다.

"그렇게 대단하신 분들이 오시는데, 우리 지점에서 제가 참석하면 균형이 맞지 않습니다. 지점장님은 어디에 가셨습니까?"

"그게 말이야, 볼일이 있다고 하시면서……."

에지마도 난감한 표정을 지었다.

"볼일이요? 축제위원회보다 중요한 일이 어디 있습니까?"

"그건 나도 알고 있어!"

에지마는 발끈한 표정을 지었지만 한자와를 쳐다보던 시선은 힘없이 옆으로 향했다.

"무슨 볼일인데요?"

"물어보긴 했는데, 나하곤 관계없다고 하셔서……."

에지마에게도 말해주지 않은 모양이다.

"무슨 일인지 말씀도 안 해주시다니……. 하지만 지점장님 대신 참석한다면 제가 아니라 부지점장이 참석하셔야 하지 않습니까?"

그러자 에지마는 안 그래도 험상궂은 얼굴을 잔뜩 찌푸렸다.

"오늘은 우쓰보제작소의 하루모토 사장님께서 한잔하자고 하셨거든. 이제 와서 거절할 수는 없어."

"제가 참석하는 건 어렵지 않지만 거래처 분들이 어떻게 말씀하실지 모르겠습니다. 다들 엄격한 분들이라서요."

"그건 나도 알지만, 어쨌든 자네가 가서 원만하게 수습해주게. 지점장님께선 갑자기 급한 일이 생겨서 못 오셨다고 하고. 아무쪼록 실례가 되지 않도록 부탁하네. 알겠나?"

에지마는 한자와의 코끝에 손가락을 들이밀더니 벽시계를 올려다보고는 "아! 벌써 시간이 이렇게 됐나?"라고 말하며 재빨리 가방을 챙겨 들고 밖으로 나갔다.

에지마의 뒷모습을 자기 자리에서 바라보고 나서 미나미다가 혀를 찼다

"이쪽도 바빠 죽겠는데 너무하는 거 아닌가요? 더구나 이런 긴급 상황에."

"할 수 없죠. 난 일단 축제위원회에 다녀올게요. 나카니시, 센바공예사 건, 잘 부탁해."

그 말을 남기고 한자와는 축제위원회가 열리는 곳으로 황급히 달려갔다. 예상했던 대로 축제위원회에서는 바늘방석에 앉은 듯한 상황이 이어졌다.

"아사노 지점장은 왜 코빼기도 보이지 않나?"

축제위원들의 호통에 연신 고개를 조아리며 사과한 한자와가 겨우 지점으로 돌아온 것은 저녁 8시가 지난 무렵이었다.

"과장님, 수고하셨습니다."

나카니시가 한자와에게 위로의 말을 건넸다. 다른 사람들은 이미 퇴근하고, 미나미다와 나카니시만 한자와가 돌아오기를 기다리고 있었다.

"어떻게 됐어?"

나카니시가 오래된 파일을 들고 한자와의 옆으로 다가왔다.

"계획도산이란 말은 어느 파일을 찾아봐도 없었지만, 한 가지 마음에 걸리는 게 있었습니다."

나카니시가 그렇게 말하며 보여준 것은 5년 전에 센바공예

사가 당한 대손, 즉 빌려준 돈을 못 받은 사건이었다.

"지금으로부터 5년 전, 센바공예사는 어느 회사에 3억 엔을 빌려주었습니다. 그런데 그 회사가 도산하면서 돈을 못 받은 모양입니다. 이노구치 조사역이 지적한 대로 5년 전 자료는 전부 살펴봤지만 그럴 만한 건 이것밖에 없습니다."

미나미다가 나카니시의 말을 이어받았다.

"상대 회사가 좀 수상합니다. 이 자료에 따르면 센바공예사가 돈을 빌려준 곳은 도지마상점이라는 회사인 듯합니다. 금액은 3억 엔으로, 1년 안에 갚을 예정이었습니다. 그런데 도지마상점은 그로부터 불과 3개월 후에 도산했고, 센바공예사는 돈을 한 푼도 못 받았습니다. 혹시 계획도산이라는 건 이 도지마상점을 말하는 게 아닐까요?"

미나미다가 잠시 말을 끊었다가 서류를 펼치면서 다시 이었다.

"이 도산에 대해 조사해봤는데, 거래처에서 빌린 돈은 전부 다 갚고 도산한 것 같습니다. 결국 돈을 못 받은 곳은 센바공예사를 제외하면 돈을 빌려준 은행뿐이었죠. 그중에는 우리 은행의 우메다 지점도 포함되어 있는데, 약 15억 엔을 회수하지 못했습니다. 이런 일은 계획적으로 하지 않으면 할 수 없습니다."

한자와는 턱 주변에 손을 대고 말했다.

"그렇다면 계획도산이라는 표현도 틀린 말이 아니군요. 그 도산에 센바공예사가 관여했다는 증거가 있나요?"

"당시 담당자가 쓴 메모나 보고서를 전부 살펴봤는데, 센바공예사가 관여했다는 말은 보이지 않았습니다."

"하지만 3억 엔이란 돈은 너무 크군요."

그것이 한자와의 마음에 걸리는 부분이었다.

"도지마상점과 센바공예사는 무슨 관계죠?"

"도지마상점의 사장이 도모유키 사장의 외숙부입니다."

나카니시의 대답을 듣고 한자와는 나지막하게 중얼거렸다.

"친척에게 돈을 빌려줬다……."

"네, 그런데 한 푼도 갚지 않고 3억 엔을 전부 떼어먹었다는 건……."

미나미다가 고개를 갸웃거리는 것도 당연하다. 상식적으론 도저히 이해할 수 없다.

도지마상점이 계획도산을 했다면, 왜 가까운 친척 회사인 센바공예사에게 피해를 줬는가? 친척이라면 오히려 피해를 주지 않으려고 하는 게 일반적인 일이 아닌가?

"어쩌면 복잡한 사정이 있을지도 모르겠습니다. 우선 내일 아침에 도모유키 사장님을 찾아뵙기로 했습니다."

나카니시의 말에 한자와가 고개를 끄덕였다.

"나도 같이 갈게. 자세한 이야기는 그다음에 하지."

"심사 쪽은 어떻습니까? 아직 대출 승인을 못 받았다고 하던데요."

도모유키는 최대한 밝게 말했지만 눈빛은 매우 심각했다.

그 옆에서는 에다지마 경리부장이 성실한 눈을 하고 유리병의 바닥처럼 둥근 안경 너머로 한자와와 나카니시를 바라보았다. 그 옆에 있는 하루의 표정도 심각하기 그지없었다.

자금은 회사의 생명줄이다. 그리고 회사에는 어떤 때라도 돈이 필요하다. 매출이 늘어도 줄어도, 일이 잘돼도 고꾸라져도, 회사에는 운전자금이 발생한다. 그런 골치 아픈 생물을 이끌어가야 하는 경영자는 보통 사람은 상상도 할 수 없는 정신적 중압감에 시달리게 된다. 그 심정은 오직 그 자리에 있는 사람밖에 모를 것이다.

은행원은 그런 압박감에 시달리는 경영자와 항상 마주하면서, 그들의 운명을 지켜볼 의무가 있다. 중요하면서도 가혹한 사명이다.

한자와가 말을 꺼냈다.

"실은 융자부에게 생각지도 못한 지적을 받았습니다. 오늘은 그걸 여쭤보기 위해 찾아왔습니다. 지금으로부터 약 5년 전, 도지마상점이라는 회사에서 3억 엔을 회수하지 못했더군요. 이 건에 대해 융자부에서는 계획도산이라는 견해를 가지고 있습니다. 귀사가 그 일에 관여한 게 아닐까 하면서요."

한자와의 말이 끝나기도 전에 도모유키가 크게 화를 냈다.

"우리 회사가 그 일에 관여했다고요? 당치도 않습니다! 계획도산이란 소문이 있다는 건 알고 있습니다. 하지만 우리 회사가 그런 일에 관여할 리가 없잖습니까? 우리는 3억 엔이나 손해를 보았는데, 왜 그런 이야기가 나오지요? 우리는 피해자라고요!"

한자와가 정식으로 부탁했다.

"당시의 사정을 말씀해주실 수 있겠습니까? 이번 대출을 진행하려면 당시의 사실관계를 명확히 알아야 할 것 같습니다."

"그렇다면 말씀드리긴 하겠지만, 오래전의 얘기입니다."

도모유키는 마음이 내키지 않는지, 오른손을 올려 뒷머리를 긁적였다.

"부탁드립니다."

한자와는 다시 고개를 숙이며 정중하게 부탁했다.

"할 수 없군요. 얘기가 좀 길어질 텐데, 괜찮겠습니까?"

도모유키는 그렇게 운을 떼고 무거운 입을 열었다.

2장

가족의 역사

1

"센바공예사는 조부가 창업했고 아버지가 2대째였죠. 아버지는 원래 배우가 되고 싶어 했던 사람으로, 젊은 시절에는 도쿄의 어느 극단에 있었다고 합니다. 원래 풍류를 좋아하고 한량기가 있는 사람이었는데, 결국 프로 배우는 되지 못한 채 결혼을 계기로 조부가 경영하는 이 회사에 들어왔지요. 그때 아버지 나이는 서른 살이었습니다. 조부는 처음에 배우가 되고 싶어 했던 아버지가 후계자로 적합하지 않다고 사내(社內)의 누군가에게 물려주려고 했지만, 아버지가 회사에 들어오면서 궤도를 수정할 수밖에 없었다고 합니다. 지금 생각하면 아버지가 아닌 우수한 경영자가 회사를 물려받았다면 지금보다 훨씬 성장할 수도 있었겠지요. 아버지의 결혼 상대, 즉 어머니는 당시 도지마상점이라는 작은 부동산 회사를 경영하는 도지마 가문의 딸로, 고생을 모르고 자란 온실 속의 화초였던 것 같습니다. 두 분이 도쿄에서 만나 결혼하겠다고 했을 때, 어머니의 아버지, 즉 도지마상점의 경영자였던 외조부가 두 손 들고 반대했다고 하더군요. 배우 나부랭이에게 소중한 딸을 줄 수 없다고 말이지요. 그로 인해 아버지는 어쩔 수 없이 배우의 길을 포기하고 가업을 잇게 되었습니다. 물론 내가 부모라도 똑같은 말을 했겠지만요."

도모유키가 잠시 숨을 돌리고 덧붙였다.

"아버지가 가업인 센바공예사를 물려받고 2년 후에 내가 태어났는데, 하필이면 그해에 창업자인 조부께서 갑자기 돌아가셨지요. 조부의 이름은 센바 유키무라. 당시 도쿄제대를 졸업하고 신문사에 들어갔는데, 미술평론으로 이름을 날린 저명한 평론가였다고 하더군요. 그런데 당신이 열심히 쓴 평론이 신문에 실리지 않는 일이 발생하자, 차라리 직접 잡지를 만들겠다고 하면서 유복했던 본가의 지원을 받아 센바공예사를 창업했습니다. 회사는 순풍에 돛을 단 것처럼 성장했고, 그때 창간한 《벨 에포크》는 눈 깜짝할 새에 미술평론계에서 알아주는 평론잡지가 되었지요. 조부는 직접 주필을 맡아 글을 쓰면서 경영자로도 능력을 발휘한 실력자였습니다. 그런 조부가 돌아가시면서 센바공예사는 위기를 맞게 되었지요."

도모유키는 담담하게 말을 이었다.

"조부가 돌아가시고 입사한 지 얼마 되지 않은 아버지가 사장 자리에 앉은 것까지는 좋았지만, 그 일에 반대하던 직원들이 회사를 그만두는 일이 발생했습니다. 그뿐만 아니라 그들은 '신미술공예사'라는 센바공예사의 라이벌 회사를 설립했죠. 이제 발등에 불이 떨어졌습니다. 아버지는 남은 직원들과 힘을 합쳐 흔들리는 편집부를 다시 정비하고, 라이벌 회사로 인해 떨어진 발행부수를 회복시키려고 했지만, 경영에서는 아마추어일 뿐이었지요. 이전까지 배우가 되려고 했던 사람이 2, 3년 일했다고 해서 경영 능력이 생길 리가 없으니까요. 실적은 계속 떨어졌고, 센바공예사는 점점 기울어져서 도산하기 직전까지 몰렸습니다."

눈앞의 차를 한 모금 마시고 나서 도모유키는 무겁고 습한 한숨을 내쉬었다. 마치 지금의 자신과 똑같이 경영자로서 고군분투했던 아버지의 마음속을 헤아리듯이.

"계획도산 이야기를 듣고 싶다고 하셨는데, 왜 이런 옛날이야기를 하는지 의아하시겠지요. 그런데 계획도산 이야기의 뿌리는 수십 년 전으로 거슬러 올라갑니다. 잠시만 참고 끝까지 들어주십시오."

도모유키의 이야기가 다시 이어졌다.

"그리하여 아버지가 경영하던 센바공예사는 창업한 이래 가장 큰 위기에 빠졌습니다. 더구나 당시 거래하던 은행에서 7천만 엔의 대출금을 갚으라고 독촉하는 바람에 어떻게든 돈을 마련해야 했지요. 당시 벼랑 끝에 몰린 회사를 구하기 위해 나선 사람은 어머니였습니다. 어머니는 친정인 도지마상점으로 달려가 7천만 엔을 빌려달라고 부탁했지요. 즉, 이것은 센바 가문과 도지마 가문이라는 두 집안의 이야기입니다."

한자와의 옆에서는 나카니시가 한마디도 놓치지 않으려는 듯 조용히 귀를 기울였다.

"도지마 가문은 원래 오우미 지역의 상인 집안이었는데, 그 집안의 차남인 도미오라는 사람이 부모로부터 목돈을 받아 오사카로 나왔습니다. 다이쇼 시대•의 이야기지요. 도미오는 수완이 좋고 재주도 있어서 장사를 잘했습니다. 당시만 해도 보통 사람은 생각지도 못하는 부동산 투자로 큰돈을 벌어, 오사카에서 도지마상점이라고 하면 모르는 사람이 없을 만큼 알려지게 되었지요. 어머니가 철이 들었을 무렵에는 이미 큰 성공을 거둔 후였는데, 어머니의 오빠, 즉 저에게 외숙부에 해당하는 사람이 나중에 이 도지마상점을 이어받은 도지마 요시하루입니다. 이 요시하루야말로 한자와 과장님이 알고 싶어 하는 계획도산의 장본인이죠."

유머러스한 오사카 사투리로 도모유키가 말하자 심각한 이야기가 가벼운 이야기로 들렸다. 하지만 이 가족의 이야기는 과거에 머물지 않고, 현재로 이어지는 장대한 이야기였다.

"외조부 도지마 도미오는 어머니와 아버지의 결혼을 반대했다고 합니다. 아마 처음부터 아버지에게 좋은 감정이 없었던

• 1912~1926년.

것 같습니다. 반대로 아버지도 좋아하는 배우의 길을 버리게 만든 외조부에게 앙금 같은 게 남아 있었겠지요. 하지만 외조부에게 어머니는 무엇과도 바꿀 수 없는 소중한 딸입니다. 어머니는 아버지와 외조부의 묵은 감정을 잘 알면서도 7천만 엔이라는 거금을 빌리기 위해 머리를 숙였지요. 그런데 당시 도지마상점은 예전의 영광을 잃어버리고 어려운 시기에 처해 있었습니다. 즉, 아버지 회사에 빌려준 7천만 엔은 도지마상점이 위기에 처했을 때 쓰려고 저축해둔 소중한 돈이었던 겁니다. 도지마상점은 결국 아버지 회사를 구하기 위해, 자기 회사의 미래를 잃어버린 것과 마찬가지일 만큼 심한 타격을 입었습니다."

양가의 이해관계가 뒤얽힌 순간이다.

"그리고 중요한 건 이것이지만, 이 사건은 생각지도 못한 곳에서 한 사람의 인생에 큰 영향을 미치게 되었지요. 어머니의 오빠이자 제 외숙부인 도지마 요시하루입니다."

도모유키는 여기까지 말하고는 "불행한 이야기지요"라고 누구에게랄 것도 없이 중얼거렸다.

"당시 외숙부는 도쿄예대를 졸업하고 화가가 되기 위해 파리에 유학 중이었습니다. 그런데 집안 사정이 좋지 않다는 이유로 외조부가 지원금을 끊는 바람에, 눈물을 삼키면서 일본으로 돌아올 수밖에 없었지요. 파리에는 10년쯤 있었을 겁니다. 어머니 말에 따르면, 프랑스로 유학 가기 전 젊은 시절의 외숙부는 다정하고 붙임성도 좋은 멋진 청년이었다고 합니다. 그런데 파리에서 돌아온 이후, 외숙부의 모습은 완전히 달라졌다고 하더군요. 화가의 길을 포기하고 집으로 돌아온 외숙부는 그런 원인을 제공한 우리 아버지와 어머니를 적대시했지요. 어느 날, 무슨 일인지는 기억나지 않지만 외숙부가 우리 집에 온 적이 있습니다. 자세한 사정은 모르지만 돈 얘기를 한 것 같더군요. 처음에는 조용히 대화를 나누더니, 어느 순간부터 화를 내면서 아버지와 어머니를 비난하기 시작했지요. 그러고는 빌려준 7천만 엔을 당장 갚으라고 소리치더니, 자리를 박차고 일어나서 돌아갔습니다. 어쩌면 빌려준 돈을 받아서 다시 파리로 가려고 했을지도 모르지요. 그런 외숙부의 모습은 아버지와 어머니에게 상당한 압력으로 작용했을 겁니다. 어머니는 외숙부와의 단절된 관계를 회복하고 싶어 했는데, 그러기 위해서는 돈을 돌려줘야 했지만 당시 센바공예사에는 그럴 만한 여유가 없었지요. 외조부가 빌려준 돈으로 위기에서 벗어나긴 했지만, 아직 앞날이 불투명한 상황이었거든요. 회사 실적이 다시 궤도에 오르기 시작한 건 라이벌인 신미술공예사가 방만한 경영으로 도산해 예전 편집자들이 돌아온 다음이니까, 그로부터 5년 후의 일입니다. 당시에는 돈을 갚고 싶어도 갚을 수 없어서, 부모님도 마음고생이 심했지요. 어머니는 외숙부를 그렇게 만든 건 본인들이라고 입만 떨어지면 말했을 정도였으니까요. 하지만 양쪽의 관계는 마지막까지 회복되지 않았습니다."

도모유키는 먼 곳을 바라보며 말을 이었다.

"내가 대학에 들어갔을 무렵, 도지마 집안에서는 외조부가 병으로 돌아가시고 외숙부가 회사를 이어받았습니다. 미루어 짐작하건대 화가를 꿈꾸었던 외숙부가 경영하기에, 도지마상점의 경영 환경은 너무나 혹독했을 겁니다. 그와 동시에 외숙부의 마음속에는 지울 수 없는 좌절감도 있었을 테고요. 이렇게 되지 않았다면 언젠가 파리의 화단에서 인정받았을 거라는 미련이라고나 할까요? 외숙부는 외조부의 장례식에 참석했던 부모님과 나를 향해, 친척들이 지켜보는 가운데 이렇게 말했습니다. '여기는 너희가 올 곳이 아니야. 아니면 돈을 갚으러 왔냐?'라고요. 우리에게 씻을 수 없는 굴욕감을 안겨준 거죠. 나는 부모님으로부터 사정을 듣고 그 전까지 외숙부에게 적잖이 미안한 마음을 가지고 있었습니다. 하지만 그때 깨달았지요. '이 인간에게 더는 미안해하지 않아도 된다, 본인은 일도 하지 않고 10년이나 파리에서 놀았던 주제에, 어머니가 살아남기 위해 빌린 돈을 가지고 이렇게 수치를 주다니, 과연 그럴 자격이 있는가'라고요."

당시의 일을 떠올렸는지, 도모유키의 눈에 분노의 불길이 타올랐다.

"그 이후, 안 그래도 어려웠던 회사 상황이 점점 나빠지면서 외숙부는 회사 경영이 얼마나 어려운지 온몸으로 깨닫게 되었지요. 비슷한 시기에 나는 대학을 졸업하고 도쿄의 대형 출판사에서 3년간 일한 뒤, 센바공예사에 입사했습니다. 그때 센바공예사는 실적이 순조로워지면서 예전의 좋은 상황을 회복했지요. 아버지는 원래 건강이 좋지 않기도 해서, 아직 젊었던 나를 사장으로 앉힌 뒤 회장으로 물러나 지금으로부터 10년 전에 돌아가셨습니다. 그동안 당신이 고생해서 얻은 경영의 노하우를 최대한 가르쳐주었지요. 그런데 아버지가 돌아가시고 얼마 되지 않아, 절연 상태에 있던 외숙부가 갑자기 어머니를 통해 한 가지 제안을 했습니다. 자기 회사의 건물을 사달라는 이야기였지요. 지금 우리 회사가 있는 이 건물입니다."

무릎 위에 노트를 펼치고 메모하면서, 나카니시가 흥미로운 눈길로 사장실을 둘러보았다.

"때마침 센바공예사는 사상 최고의 이익을 올리고 있었지요. 직원도 늘어나 그때까지 사용하던 사옥이 좁다고 느끼던 차였습니다. 상대가 외숙부라는 건 마음에 들지 않았지만 마침 잘됐다고 생각했지요. 그래서 당시 덴마에 있던 본사 건물을 팔고 은행에서 대출을 받아 도지마상점의 본사 건물을 샀습니다. 그때는 기분이 좋았습니다. 나중에 안 일이지만 당시 도지마상점은 상당히 돈이 궁했던 모양이더군요. 은행에서도 돈을 빌려주지 않아서 궁지에 몰린 끝에, 어쩔 수 없이 우리에게 손을 내민 거지요."

도모유키답지 않게 입가에 증오로 일그러진 미소를 지었다.

"외숙부도 여유가 있었더라라면 다른 매수자를 찾았겠지요."

도모유키와 요시하루. 센바 가문과 도지마 가문—골육상쟁이 세대를 뛰어넘어 계속된 것이다.

다시 도모유키의 이야기가 이어졌다.

"우리 회사에 건물을 판 도지마상점은 마쓰야마치와 가까운 곳으로 이전했습니다. 아마 그곳에서 심기일전해 재출발하려고 했겠지만, 뜻대로 되지 않았지요. 도지마상점은 그 후에도 계속 내리막길을 걷더니, 또다시 어머니를 통해 돈을 빌려달라고 하더군요. 그것이 5년 전이었지요."

도모유키의 이야기는 계획도산의 핵심으로 이어지려고 하고 있었다.

"도지마 집안에 대해 감사함과 미안함을 계속 가지고 있던 어머니의 마음을 교묘하게 이용한, 너무도 외숙부다운 비열한 방법이라고 생각합니다. 지금도 그때 일만 떠올리면 화가 나서 견딜 수 없을 지경이지요. 당연한 일이지만 처음에는 거절하려고 했습니다. 왜 그런 인간에게 돈을 빌려줘야 하는가, 그렇게 생각한 거죠. 내 마음이 어땠는지 아시겠지요? 그런데……."

도모유키가 무릎을 한 번 탁 때리고 나서 말을 이었다.

"어머니가 꼭 빌려줬으면 좋겠다고 하더라고요. 센바공예사가 기울어졌을 때 7천만 엔이란 돈을 빌린 게 계속 마음에 걸린다고 하면서요. 이번에 그 돈을 빌려주면 이제 빚이 없어지고 가슴의 응어리가 사라져서 속이 후련해진다, 저세상에 가서도 아버지 얼굴을 보면서 이제 깨끗하게 정리되었다고 떳떳이 말할 수 있다……. 그렇게 말씀하시더군요. 그렇게까지 말씀하시니 빌려주지 않을 수 없었지요. 어쨌든 그 돈이 있었기에 지금의 센바공예사가 있는 것이니까요. 그래서 나는 마음을 고쳐먹고 순수하게 3억 엔이라는 돈을 빌려주기로 했습니다. 수십 년 전의 7천만 엔이 훨씬 더 가치가 있었는지 모르겠지만, 이제 와서 그런 건 따질 필요가 없겠지요. 빌려준다는 형태는 취했지만 돌아오지 않을 거라고 각오했습니다. 예상한 대로 외숙부는 한 푼도 돌려주지 않은 채 회사를 도산시키고, 2년 후에 세상을 떠났지요. 자식은 없었고 가족은 외숙모뿐이었습니다. 언뜻 들은 바로는 외숙부가 아내 명의로 건물을 남겼다고 하더군요. 자신에게 무슨 일이 있더라도 아내는 집세를 받아서 먹고살 수 있도록 한 거죠. 경영 능력이 없는 외숙부치고는 잘한 일이라고 생각합니다. 외숙부는 언젠가 재기할 때를 대비해 거래처에는 일체 폐를 끼치지 않았습니다. 폐를 끼친 곳은 그동안 거래를 했던 은행 세 군데와 우리 회사뿐이었죠. 이렇게 해서 우리는 3억 엔을 떼이고 아버지 대부터 이어온 엄청난 빚을 갚았습니다. 어머니는 작년 10월에 돌아가셨으니까 이제 곧 1년이 되는군요. 어쩌면 지금쯤 아버지에게 빚을 갚았다고 말하고, 저세상에서 외숙부와의 관계도 회복했을지도 모르지요. 참고로 말씀드리자면 외숙부가 한 일이 계획도산이었는지, 정확한 건 나도 모릅니다. 설령 계획도산이었다고 해도 모든 건 인과응보일 뿐, 누가 이득을 보고 누가 손해를 보았다는 이야기가 아닙니다. 한자와 과장님, 이게 우리 회사와 도지마상점과의 관계입니다. 이제 이해가 되시나요?"

도모유키의 긴 이야기가 끝나고 무거운 침묵이 찾아왔다.

"그 이후 도지마 요시하루 씨의 부인, 즉 외숙모님을 만난 적은 없으신가요?"

한자와의 질문에 도모유키는 고개를 옆으로 가로저었다.

"한 번도 없습니다. 실은 외숙부의 장례식에도 참석하지 않았거든요. '잘 죽었다, 죽어서 통쾌하다'라고 생각했을 정도였으니까요."

"외숙모에게 남겼다는 건물이 어디에 있는지 아십니까?"

"니시나가호리에 있습니다. 도산으로 집을 빼앗긴 외숙부 부부가 그 건물에 살았던 것 같습니다. 그 이후 서로 연락이 없어서, 외숙모가 지금도 거기에 사시는지는 모르겠습니다."

"정확한 장소를 가르쳐주시겠습니까?"

한자와가 눈짓을 하자 나카니시가 가방에서 오사카시 니시구의 지도를 꺼냈다. 도모유키가 손가락으로 더듬다 가리킨 곳은 오사카 서부 지점에서 차로 10분쯤 걸리는 곳이었다.

"건물 이름이 '도지마힐스'였을 겁니다."

나카니시가 물었다.

"혹시 1층에 화랑이 있는 상가아파트인가요?"

한자와가 나카니시를 쳐다보았다.

"알고 있나?"

"영업과에 있을 때, 거기 화랑 주인이 지점에 자주 오셨거든요. 서류를 전해주러 간 적이 한 번 있습니다. '고센도'라는 화랑이었을 겁니다."

도모유키가 말했다.

"만약 지금도 거기에 사신다면 상점과 아파트 임대료로 유유자적하게 사시지 않을까요? 변호사 말에 따르면 외숙부는 아무리 회사가 어려워도 아내 명의의 건물에는 절대로 손대지 않았다고 하더군요. 그런 최악의 남자도 아내만은 지켜주고 싶었나 봅니다. 실제로 외숙모는 도지마상점의 임원도, 보증인도 되지 않았습니다. 그래서 채권자들도 외숙모에게는 손끝 하나 대지 못했다고 하더군요."

"그렇군요."

한자와는 고개를 끄덕이고 나서 도모유키에게 정식으로 물었다.

"지금 해주신 말씀을 융자부에 보고해도 될까요?"

"상관없습니다. 이런 얘기는 몇 번씩 말할 게 못 되지 않습니까. 한 번 기록해주시면 나도 수고를 덜 수 있어서 좋지요."

"고맙습니다."

한자와는 인사를 하고 나카니시와 함께 지점으로 돌아와, 계획도산의 경위를 적은 보고서를 융자부에 제출했다.

이제 센바공예사의 대출에는 아무 문제가 없을 것이다—그렇게 믿으며…….

2

"여보세요. 한자와 과장님? 이노구치입니다."

융자부의 전화는 담당자인 나카니시가 아니라 한자와에게 직접 걸려왔다. 센바 도모유키에게서 들은 내용을 정리해 보고서를 제출한 다음 날이었다.

"우리 부서에서 의논해봤는데, 이것만으론 계획도산에 관여하지 않았다고 단정하긴 어렵다고 결론을 내렸습니다."

"그게 무슨 말씀이시죠?"

딱딱한 목소리로 물은 한자와에게 저팔계가 말했다.

"이건 센바 사장에게 들은 내용뿐이잖습니까? 이 보고서만으론 가장 중요한 도지마상점의 의도를 알 수 없는 만큼, 센바공예사가 계획도산에 관여하지 않았다는 것을 증명하기엔 부족하지 않을까요?"

"보고서에 쓴 것처럼 도지마상점은 이미 도산했습니다. 도지마 사장님도 3년 전에 세상을 떠났고요. 따라서 그쪽은 알아보려고 해도 알아볼 방법이 없잖습니까? 보고서에도 그렇게 썼습니다만."

"그 말은 곧 계획도산이었는지 아니었는지, 진실은 어둠 속에 묻혀 있다는 의미 아닙니까?"

"센바 사장님의 이야기는 충분히 믿을 만하다고 생각하는데요."

자신의 말이 통하지 않는다고 생각했는지, 이노구치는 윗사람을 끌어들였다.

"이건 우리 부장님의 의견이기도 합니다."

"기타하라 부장님이요?"

기타하라 융자부장은 엄격하기로 소문난 보수적인 뱅커였다.

"도지마상점의 도산으로 우메다 지점이 거액의 부실채권을 떠안은 건 사실이고, 센바공예사에서 어떻게 생각하든 그쪽이 빌려준 3억 엔이 계획도산 이후의 자금원이 되었을 가능성이 높다고 하십니다. 이 정도라면 몰랐다는 말로 끝낼 수 있는 문제가 아니고, 사실상 관여했다고 볼 수 있다는 게 부장님 생각이지요."

"센바공예사는 어디까지나 피해자일 뿐입니다. 친척이라고 해도 지금은 관계가 완전히 끊어졌고, 5년 전에 3억 엔을 빌려준 건 과거의 인연 때문이라고 보고서에 적었잖습니까?"

하지만 이노구치는 차갑게 대답했다.

"아무리 그래도 친척이잖습니까? 일반적인 상식으론 납득할 수 없습니다."

"그러면 어떻게 하면 되지요?"

이래서는 어쩔 도리가 없다. 한자와는 벽에 대고 말하는 듯한 답답함에 휩싸였다.

"계획도산 건은 이쪽도 저쪽도 애매합니다. 그로 인해 우리 은행에선 이미 15억 엔을 잃어버렸지요. 게다가 센바공예사는 작년 이후로 적자가 계속되는 탓에, 만약 극단적인 상황에 부딪히면 담보가 없는 3억 엔의 대출은 부실채권이 됩니다. 우리 융자부로서는 계획도산이 의심되는 기업의 친척 기업에 더는 대손을 늘릴 수 없습니다. 금융청에서 지적을 받을 우려도 있으니까요. 그것만은 어떻게든 피하고 싶습니다. 그건 과장님도 이해하시겠지요? 우리도 지켜야 할 선이 있습니다."

이노구치의 주장에서는 소심한 개인 의견이라고 할 수 없는 은행의 속사정을 엿볼 수 있었다.

"하지만 대출해주지 않으면 센바공예사도 곤란하겠지요. 기타하라 부장님과도 얘기했는데, 한 가지 조건을 붙이면 어떨까요? 담보가 있으면 이 품의를 승인해드리지요."

그 조건을 충족하기는 쉬운 일이 아니다.

한자와는 곤혹스러운 표정을 지었다.

"담보가 있다면 벌써 내놓았지요. 자산 내용을 정밀 조사했는데, 지금으로선 담보로 잡을 수 있는 자산이 없습니다. 그 조건은 취소해주시면 안 되겠습니까? 이 회사에는 꼭 필요한 자금입니다."

"이건 우리 마음대로 할 수 있는 게 아니라 금융청의 판단을 예상하고 내린 결정이라서요……."

금융청은 일본의 금융 시스템을 보호한다는 명목으로 눈을 번뜩이며 은행의 대출 내용을 지켜보고 있다.

"그건 이해하지만, 지금 센바공예사에 대출해주지 않으면 곧 벽에 부딪힐 겁니다. 그러면 우리 은행에도 좋을 게 없습니다."

그러자 이노구치는 한자와의 신경에 거슬리는 말을 입에 담았다.

"그건 우리 부서와 아무런 관계가 없습니다. 우리가 할 일은 여신 판단일 뿐이니까요. 즉, 우리 부서가 할 일은 돈을 빌려줄 수 있느냐 없느냐를 판단하는 것일 뿐이지요. 이렇게 말씀드리면 좀 그렇지만 그 결과 거래처가 어떻게 되든 알 바는 아닙니다. 그건 어디까지나 거래처의 사정 아닙니까?"

말도 붙일 수 없을 만큼 냉랭한 반응이었다.

"센바공예사 직원들이 길거리에 나앉든 말든 알 바가 아니다, 그런 뜻인가요?"

분노가 담긴 한자와의 말을 듣고 미나미다가 뒤를 돌아보았다. 통과되리라고 여겼던 품의에 제동이 걸릴 줄은 상상도 못 했으리라.

"그렇게 말한 적은 없습니다. 아무튼 이 대출에는 담보가 필수 조건이니까 그렇게 대응해주시기 바랍니다."

이노구치는 일방적으로 전화를 끊었다.

"융자과장으로서 자네의 태도는 문제가 많군."

이노구치와의 통화 내용을 전해주자 아사노는 사태의 책임을 한자와에게 떠넘겼다.

"애당초 자네가 상황을 잘못 판단해서 센바 사장이 잘못 선택한 게 아닌가? 연속으로 적자를 내는 회사에게 융자부에서 얼른 대출해주라고 품의를 승인해줄 것 같았나?"

"아무리 금융청의 판단을 감안한다고 해도, 융자부에서 내민 조건은 너무 가혹합니다. 센바공예사는 그렇게까지 문제가 있는 회사가 아닙니다. 지점장님께서 기타하라 부장님에게 잘 말씀해주실 수 없겠습니까?"

하지만 아사노는 깨끗하게 거절했다.

"그럴 순 없어. 난 처음부터 이 품의에 마음이 내키지 않았거든. 내겐 자네 설명보다 융자부 의견이 더 타당하게 들리는군."

"이대로 있으면 센바공예사는 궁지에 몰릴 겁니다."

"그게 융자부의 판단이라면 어쩔 수 없지. 더구나 그렇게 되면 우리 책임이 아니라 융자부 탓이야."

"지점장님, 이건 누구에게 책임이 있느냐의 문제가 아닙니다. 센바공예사 직원들을 길거리에 나앉게 할 수는 없습니다."

아사노가 눈을 부릅뜨고 버럭 고함을 질렀다.

"그렇다면 담보를 찾아오면 되잖아! 그러면 모든 문제가 해결될 거 아니야!"

"하지만 담보는……."

아사노는 이때다, 하고 말을 꺼냈다.

"M&A가 있잖아? 연속 적자를 내는 회사가 담보도 없이 대출을 받을 수 있다고 착각했기 때문에 이렇게 된 거야. 그건 상황을 제대로 설명하지 못한 자네 탓이겠지. 지금 당장 센바공예사에 가서 대출은 힘들다, M&A를 받아들이면 편해질 수 있다고 말하고 오게. 그래! M&A에 응한다면 이번에 특별히 대출해주라고 내가 본부의 융자부를 잘 설득하지."

도쿄중앙은행은 현장주의다. 현장의 우두머리인 지점장의 발언권이 세서 "이곳에는 꼭 지원해주어야 한다"라고 말하면 융자부를 움직일 수도 있지만, 아사노에게는 그럴 마음이 털끝만큼도 없는 것 같았다.

거래처를 지켜야 할 지점장에게도 버림받고, 서류만으로 냉정하게 대응하는 융자부에게도 버림받는다…….

책임을 회피하는 사람들 사이에서 센바공예사의 대출 품의는 농락당하고 있었다.

"검토해보겠습니다."

한자와의 대답을 듣자마자 아사노는 내치듯이 말했다.

"지금 이게 검토할 일인가? 센바공예사에게 남은 건 이제 M&A를 받아들이는 길밖에 없어. 그렇게 간단한 사실을 왜 모르지? 그건 초등학생이라도 알 수 있잖아! 당장 센바 사장을 만나서 지금의 상황을 설명하고 오게. 그러면 그쪽도 생각이 바뀌겠지."

아사노는 파리를 쫓듯이 손을 한 번 휘저어 이야기가 끝났음을 알렸다.

사장실에는 도모유키와 하루, 에다지마 등 세 사람이 모여 있었다.

"이제 와서 담보를 내놓으라고 하다니……."

융자부의 의견을 말하자 도모유키는 머리를 껴안고 절망적으로 말했다.

"한자와 과장님, 우리 회사에는 내놓을 수 있는 담보가 없습니다. 그러면 대출이 안 되는 건가요?"

"포기하기는 아직 이릅니다. 아직 검토할 여지는 있지 않습니까?"

"검토할 여지라고 하시면……."

"지난번에 도지마상점 이야기를 해주셨을 때, 도지마 씨 부인이 소유한 건물만은 채권자들에게 빼앗기지 않고 남았다고 하셨지요?"

도모유키가 얼굴을 들었다. 한자와가 무슨 말을 하려는지 겨우 알아차린 것이다.

"하지만 그쪽과는……"

"두 집안의 관계는 잘 알고 있습니다. 이걸 보십시오. 지난번 얘기를 듣고, 도지마 마사코 씨 건물의 부동산 등기부등본을 떼어왔습니다."

나카니시가 내민 부동산 등기부등본을 도모유키와 하루, 에다지마가 들여다보았다. 부동산 등기부등본이란 물건(物件)의 개요와 소유자, 담보 설정 상황 등이 적힌 공문서다.

"이 상가아파트는 도지마 마사코 씨 한 사람의 소유로 되어 있고, 현재 아무런 흠도 없이 어디에도 담보로 들어 있지 않습니다. 건물의 가치는 최소한 10억 엔이 넘을 겁니다. 이 건물을 담보로 제공하면 이번 대출은 문제없을 것 같습니다."

"그건 알지만 지난번에 말씀드린 대로 도지마 집안과는 몇 년간 연락이 끊어진 상태입니다."

계속 부정적으로 말하는 도모유키에게 한자와는 이렇게 제안했다.

"그럼 일단 저희 쪽에서 도지마 마사코 씨를 만나 분위기를 확인해보면 어떨까요? 이야기가 어떻게 될지는 모르겠지만, 그런 다음에 진행할 수 있다면 진행하는 겁니다."

도모유키는 복잡한 표정을 지으며 팔짱을 꼈다.

하루가 말했다.

"한번 해보시라고 하는 게 어떨까요? 난 괜찮을 것 같아요. 한자와 과장님이라면 얘기를 잘해주실 테니까요. 그래도 안 된다면, 그때 다시 생각해보면 되잖아요."

"사장님, 저도 부탁드리겠습니다. 한자와 과장님께서 한번 만나봐도 되지 않을까요?"

에다지마도 애원하자 도모유키가 마음을 정하고 얼굴을 들었다.

"할 수 없군요. 본래 제가 직접 가야 하지만 요전에 말씀드린 대로 지금 나서기는 조금 그렇습니다. 죄송하지만 잘 부탁합니다."

도모유키는 두 무릎에 손을 올린 채 정중히 머리를 숙였다.

3

그곳은 도사이나리신사에서 가까운 한적한 곳이었다.

"저 아파트군요."

차의 핸들을 잡은 나카니시가 속도를 줄이며, 앞 유리창 너머로 보이는 건물을 손가락으로 가리켰다.

"역시 그 건물입니다. 저 화랑에 간 적이 있거든요."

그는 도로 한쪽에 차를 세우더니 1층에 있는 화랑을 가리켰다. '고센도'라는 간판이 걸려 있는 그 화랑은 밖에서도 벽에 걸린 풍경화를 들여다볼 수 있었다.

세련된 10층짜리 벽돌 건물로, 2층부터는 임대용 아파트인 듯했다. 길과 마주한 건물 왼쪽에 유리로 된 출입구가 있고 인터폰이 설치되어 있었다. 오토 키(Auto Key)가 없으면 들어갈 수 없는 문 안쪽에 현관홀과 엘리베이터가 보였다. 우편함은 보안 장치가 있는 안쪽에 있는지, 밖에서는 보이지 않았다.

"이래선 몇 호에 사시는지 모르겠군요."

나카니시는 그렇게 말하고 어떻게 해야 좋을지 생각했다.

"고센도 사장님에게 물어보는 게 어때?"

"밑져야 본전이니까 물어볼까요? 제 얼굴을 기억해주셨으면 좋겠는데요."

나카니시는 아파트 밖으로 나와서 화랑 문을 열었다.

한자와가 화랑 안에 있던 여성에게 명함을 내밀자 이윽고 안

쪽에서 키가 작고 뚱뚱한 남자가 나타났다. 그러더니 한자와와 나란히 서 있는 나카니시를 보고 반가운 표정을 지었다.

“난 또 누구라고. 자네였군. 요즘 안 보인다 했더니 외근하나 보지?”

“오랜만에 뵙겠습니다. 지금은 융자과에 있습니다.”

“그래?”

고센도 사장인 오카무라 미쓰오는 나카니시가 내민 명함을 관심 없는 얼굴로 받아들고 새삼스레 물었다.

“오늘은 무슨 일인가?”

“이 아파트 주인에 대해 여쭤볼 게 있습니다만.”

한자와가 그렇게 말하자 오카무라가 곧바로 되물었다.

“주인이라니, 마사코 씨 말인가?”

“잘 아시나요?”

“알다마다. 같이 차를 마시는 친구 사이지. 마사코 씨에게 볼 일이라도 있나?”

“여기에 사시나요?”

“그렇긴 하지만…….”

한자와가 질문에 오카무라는 당황한 표정을 지었다. 무슨 용건으로 찾아왔는지도 모르는 사람에게 대답하기가 찜찜한 것이다.

“실은 마사코 씨의 친척 회사가 저희 거래처인데, 잠시 의논할 일이 있어서 찾아왔습니다.”

오카무라가 못을 박듯이 물었다.

“혹시 마사코 씨를 곤란하게 만드는 얘기는 아니겠지?”

한자와가 곧바로 대답했다.

“물론이죠. 마사코 씨 의견을 듣고 싶을 따름입니다.”

“그래? 그럼 마사코 씨에게 물어보지. 잠시만 기다리게.”

오카무라는 휴대폰을 꺼내 그 자리에서 전화를 걸었다.

“여보세요. 납니다, 오카무라. 지금 우리 화랑에 도쿄중앙은행의 융자과장이 왔어요. 마사코 씨에게 의논할 게 있다고 하는데, 어떻게 할까요? 만나보시겠어요? 네? 아아, 그래요? 잠시만요.”

오카무라는 휴대폰의 송화구를 손으로 가리고 한자와를 돌아보았다.

“이쪽은 볼일이 없다고 하는데, 어떻게 할래요?”

“번거롭게 하진 않을 테니까 잠시만 시간을 내주실 수 있는지, 여쭤봐주시겠습니까?

“번거롭게 하진 않겠다고 잠시만 시간을 내달랍니다. 어떻게 할까요? 네? 안 된다고요? ……안 된다는데요?”

나카니시가 안절부절못하면서 상황을 지켜보았다. 혹시 도쿄중앙은행이란 말을 듣고 도지마 마사코가 도지마상점의 채권에 얽힌 이야기라고 지레짐작한 게 아닐까?

“제가 잠시 통화를 해도 될까요?”

오카무라에게서 휴대폰을 넘겨받은 한자와는 일단 자신의

신분을 밝혔다.

"전화 바꿨습니다. 도쿄중앙은행 오사카 서부 지점의 한자와라고 합니다."

"도쿄중앙은행 분이 무슨 일로 날 찾아왔죠?"

전화기 너머에서 메마른 목소리가 들렸다. 카랑카랑한 말투는 우아한 노부인이라기보다 시장판의 거침없는 장사꾼처럼 들렸다.

"도지마상점 일이라면 나하곤 관계가 없어요. 돌아가세요."

"아뇨, 그 이야기가 아닙니다. 센바공예사 건으로 잠시 이야기를 나눌 수 있을까 해서요."

"센바공예사?"

그 이름이 나오리라곤 생각지도 못했는지, 수화기 너머에서 잠시 침묵이 자리했다.

"센바공예사 건이라니, 무슨 일인가요?"

"직접 만나 뵙고 말씀드릴 수 있을까요?"

그녀는 잠시 생각하고 나서 대답했다.

"좋아요. 오래 걸리진 않겠죠? 몇 명인가요?"

"두 명입니다."

"그럼 현관 인터폰에서 1001호를 누르세요. 10층이에요."

4

엘리베이터에서 내리자 10층에는 문이 하나밖에 없었다. 마사코가 10층 전체를 사용한다는 뜻이다.

문 옆에 있는 인터폰을 눌렀더니 체구가 작은 은발의 여성이 나타났다. 도지마 요시하루의 아내인 마사코였다.

"들어오세요."

넓은 현관 정면에는 큼지막한 그림이 걸려 있었다. 호안 미로의 석판화 같았다. 그녀를 따라 들어간 넓은 거실은 화려하지는 않지만 어딘지 모르게 당당한 느낌이 들었다.

앞쪽에 있는 선반에 유리 세공품과 탁상시계가 놓여 있고, 그 옆에는 클래식 악보 같은 것이 다섯 권쯤 쌓여 있었다. 옆의 의자에는 바이올린과 함께 케이스가 놓여 있었다.

마사코는 한자와와 나카니시 앞에 홍차를 내려놓고 팔걸이 의자에 앉았다.

"바이올린을 켜십니까?"

"한때 그쪽 길로 가려고 했어요. 바이올리니스트가 되고 싶었답니다. 지금의 나를 아는 사람들에게 말하면 믿기지 않는다고 하지만요."

나이는 예순 살쯤 됐을까? 정식으로 마주한 마사코는 단정한 얼굴에 또렷한 눈이 인상적인 품위 있는 여성이었다. 젊은 시절에는 상당히 미인이었으리라.

마사코는 한자와를 똑바로 보면서 단도직입적으로 물었다.

"그런데 센바공예사의 어떤 얘기지요? 결국 그 회사가 망했나요?"

한자와는 무심코 쓴웃음을 지었다. 말을 하지 않으면 우아한 귀부인처럼 보이는데, 막상 입을 열자 거친 사투리로 말하는 '오사카의 아주머니'였던 것이다.

"아니요, 망하지 않았습니다."

"그거 다행이군요."

그녀는 태연하게 말하더니 홍차 잔을 무릎 위에 올려놓고 홍차를 한 모금 마셨다.

"5년쯤 전입니다만, 센바공예사가 도지마상점에 3억 엔을 빌려주고 못 받았다는 이야기를 들었습니다."

한자와가 본론을 꺼내자 마사코는 미간을 찡그렸다.

"그 얘기라면 나하곤 관계없어요. 아까 말했잖아요."

"네, 알고 있습니다."

한자와는 그렇게 대답하고 재빨리 말을 이었다.

"그런데 지금 센바공예사에 돈이 필요합니다. 필요한 금액은 2억 엔이죠. 저희 은행에서 대출해주려고 내부에서 품의를 올렸는데, 새로운 담보가 있어야 한다고 해서요."

마사코는 말없이 한자와의 말에 귀를 기울였다.

"그래서 의논을 드리려고 찾아왔습니다만, 혹시 마사코 씨께서 협조해주실 수 없겠습니까?"

"협조요? 구체적으로 어떻게 하면 되는데요?"

"이 건물을 담보로 제공해주실 수 없겠습니까?"

마사코는 말없이 무릎 위에서 홍차를 들고 다시 한 모금 마셨다. 그리고 딱 부러지게 대답했다.

"그건 안 돼요. 내가 왜 센바공예사를 위해 담보를 제공해야 하죠?"

"그러지 마시고 어떻게 좀 도와주실 수 없을까요? 지금 센바공예사에는 부탁할 사람이 마사코 씨밖에 없습니다."

"그럼 왜 도모유키가 직접 오지 않는 거죠? 이상하잖아요? 본인이 직접 오지 않고 은행에서 오다니……."

"도모유키 사장에겐 제가 부탁했습니다. 마사코 씨를 만나 뵙고 싶으니까 허락해달라고요. 도모유키 사장은 마사코 씨에게 폐를 끼치고 싶어 하지 않습니다."

"다시 말해, 도모유키에게 나를 만나보겠다고 말하고 당신 멋대로 찾아왔다는 건가요? 하긴 그렇겠지요."

이제야 이해가 된다는 식으로 마사코는 고개를 끄덕였다.

"이것 보세요, 도모유키는 내게 폐를 끼치고 싶지 않은 게 아니라 관계를 맺고 싶지 않은 거예요. 예전에 우리 남편과 이런 저런 문제가 있었거든요. 이제 와서 담보를 제공해달라고 하면서 내게 고개를 숙이고 싶지 않을 거예요."

마사코는 도모유키의 마음을 정확히 알고 있었다.

"나도 그런 얘기는 듣고 싶지 않아요. 한자와 과장님, 난 남편 회사가 쓰러졌을 때도 이 건물만은 끝까지 지켰어요. 그런 건물을 센바공예사를 위해 담보로 제공하다니, 그건 말이 안 되잖아요?"

하지만 한자와는 물러서지 않았다.

"심정은 충분히 이해합니다. 그래도 이번만 특별히 검토해주실 수 없을까요?"

말이 끝나기도 전에 마사코는 고개를 가로저었다.

"아뇨, 그럴 순 없어요. 센바공예사는 100여 년의 역사가 있는 오래된 출판사잖아요? 그런 회사가 우리 같은 곳에서 담보를 제공해주지 않으면 돈을 빌릴 수 없다니, 그건 그 정도로 실적이 엉망이란 뜻 아닌가요? 어디에 쓸 돈인지 모르겠지만 안 봐도 뻔해요. 지금 적자에 허덕이고 있지요?"

오랫동안 경영자의 아내로 살아서 그런지, 마사코의 직감은 날카로웠다.

"그런 회사에 담보를 제공해주면 돌려받지 못할 수도 있잖아요? 한자와 과장님, 이런 늙은이에게서 집을 빼앗을 생각인가요?"

"도저히 안 되겠습니까?"

마사코는 다시 힘차게 고개를 가로저었다.

"네, 안 돼요. 돌아가서 도모유키에게 전해주세요. 자기 힘으로 헤쳐나가라고요. 그게 사장이 할 일이잖아요?"

마사코는 끝까지 태도를 바꾸지 않았다.

"당신들도 다시는 여기에 오지 말아요. 내가 간절히 부탁할게요."

5

"한자와 과장, 아사노 지점장님이 부르셔."

나카니시와 같이 지점으로 돌아가자 에지마가 그렇게 말했다. 아사노는 너무나 높은 사람이라서, 부하직원을 부르는 것은 에지마의 일이 된 모양이다. 당사자인 아사노는 에지마의 옆자리에서 불쾌한 얼굴로 한자와를 노려보고 있었다.

자리로 다가오는 한자와를 본 순간, 아사노가 짜증 섞인 목소리로 물었다.

"센바공예사 건은 어떻게 됐지? 담보는 확보했나?"

"아직입니다."

"그럼 어떻게 할 건가? 이대로 있다가 자금이 바닥날 때 도산시킬 작정인가?"

"담보에 관해서는 조금만 시간을 주실 수 없겠습니까?"

"시간을 준다고 해결될 문제가 아니잖아! 그러지 말고 M&A를 추진하는 게 어때? 왜 그렇게 하지 않지?"

"센바 사장님은 회사를 매각할 의사가 없습니다. 현 시점에서 M&A를 추진하는 건 시기상조입니다."

"자네는 아직도 그런 말을 지껄이나?"

아사노는 시비조로 말하고, 조바심이 가득한 눈으로 한자와를 바라보았다.

"센바 사장은 아직도 자신의 처지를 모르는군. 오너 자리만

붙들고 있으면, 직원들이야 길거리에 나앉든 말든 상관없단 말이야?"

속으로는 거래처 직원을 털끝만큼도 생각하지 않는 주제에 그럴 듯한 명분을 입에 담았다.

"센바 사장에게 다시 말해봐. M&A를 검토해보라고. 이건 지점장 명령이야!"

한자와는 더는 반박하지 않았다. 아사노와 입씨름을 한다고 해결될 일이 아니다.

침묵하는 한자와를 보고 아사노가 다시 덧붙였다.

"그리고 오사카 영본의 반노 조사역을 데려가. 자네에게만 맡겨두니까 불안해서 안 되겠어. 반노 조사역이라면 안심하고 맡길 수 있지."

한자와가 반노를 대동해 센바공예사를 찾은 것은 그다음 날이었다.

"또 M&A 이야기인가요?"

반노의 얼굴을 보자마자 도모유키는 미간에 세로 주름을 잡았다.

도지마 마사코를 만났던 상황은 이미 어제 보고했다. 그때 도모유키는 "그렇게 말씀하실 줄 알았습니다"라고 깔끔하게 받아들였다. 처음부터 기대하지 않았으리라.

"그런 식으로 말씀하지 마시고요. 오늘은 시간을 내주셔서 고맙습니다."

반노는 억지웃음을 지으며 정중한 태도로 고개를 숙였다.

"대출 심사가 난항을 거듭하고 있다고 들었습니다. 지금은 지난번에 드렸던 제안을 긍정적으로 검토하실 좋은 기회가 아닌가 해서 이렇게 찾아왔습니다. 사장님, 적어도 상대 회사가 어디인지, 매수 가격이 어느 정도인지 하는 정보만이라도 들어 보시겠습니까? 이렇게 부탁드립니다."

반노는 과장스럽게 말한 뒤, 두 손으로 무릎을 짚고 깊숙이 고개를 숙였다. 도모유키는 지긋지긋하다는 표정을 지었지만 반노의 끈기에 한 걸음 물러섰다.

"뭐, 일단 들어봅시다. 그걸 듣는다고 해서 돈이 들진 않을 테니까요. 하루, 너도 괜찮지?"

옆에 있는 하루에게 한마디 했다.

이윽고 '비밀유지계약서'에 사인한 두 사람 앞에 반노는 서류 한 통을 내밀었다.

"이 회사입니다."

"……자칼?"

도모유키가 깜짝 놀란 것에 반해서 하루의 얼굴에는 의아한 표정이 자리했다.

"자칼이 왜……. 업종이 완전히 다르잖아……?"

하루가 그렇게 중얼거린 순간, 도모유키가 "아니, 관계가 없지는 않아"라고 말하며 하루로부터 반노에게 시선을 옮겼다.

"다누마미술관이 내년에 완공되지 않던가요?"

"역시 사장님은 아시는군요. 내년 봄에 오픈 예정입니다."

"그렇군요" 하고 하루도 고개를 끄덕였다.

반노가 눈을 반짝이며 대답했다.

"다누마 사장님은 현대미술 작품을 수집하는 수집가로 전 세계에 이름이 알려져 있습니다. 지금은 일본에서 가장 유명한 수집가라고 할 수 있지 않을까요? 특히 니시나 조 작품은 타의 추종을 불허해서, 다누마미술관의 핵심이 될 예정입니다."

"미술관을 짓는 김에 미술잡지를 내는 출판사도 산다……. 돈만 있으면 뭐든 할 수 있군요."

도모유키의 말에서 희미하게 혐오감이 배어났다.

"다누마 사장님은 귀사의 열렬한 팬입니다. 멋진 잡지를 만들도록 응원하고 싶다, 일본의 미술업계를 지원하고 싶다, 진심으로 그렇게 바라고 있습니다."

반노의 입에 발린 말이 도모유키와 하루의 마음에 스며든 것처럼 보이지는 않았다.

잠시 침묵이 이어진 뒤, 도모유키가 무거운 입을 열었다.

"이건 있을 수 없는 일입니다. 우리 잡지의 팬이라면 아실 테지만, 창업자인 센바 유키무라의 창업 정신은 '평론의 독립'입니다. 만약 우리가 특정한 기업 밑으로 들어간다면 그 창업 정신은 어떻게 되죠? 예를 들면 다누마미술관의 기획 전시를 정면으로 비판하는 기사를 낼 수 있겠습니까? 아니면 다누마 사장님에게 그럴 만한 배포가 있나요?"

"하지만 자칼의 산하로 들어가면 경영은 안정됩니다. 사장님, 직원들의 생활을 지켜주고 싶지 않으십니까?"

"물론 우리 직원들은 지키고 싶습니다. 대출 심사가 난항을 거듭한다는 것도 알고 있고요. 하지만 직원들도 평론의 범위가 제한되는 회사에선 일하고 싶지 않을 테니까, 그래서는 진정한 의미에서 직원을 지킨다고 할 수 없겠지요. 반노 조사역님, 돈이 궁하니까 회사를 팔 거라고 가볍게 생각하셨다면, 그건 틀리셨습니다."

반노는 천천히 반론을 제기했다.

"주제넘은 말씀일지 모르겠지만 이 이야기는 그렇게 가볍지 않습니다. 다누마 사장님은 진심으로 귀사를 사고 싶어 하시니까요. 오늘은 자칼이 귀사를 매수한 경우, '노렌다이[暖簾代]'를 얼마나 생각하고 있는지 알려드리러 왔습니다."

'노렌다이'란 한마디로 말하면 그 회사의 '간판 값'이다. 모든 회사에는 간판 값이 있는데, 오랜 전통이 있거나 사회적 신뢰나 지명도가 높을수록 간판 값이 비싸진다. M&A의 경우, 회사 가격은 토지나 건물 같은 고정자산 외에 몇 년간 이익의 추이와 간판 값을 더해서 정하는 일이 많다.

"말씀드려도 되겠습니까?"

반노는 거만하게 말하더니, 도모유키의 대답을 듣지도 않고 멋대로 말을 이었다.

"15억입니다."

도모유키는 숨을 들이마시고, 하루는 눈을 휘둥그레 떴다.

"회사 가치를 산출한 뒤, 이 금액을 더해서 지급하겠습니다. 사장님, 이제 검토해주시겠습니까?"

나카니시가 숨을 죽이고 도모유키를 쳐다보았다.

센바공예사의 주식은 거의 도모유키와 하루가 가지고 있다. 만약 회사를 팔면 회사의 자산과 수익성 등을 계산한 금액 위에 15억 엔이 더 들어오게 된다. 따라서 매각 대금은 수십억 엔에 이를 것이다.

"두 분은 아직 젊으시니까 정년이 되는 65세까지 지금처럼 그 자리에 계셔도 된다고 다누마 사장님께서 말씀하셨습니다. 그러니까 사장 자리에서 내려오실 일도 없으시지요."

조용히 숨을 들이마신 도모유키의 옆얼굴에 마음속의 흔들림이 내려앉았다.

"사장님, 꼭 긍정적으로 검토해주십시오. 결단을 내리시면 당장이라도 절차에 들어갈 수 있도록 만반의 준비가 되어 있습니다. 좋은 대답을 기다리겠습니다."

반노는 그렇게 말하고 고개를 숙인 뒤 사장실을 나섰다.

"15억이라……. 이것 참 난감하군."

도모유키는 깊은 탄식과 함께 나지막하게 중얼거렸다. 그러고는 종이뭉치에라도 맞은 것처럼 얼굴을 찡그렸다.

"한자와 과장님, 어떻게 생각하세요? 과장님도 우리 회사를 파는 편이 좋다고 생각하시나요?"

"그건 사장님과 하루 부장님께서 정할 일입니다. 저희는 그 결정에 따라서 최대한 지원하겠습니다."

"하루, 넌 어떻게 생각해?"

하루는 솔직히 말했다.

"물론 돈이 있으면 좋지요. 사고 싶은 것도 많고요. 그런데 회사를 팔아서 돈을 받으면, 나중에 저세상에 갔을 때 조상님 뵐 낯이 없잖아요. 정말로 회사가 망하기 직전이라면 몰라도 아직은 그렇지 않으니까요. 사장님, 15억 엔에 창업 정신을 팔 수는 없지 않을까요?"

아를르캥을 올려다보면서 도모유키는 간절하게 덧붙였다.

"돈다발로 뺨을 맞는다면 이런 기분이 들까? 하지만 덕분에 내가 처한 현실이 보이는 것 같군. 그래도 영혼을 팔고 싶진 않아. 그건 직원을 지키는 것과는 다른 얘기니까."

도모유키의 시선이 한자와에게로 향했다.

"그런데 은행 쪽에서는 우리가 M&A를 받아들이기를 바라고 있겠지요. 과장님도 은행 안에서 입장이 있을 테니까 지점장에게는 내가 매수를 긍정적으로 검토하고 있다고 전해주십시오. 그런 편이 풍파가 일지 않을 테니까요. 대답은 최대한 뒤로 미루시면 됩니다. 그 정도도 못하면 출세할 수 없어요."

"거짓 보고는 할 수 없습니다. 제가 그런 재주가 없어서요."

한자와의 대답에 도모유키는 어깨를 흔들며 소리 없이 웃었다.

"하지만 눈앞에 있는 건 우리 회사 역사상 최고의 난제입니다. 어떻게 하면 좋을까요?"

생각에 잠기는 도모유키를 보고 한자와가 조심스럽게 물었다.

"마사코 씨를 한번 만나보실 생각은 없으십니까? 말씀은 그렇게 하셨지만 가능성이 전혀 없는 건 아닙니다. 한 번 거절당했다고 해서 순순히 물러난다면 어떤 일도 해낼 수 없습니다. 오히려 승부는 지금부터가 아닐까요?"

하루가 말했다.

"한자와 과장님 말씀이 맞아요. 사장님, 정식으로 만나보시는 게 어때요? 정 내키지 않으면 제가 같이 가줄까요?"

잠시 생각하던 도모유키가 허공을 노려보며 대답했다.

"아니, 내가 다녀올게. 그 욕심 많은 할망구가 자기 건물을 쉽게 담보로 내놓진 않겠지만, 우리에게 남은 선택지는 그것밖에 없어. 과장님, 도와주시겠습니까?"

"물론입니다. 그런데 정공법으로 가면 문전박대만 당할 뿐입니다."

"하긴 예전에 자기 집 문지방도 넘지 말라고 했지요. 어떻게 하면 될까요?"

한자와가 도모유키를 물끄러미 쳐다보며 빙긋이 웃었다.

"저에게 한 가지 생각이 있습니다."

6

"지금 상황을 볼 때, 센바공예사가 M&A를 적극적으로 검토하리란 건 틀림없습니다. 품의도 통과되지 않고 담보도 없는 상황에서 손 쓸 도리가 없을 테니까요. 식량 공격 작전의 성공이 코앞으로 다가왔다고 할 수 있습니다."

아를르캥이 옅은 미소를 짓고 있는 이즈미를 내려다보았다. 똑같은 아를르캥이라도 이것은 센바공예사에 있는 석판화가 아니라 니시나 조가 그린 유화로, 값어치는 상상을 초월할 정도다.

자칼의 사장실이다. 이즈미와 반노 앞에는 불쾌한 표정의 다누마가 팔걸이의자의 등받이에 기댄 채, 꼰 다리를 신경질적으로 흔들고 있었다.

"하지만 아직 매수에 동의한 건 아니잖아? 15억 엔이 적다는 건가?"

반노가 황급히 고개를 옆으로 가로저었다.

"천만에요! 그런 건 아닙니다. 금액을 말한 순간, 센바 사장이 적잖이 동요하더군요. 당장이라도 받아들이고 싶었을 겁니다. 다만……."

반노는 우물쭈물하며 단어를 선택했다.

"센바공예사에는 '공정한 평론'이라는 방침이 있어서, 그게 마음에 걸리는 모양입니다."

"우리는 공정한 평론을 할 수 없다는 건가? 그게 말이 돼?"

이즈미가 재빨리 두 손을 비비며 맞장구를 쳤다.

"당연히 말이 안 되죠. 다음에 만나면 다누마 사장님께서 넓은 아량으로, 잡지를 자유롭게 만들어도 좋다고 말씀하셨다고 전하겠습니다. 그런 장애물을 없애주면 센바 사장도 긍정적으로 검토할 겁니다. 지금은 그런 걸 따질 때가 아니니까요."

"그럼 지금 당장 그렇게 전하게. 좋은 대답을 기다리고 있으니까."

"알겠습니다. 오늘은 사장님께서 관심을 가지실 만한 회사 리스트를 뽑아왔습니다."

이즈미의 말에 따라 반노는 다누마 앞에 새 자료를 내놓고, 앞으로 펼쳐질 대형 M&A 전략으로 이야기의 방향을 바꾸었다.

그동안 자칼은 단기간에 눈부신 성장을 이루어 주식시장에 상장했다. 다누마는 스타 경영자라는 찬사를 받고, 오랫동안 정체되어 있던 일본 경제에 오랜만에 꿈의 기업이 탄생했다며 매스컴에서도 떠들썩했다. 하지만 최근 들어 실적이 한계점에 이르면서 성장은 제자리걸음을 하고 있다.

한편, 주주들은 항상 끝없는 성장을 요구하고 있다. '자칼, 급브레이크', '성장 전략에 드리워진 그늘', '성장 신화, 이것으로 끝인가.' 성장이 둔해진 순간 여기저기서 튀어나오는 과장된 반응은 모두 다누마의 신경을 자극하는 것뿐이었다.

그리하여 다누마는 메인 업종이지만 포화 상태인 인터넷 쇼핑몰 외에, 새 수익원을 창출하기 위한 다음 수를 준비하고 있었다. 바로 M&A 전략이다.

눈에 띄는 회사를 매수해서 자본과 노하우를 투입해 단기간에 성장시킨다. 다누마는 그것을 통해 자칼을 끊임없이 성장하는 고수익 기업 집단으로 만들 계획이다.

이 전략은 도쿄중앙은행 기시모토 은행장의 M&A 강화 방침과 궤를 같이 하는 것이나 마찬가지다. 즉, 자칼의 M&A 전략을 도와주는 것은 바야흐로 오사카 영업본부에 부여된 지상 최대의 과제라고 할 수 있었다.

"전부 50개 회사입니다. 각각의 M&A 이점에 관해서는 반노 조사역이 설명하겠습니다."

다누마에게서는 대답이 돌아오지 않았다. 관심이 있는지 없는지, 서류를 보지도 않고 팔짱을 낀 채 눈을 감고 있었다. 사장실은 시계의 초침 소리가 들릴 만큼 고요하고, 설명을 시작한 반노의 목소리는 푹신한 카펫에 빨려 들어갔다.

그때 다누마와 같이 설명을 듣는 이즈미의 머릿속에 한 가지 의문이 솟구쳤다. 이 자료에 있는 것은 하나같이 매력적이고 성장 가능성도 높은 기업들이다. 그런데 다누마는 아예 관심을 보이지 않고 건성으로 듣고 있다.

반면에 센바공예사의 매수에는 기이하리만큼 집착하고 있다. 왜지? 다누마의 관심은 이미 비즈니스가 아니라 예술 분야로 옮겨가버린 걸까?

다누마 도키야라는 경영자가 무슨 생각을 하는지, 이즈미는 알 수 없었다. 아니, 이즈미는 마음속으로 생각을 고쳐먹었다. 자신은 이 남자의 생각을 모르는 게 아니라 알고 싶지 않다. 이 까다로운 남자에게 듣고 싶은 말은 "알았어. 우리 회사의 자문을 자네들에게 맡기지"라는 한마디뿐이었다.

그 말을 듣기 위해서는 앞으로 얼마나 애를 쓰고 아부와 사탕발림을 늘어놓아야 할까? 그렇게 생각하니 정신이 아득해지는 것 같았다.

7

상쾌하고 쾌청한 가을 아침이다.

오전 6시 반. 아직 서늘한 밤기운이 감도는 한산한 경내에서 작업복을 입고 쓰레기를 줍는 사람들이 몇 명 보였다. 모두 이곳 이나리신사의 신도들로 일주일에 사흘씩 자원봉사를 한다. 넓은 경내의 청소와 나무 손질부터 때로는 노숙자를 위해 식사를 만드는 것까지, 하는 일이 한두 가지가 아니다.

지금 그 경내에서 커다란 쓰레기봉투를 들고 걸어가는 남자가 있었다. 한자와 나오키였다. 그는 목장갑을 끼고 담배꽁초나 쓰레기 등을 눈에 띄는 대로 집게로 주워서 쓰레기봉투에 넣었다.

그의 뒤에서 따라가는 사람은 나카니시였다. 나카니시는 운동복 차림에 수건으로 머리를 질끈 묶고 있었다. 또한 그 근처에서는 작업복 차림으로 큰 빗자루를 들고, 부지런히 경내를 청소하는 센바 도모유키의 모습이 보였다.

이날 신도들의 활동에 갑자기 참가할 수 있도록 허락해준 사람은 도쿄중앙이나리 축제에서도 중심적인 역할을 담당하는 이타치보리제철의 회장인 모토오리 다케키요였다.

다케키요의 말에 따르면 경내에 흩어져서 청소를 하는 사람은 전부 스무 명 정도라고 한다. 대부분 근처에 사는 노인들로, 이것은 종교 활동이라기보다 커뮤니티 활동에 가깝다. 다케키요는 도사이나리신사에서도 신도 회장을 역임하는, 누구나 인정하는 이 지역의 원로였다.

"수고가 많습니다."

뒤쪽에서 그렇게 말하며 손수레가 다가왔다. 손수레를 끄는 사람이 다케키요라는 사실을 안 순간, 나카니시가 황급히 뛰어갔다.

"제가 하겠습니다."

"신경 쓰지 않아도 되네. 이건 내 일이니까."

"아닙니다. 그럴 순 없습니다."

한참을 옥신각신한 끝에 다케키요로부터 손수레를 받은 나카니시는 그것을 끌고 경내의 안쪽으로 사라졌다.

다케키요는 근처의 나무 벤치에 앉아, 허리에 찬 주머니에서 페트병을 꺼내 물을 마셨다. 목에 두른 수건과 낡은 작업복에

슬리퍼 차림•이 너무나 잘 어울려서, 도저히 상장기업의 회장으로는 보이지 않는다. 다케키요만 한 지위와 재력이 있으면 매일 유명한 골프장에서 놀 법도 한데, 그는 이런 식으로 지역 사람들과 어울리고 있다. 그 덕분에 사람들의 존경을 한 몸에 받는 것이리라.

"이봐, 할멈. 이제 그만 철수할까?"

다케키요가 그렇게 말하자 근처 화단에서 일하고 있던 일복 차림의 여성이 일어서서 이마의 땀을 닦았다. 머리에는 밀짚모자를 쓰고, 흙 묻은 목장갑을 낀 손에는 작은 삽을 들고 있었다.

"기가 막혀서. 지금 누구더러 할멈이라는 거예요? 나보다 나이도 많이 먹은 주제에. 당신에겐 그런 말을 듣고 싶지 않거든요!"

다케키요에게 독설을 날리고 아픈 허리를 펴면서 다가온 사람은 도지마 마사코였다. 마사코는 신음 소리를 내면서 다케키요 옆에 나란히 앉아 한자와를 힐끔 쳐다며 거칠게 말했다.

"날씨 더럽게 좋네!"

"지난번에는 실례가 많았습니다."

고개를 숙인 한자와를 보면서 비아냥거리는 것도 잊지 않았다.

"정말 물귀신처럼 끈질긴 사람이로군."

두 번째 만남이라서 그런지, 말투도 많이 편해졌다. 그녀의 눈은 한자와의 뒤에 있는 센바 도모유키의 모습을 정확히 포착했다. 언제부터 알고 있었는지는 모른다.

• 일본식 작업복 '사무에'를 입고, 일본 전통 신발 '셋타'를 신은 모습.

"여기 있습니다."

한자와는 들고 있던 천 가방에서 물이 든 페트병을 꺼내 마사코에게 건넸다. 마사코는 페트병을 받아 들며 조금 떨어진 곳에 있는 도모유키에게 말을 걸었다.

"도모유키, 오랜만이구나."

도모유키는 굳은 얼굴로 마사코를 바라보았다.

"그동안 격조했습니다."

"아는 사람이구먼."

다케키요의 말에 마사코가 스스럼없이 대답했다.

"친척이에요. 죽은 남편의 조카지요."

"그런 사람을 우연히 한자와 과장이 데려왔을 리는 없겠지."

"나도 사연 많은 여인네랍니다. 남편이 세상을 떠난 지 3년이 지났지만, 세상은 아직 돌아가고 있네요. 오랜만에 조카가 찾아온 것도, 어느 의미에서는 남편이 이 세상에서 살았었다는 증거니까요. 안 그러니?"

마지막 한 마디는 도모유키에게 한 말이었다.

한자와가 눈을 가늘게 뜨고 미소를 지은 것은 말의 뉘앙스가 며칠 전에 그녀를 찾아갔을 때와는 달라졌기 때문이다.

도모유키가 한숨을 섞어서 대꾸했다.

"그렇지요. 이번에 제 사정으로 느닷없이 뻔뻔스러운 부탁을 해서 죄송합니다."

마사코는 깊숙이 고개를 숙인 도모유키를 물끄러미 바라보았다.

"이런 곳에서 그런 말을 하기는 좀 그렇지. 기왕 여기까지 왔으니 자네 외숙부에게 향이라도 올리게나."

마사코는 그렇게 말하고 일어서서 도모유키를 자택으로 데려갔다.

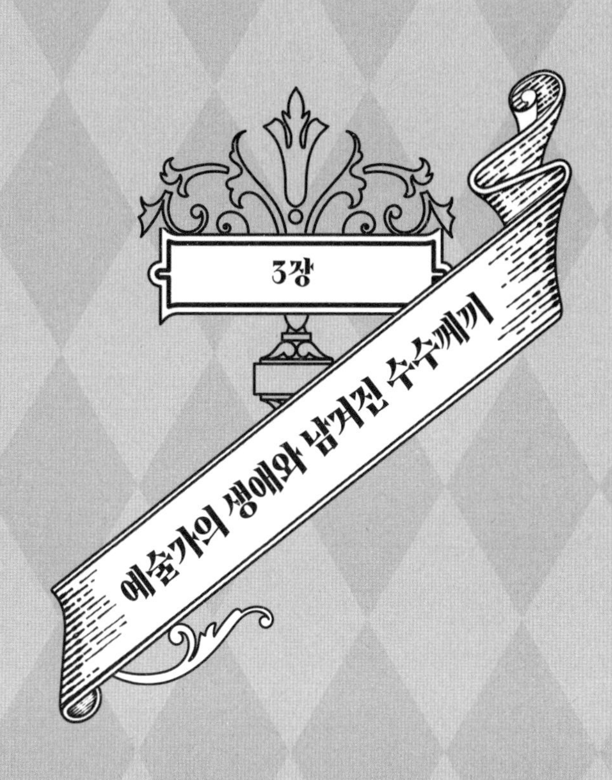

3장

예술가의 생애와 남겨진 수수께끼

1

"자네가 내 남편을 싫어했던 건 잘 알고 있어. 하지만 그이는 진심으로 자네에게 빌린 돈을 갚고 싶어 했지."

한자와는 지금 며칠 전에 방문했을 때와 똑같이 마사코의 거실에 있었다. 도지마 요시하루는 가업인 도지마상점을 도산시키고 생애를 마감했지만, 적어도 마사코는 남편과 같이 쓰러지지 않고 홀로 유유자적하게 노후를 보내고 있다.

도모유키는 외숙부가 아내를 위해 이런 환경을 만들어주었다고 여길지 모르겠지만, 한자와의 눈에는 전적으로 마사코의 능력이라는 생각이 들었다.

"아무리 좋게 보려고 해도, 그 사람에게겐 경영 능력이 없었어. 그러다 결국 자네에게 민폐를 끼치고 말았지. 죽기 전까지 그걸 얼마나 후회했는지 몰라."

남편에 대해서 말하는 마사코의 목소리는 너무도 애절하게 들렸다.

"후회했다고요? 외숙부님이요?"

도모유키는 도저히 믿을 수 없다는 얼굴로 고개를 가로저었다.

"그럴 리가 없습니다."

"거짓말이 아니야. 그이에 관해 어머니에게 이런저런 말을 들었겠지만, 그이만큼 오해받기 쉬운 남자도 없어. 유학 갔던 파리에서 어쩔 수 없이 돌아오는 바람에 화가 났던 건 사실이지만 그건 이미 옛날 일이지. 그 이후, 그 사람에겐 많은 일들이 있었어."

"그게 무슨 말씀이시죠?"

"당시에는 복잡한 사정이 실타래처럼 뒤얽혀 있었어. 그로 인해 많은 오해가 발생했지. 이제 와서 말해봐야 소용없을지도 모르겠지만, 여기까지 온 것도 인연이잖아? 자네가 그토록 싫어하는 사람이 실은 어떤 사람이었는지, 죽은 그이를 대신해서 말해도 되겠나?"

도모유키는 말없이 고개를 끄덕였다.

마사코가 말해준 것은 도지마 가문과 센바 가문에 얽힌 또 하나의 이야기였다.

"처음의 오해는 그이의 아버지, 즉 시아버님인 도지마 도미오가 그이를 파리에서 불러들일 때 생겼지. 그때 시아버님은 그이에게, 집안에 돈 들어갈 곳이 많아서 더는 지원을 해줄 수 없다고 말했어. 나중에 사정을 알게 된 그이가 센바 가문에서 돈을 빌려가는 바람에 화가의 길을 포기할 수밖에 없었다고 되레 원망을 품은 것도 무리가 아니었지. 그런데 그건 단지 그이를 파리에서 돌아오게 하기 위한 시아버님의 핑계일 뿐이었어."

"핑계요?"

도모유키가 되물었다. 그 역시 외숙부에게 주던 지원금을 끊은 것은 센바 가문에 돈을 빌려준 탓이라고 들었기 때문이다.

"당시 도지마상점의 상황이 좋지 않았던 건 사실이지만, 그이의 유학비를 댈 수 없을 정도는 아니었어. 진짜 이유는 다른 곳에 있었지. 사실 시아버님은 그림에 재능이 있던 분으로, 미술품을 많이 수집한 수집가이기도 했어. 미술품을 감정하는 눈이 상당히 날카로워서, 긴자의 유명 화랑에 걸려 있던 위작을 한눈에 간파했다는 일화도 있을 정도였지. 그런 시아버님은 파리에서 10년 가까이 공부한 그이의 그림을 보고 재능이 없음을 알아차렸어. 이놈은 물건이 아니다, 이대로 계속 파리에 두는 건 아들을 위해서도 좋지 않다……. 그래서 그런 핑계를 대서 지원금을 끊고 귀국하게 만든 게 진실이야. 하지만 그이에게는 그렇게 말하지 않았지. 자신에게 재능이 있다고 믿어 의심치 않는 아들에게 '너는 재능이 없어'라고 말하면 부자간에 의만 상할 테니까. 그런데 시간이 지나면서 그런 마음이 그이에게도 전해진 모양이더구나. 내가 그걸 어떻게 알았는지 아니? 내게 이 얘기를 해준 사람이 바로 그이였거든."

"그건 언제의 이야기입니까?"

반신반의하는 표정으로 도모유키가 물었다.

"파리에서 돌아온 지 10여 년쯤 됐을까? 자네가 대학에 다닐 무렵이었지. 시아버님께서는 이미 세상을 떠나신 후였으니까, 아마 당시 살아계시던 시어머님께 들은 게 아닐까 해. 그이는 그때 나에게 '아버지는 내게 재능이 없다고 판단해서 일본으로 돌아오게 한 거야'라고 확실히 말했지. 물론 몹시 자존심이 상했지. 매일 홧술을 퍼마셔서 옆에서 보기가 괴로울 정도로."

마사코는 쓸쓸한 미소를 지었다.

"시아버님이 세상을 떠나고 그이가 도지마상점의 사장이 된 건 그 일이 있기 몇 년 전이었지. 그이는 사장이 되자마자 맨 먼저 시아버님께서 사들인 그림을 모조리 팔아치웠어. 화가에 대한 미련이 그토록 강렬했던 거지. 내가 급하게 팔지 말고 가지고 있자고 말하면, 자기 주변에 그림 같은 건 놔두고 싶지 않다며 분통을 터트렸어. 그만큼 가슴이 아팠던 거야. 그런데 몇 년이 지나서 그이에게 좋은 기회가 찾아왔지. 그게 저 아를르캥 그림이야."

마사코의 시선 끝에는 사진이 들어 있는 액자가 놓여 있었다. 그녀는 일어나서 액자를 들고 돌아와 테이블 위에 올려놓았다.

나카니시의 입에서 "앗!" 하는 감탄사가 흘러나왔다.

"이 그림은……."

사진 속에 있는 것은 현재 센바공예사에 걸려 있는 아를르캥 그림이었지만, 그림 밑에 있는 사람은 센바 도모유키가 아니라 도지마 요시하루였다. 예순이 넘었을까? 색이 바랜 낡은 사진 속에서 마사코는 요시하루 앞에 있는 팔걸이의자에 앉아 있었다.

"이 그림을 구입하신 분은 도모유키 사장님이 아니었군요."

한자와의 말을 듣고 마사코가 화들짝 놀란 표정을 지었다.

"자네, 아직도 이 석판화를 가지고 있나?"

도모유키가 떨떠름한 표정으로 대답했다.

"네, 뭐……. 건물을 살 때, 외숙부가 이제 필요 없다고 해서 그대로 놔두었습니다. 이 그림을 보고 있으면 제가 바보처럼 보이는데, 그 점이 좋더군요."

도모유키의 변명에 마사코는 소리 내어 호탕하게 웃었다.

"고맙구나. 그이도 좋아할 거야."

"그보다 왜 이 아를르캥 그림이 좋은 기회가 된 건가요?"

도모유키가 다음 말을 재촉하자 마사코가 뒷이야기를 해주었다.

"그이가 도지마상점의 사장이 되었을 무렵, 지인으로부터 도쿄예대를 졸업한 아들을 맡아달라는 부탁을 받았지. 도쿄예대를 졸업하고 파리에 유학을 가고 싶지만, 집안에 돈이 없어서 유학비를 벌고 싶다는 거야. 부동산 사업은 전단지의 완성도에 따라 느낌이 달라질 뿐만 아니라 새 집을 지을 때에도 디자이 너의 감각을 빼놓을 수 없지. 그이는 마침 잘됐다고 하면서 디자인실을 만들어 그 청년을 2년쯤 고용했어. 그 후 청년은 당분간 파리에 살 수 있을 만큼 돈을 모아서, 그림 공부를 하기 위해 유학을 갔지. 당시 유학지로는 베를린이나 뉴욕이 인기가 있었는데, 그 청년은 그런 유행을 따르고 싶지 않다고 하면서 일부러 파리로 떠났어. 그이는 그만두는 게 좋을 거라고 만류했는데, 그로부터 몇 년 후에 우연히 그 청년의 그림을 보게 됐다네. 지금도 똑똑히 기억나. 오이마츠초에 있는 화랑이었지. 청년의 그림은 출입구의 가장 눈에 띄는 곳에 걸려 있었어. 놀랍게도 그 청년이 유명한 화가가 되었지 뭔가! 그이도 옛날이라면 벌써 알았을 텐데, 그림에는 일체 관심을 가지지 않았을 뿐더러 오히려 그림에서 도망치는 생활을 했기에 청년이 성공했다는 사실을 꿈에도 몰랐지. 당시 쇼핑을 하기 위해 길거리를 돌아다니고 있는데, 그이가 갑자기 발길을 멈추더구나. 그 그림을 발견한 거야. 마침 밖에서 잘 보이는 곳에 걸려 있었거든. 그토록 그림을 멀리하던 그이가 그러더구나. '잠깐 보고 갈까?'라고. 그림에서 뭔가 느꼈을지도 모르지. 그때 그이의 얼굴은 지금도 잊을 수 없어. 그리고 한동안 그 자리에서 꼼짝도 하지 않았지. 아니, 꼼짝도 할 수 없었다고 하는 편이 맞을지도 몰라. 아마 엄청난 충격을 받았을 거야. 그때 그이의 얼굴은 지금도 잊을 수 없어. 미간에 주름을 잡은 채 오랫동안 그림을 바라보며 멍하니 서 있었지. 그러다 마침내 이렇게 말하더구나. '아버지가 옳았어. 내게는 이렇게 빛나는 재능이 없어' 라고."

마사코는 가볍게 숨을 돌리고 말을 이었다.

"그건 아를르캥과 피에로를 그린 그림이었지. 액자 밑에서 화가의 이름을 발견한 순간, 나도 모르게 탄성을 질렀어. 그곳에는 내가 잘 아는 사람의 이름이 쓰여 있더구나. '니시나 조' 라고. 그림에는 눈이 튀어나올 만한 금액이 붙어 있었지. 니시나는 어느새 현대미술의 기수로 두각을 나타냈고, 그의 작품은 전 세계 수집가들이 앞다투어 살 만큼 높은 평가를 받고 있었어. 재능이란 참 잔인한 거야. 그이가 수십 년 노력해도 얻을 수 없었던 평가를 니시나는 몇 년 만에 거머쥐었으니까. 그이는 그 그림을 사고 싶었겠지만, 당시 도지마상점에는 그걸 살 만한 돈이 없었지. 그 대신 아를르캥의 석판화를 사서 사장실에 걸어두었어. 그 석판화는 그이에게 청춘의 상징이라고 할 수 있지."

도모유키는 눈을 깜빡이는 것조차 잊은 채 마사코를 뚫어지게 바라보았다.

재능 있는 자만이 살아남고 재능 없는 자는 도태된다. 아무리 열정을 쏟아도 결코 건널 수 없는 강이 있다. 그 한계를 자기 눈으로 확인했을 때 도지마 요시하루가 받은 충격이 얼마나 컸을지, 그 누가 상상이나 할 수 있으랴.

"그럼 니시나 조가 그 건물에서 일했나요?"

센바공예사의 건물에서 니시나 조가 일했다는 말은 한자와도 처음 듣는다. 나카니시도 눈을 동그랗게 떴다.

"잠시만 기다리게."

마사코가 자리에서 일어나 오래된 앨범을 들고 돌아왔다. 펼친 페이지에는 요시하루가 쉰 명쯤 되는 직원과 같이 찍은 기념사진이 붙어 있었다. 모두 유카타[浴衣]• 차림인 것은 난키 지역으로 전 직원이 여행을 갔을 때 찍은 사진이라서 그렇다고 마사코가 설명해주었다.

"이것 봐. 젊은 시절의 니시나 조야."

마사코가 가리킨 사진 속의 니시나는 20대 초반의 순수해 보이는 젊은이였다.

"니시나 조는 베일에 싸여 있는 화가였지요. 사생활을 밝히지 않는 걸로 유명합니다. 특히 도쿄예대를 졸업하고 파리에서 데뷔할 때까지 어떻게 지냈는지는 본인도 거의 말하지 않았어요. 이건 매우 귀한 사진입니다."

도모유키는 그렇게 말하고 나서 마사코를 똑바로 바라보았다.

"외숙부님에게 잠시 향을 올려도 될까요?"

그는 옆방에 있는 작은 불단 앞에서 오랫동안 합장을 하고 기도를 올렸다.

• 집 안에서, 또는 여름철에 입는 일본의 전통 의상.

2

"그럼 본론으로 들어갈까? 자네, 담보를 부탁하러 온 거지?"

불단 앞에서 돌아온 도모유키에게 먼저 말을 꺼낸 사람은 마사코였다.

"요전에 한자와 과장에게도 말했지만 솔직히 말해 마음이 내키지 않아. 애당초 현재 자네 회사 상황은 어떤가?"

이제부터 본론이다. 마사코답게 단도직입적인 질문에도 한자와는 당황하지 않고, "재무제표 3분기분을 가져왔습니다. 괜찮으시면 살펴보시겠습니까?"라고 말하며 도모유키의 양해를 얻어 마사코에게 보여주었다. 내가 그런 걸 본다고 알겠어, 하고 말할 줄 알았는데 마사코는 익숙한 모습으로 재무제표를 펼쳤다. 숫자를 보는 표정은 진지하기 이를 데 없었다.

이윽고 마지막까지 확인한 그녀는 자료를 탁자 위에 탁 내던졌다.

"안 되겠어."

"안 되는 이유가 뭐지요?"

그렇게 물은 사람은 한자와가 아니라 도모유키였다.

"도모유키, 그걸 생각하는 게 자네 일이잖아? 그 사람도 안일한 면이 있었지만, 자네도 3대째라면 물려받은 대로 경영해서는 안 되지. 이대로 가면 자네 회사는 분명히 궁지에 몰릴 거야."

"적자 편집부를 정리하라는 말씀인가요……?"

"뭐야? 그렇게 잘 알면서 왜 가만히 있는 거지?"

마사코는 그렇게 말하고 의자의 등받이에 기대어 생각에 잠긴 표정을 지었다.

"알고 있어도 쉽지 않습니다. 모든 편집부에는 역사가 있고 사회적 의의가 있으니까요."

마사코가 도모유키를 똑바로 쳐다보며 냉정하게 평가했다.

"그런 식으로 생각하면 아무런 희망이 없어. 사회적 의의가 있는 잡지가 왜 적자가 나지? 도모유키, 그 이유를 생각해봤나? 우리 사회에 꼭 필요한 잡지라면 흑자가 나야 마땅하잖아?"

도모유키는 입술을 깨문 채 대답하지 않았다.

"마사코 씨, 무슨 말씀이신지는 충분히 이해합니다. 센바 사장님도 앞으로 사람들의 의견을 참고로 사업을 재정비하려고 하는데, 그 전에 자금이 필요합니다. 그러니 이 건물을 담보로 제공해주실 수……."

"거절하겠어. 이 정도 회사에 담보를 제공하면 돈을 시궁창에 버리는 거나 마찬가지니까."

한겨울의 얼음처럼 차가운 마사코의 말을 듣고 상황을 지켜보던 나카니시가 힘없이 어깨를 떨구었다. 도모유키는 손가락 끝을 바라본 채 꼼짝도 하지 않았다.

한 줄기 희망을 걸었던 담판이 맥없이 실패로 끝나려고 한 순간, 분노가 깃든 도모유키의 목소리가 들렸다.

"그렇다면 3억 엔을 돌려주시지 않겠습니까? 계획도산인지 아닌지는 모르겠지만, 한 푼도 돌려주지 않는 건 사기나 마찬가지 아닙니까? 어머니가 하도 부탁해서 할 수 없이 빌려드렸는데, 이제 와서 모른다고 시치미 떼시지는 않겠지요. 그 일과 관계없다고 말씀하시지만 두 분은 부부시잖아요?"

분위기가 심상치 않았지만 마사코는 얼굴색 하나 바꾸지 않았다. 그 당당한 모습은 여걸이라는 말이 아깝지 않았다.

그녀가 정색하며 말했다.

"도모유키, 자네 마음은 충분히 이해해. 하지만 자네는 경영자야. 연대보증인도 아닌 사람에게서 어떻게 재산을 빼앗지? 난 젊었을 때 음악을 공부했어. 하지만 그이와 결혼해서 귀국한 후로는 시아버님이 시키는 대로 경영 공부를 했지. 내 경영의 스승님은 시아버님이야. 그리고 그 이후 계속 도지마상점의 경영 상황을 지켜봤어. 솔직히 말해서 난 그이의 경영 능력은 손톱만큼도 믿지 않았지. 그이는 결코 나쁜 사람이 아니었어. 하지만 경영자로서는 삼류였지. 센바 가문과 도지마 가문의 악연은 잘 알아. 하지만 그 뒤치다꺼리를 해줄 의무가 내게는 없어. 그것만은 확실히 말해두고 싶구나."

화해의 분위기가 다소나마 떠다니던 두 가족 사이에 다시 알력이 생겨나려 했다. 담보를 부탁하러 온 자리가 과거의 문제를 후벼파는 아수라장이 되기 직전이었다.

도모유키가 분노를 이기지 못해 얼굴을 찡그렸다.

"아까 외숙부님이 저에게 미안해했다고 하셨는데, 그건 무슨 말씀이시죠? 이제 와서 그런 말을 들어도 하나도 기쁘지 않아요. 지금이야 무슨 말이라도 할 수 있으니까요."

마사코는 냉정함을 잃지 않고 차분히 말했다.

"도모유키, 자네에게 돈 갚을 의무가 있는 사람은 내가 아니라 그이야. 하지만 그이는 이미 세상을 떠났지. 그이가 자네에게 돈을 갚는 일은 이미 불가능해."

"정말로 돈 갚을 마음이 있었는지 모르겠지만요."

의문을 제기한 도모유키를 향해 마사코가 타이르듯 말했다.

"그런 마음은 있었어. 눈을 감기 직전까지 자네를 생각했지. 그건 사실이야. 게다가……."

순간 마사코의 얼굴에 망설이는 듯한 표정이 떠올랐다.

"어쩌면 정말로 갚을 수 있었을지도 몰라."

도모유키가 흠칫 놀라며 말의 뜻을 헤아리듯 잠시 마사코를 바라보았다.

"무슨 말씀이시죠? 갚을 수 있었을지도 몰랐다는 건, 그만한 돈이 있었다는 말씀인가요?"

"돈은 없었어. 하지만 돈이 될 만한 걸 생각해냈던 것 같아."

모순적인 말을 듣고 도모유키가 의아한 표정을 지었다.

"돈이 될 만한 거……?"

"그때 그이가 그랬거든. 자네에게 알려줘야 하니까 내게 연락을 해달라고. 내가 자네에게 연락한 적이 있었어. 기억나나?"

"그러고 보니……."

도모유키도 짐작되는 일이 있는 모양이었다.

"그런데 자네는 더는 인연을 질질 끌고 싶지 않다고 하면서……. 뭐 그것도 어쩔 수 없는 일이었겠지만."

"돈이 될 만한 게 뭐죠……?"

그렇게 묻는 한자와에게 마사코는 짧은 탄식과 함께 고개를 가로저었다.

"그건 나도 몰라."

도모유키가 물었다.

"모른다고요? 그때 외숙부님께 안 물어보셨어요?"

"물어보긴 했어. 하지만 자네에게 연락했는데 만나러 오지 않겠다는 말을 전했더니 크게 화를 내더구나. 눈앞에 있는 보물 창고를 가르쳐주려고 하는데 바보 아니냐면서. 그런 다음에는 입을 다문 채 한마디도 안 했어. 자네도 알다시피 그이에겐 그런 고집불통 같은 면이 있었잖아. 그건 자네도 알지?"

도모유키가 부루퉁한 얼굴로 대꾸했다.

"제가 어떻게 알아요. 그런데 보물 창고가 뭐죠? 꿈이라도 꾼 거 아닌가요?"

"나도 그렇게 생각했지, 그때는……."

잠시 어색한 공기가 흐르고 마사코가 다시 입을 열었다.

"그 무렵, 그이의 병이 심각해지면서 가끔 꿈과 현실을 혼동하는 일이 있었거든. 또 무슨 꿈을 꾸었나? 그렇게 생각했던 것도 사실이야. 그런데 최근에 불현듯 그때 일이 떠오르면서 정말로 뭔가 있었던 게 아닐까 하는 생각이 들더구나. 도모유키, 그이가 무슨 생각으로 그런 말을 했는지 모르겠어? 정말로 돈이 될 만한 게 있다면 자네에게도 좋은 일이잖아?"

도모유키가 마사코를 똑바로 쳐다보았다.

"저희 회사는 지금 죽느냐 사느냐 하는 갈림길에 있습니다. 그런 꿈인지 환상인지 모를 보물찾기를 할 시간이 없다고요!"

"아니야. 분명히 뭔가 있을 거야."

하지만 도모유키는 떨리는 숨을 토해내더니 험악한 표정으로 자리를 박차고 일어섰다.

"잘 마셨습니다."

마사코는 잡을 방법이 없다고 생각했는지, 아무 말도 하지 않았다. 나카니시가 배웅하기 위해 도모유키를 따라나갔다.

도모유키가 화를 내는 건 충분히 이해할 수 있다. 그만큼 정신적으로 궁지에 몰려 있다는 반증이다. 담보를 제공해달라고 부탁하러 왔는데, 뜬구름 잡는 이야기로 자신을 우롱했다—그렇게 여겼을 수도 있다. 하지만 한자와가 보기에 마사코의 표정은 매우 진지했다. 이 여걸이 그렇게까지 말한다면 정말로 뭔가 있는 게 아닐까?

"남편분의 이야기가 현실이라고 생각하신 이유는 뭐지요?"

마사코와 둘이 있을 때 한자와는 정식으로 물어보았다.

"유품을 정리할 때 편지가 나왔거든."

"편지요?"

마사코는 다른 방으로 들어가 골판지상자를 들고 나왔다. 그러더니 상자 안에서 신문 사이에 들어 있는 전단지를 꺼냈다. 오사카 시내의 부동산을 팔기 위한, 흔히 볼 수 있는 전단지였다.

"뒤를 보게."

전단지를 뒤집어보니, 하얀 공간에 메시지가 세 줄 정도 적혀 있었다.

> 도모유키에게. 이번에 폐를 끼쳤구나. 미안하다. 그런데 꼭 할 말이 있다. 너희 회사에는 보물이 잠들어 있을지도 모른다. 만나서 얘기하고 싶다. 최근 내 병은 좋아질 기미가 안 보이고…….

편지는 도중에서 끝났다. 볼펜으로 쓰여 있었는데, 침대에 누워서 썼는지 알아보기 힘들 만큼 어지러운 필체였다.

마사코가 숙연한 표정으로 말했다.

"도모유키가 만나러 오지 않자 어떻게든 오게 하기 위해 편지를 쓰려고 했던 것 같아. 사실 달필로 유명한 사람이었지만 컨디션이 몹시 안 좋을 때 썼겠지. 모든 힘을 짜내서 떨리는 손으로 썼는데, 결국 끝까지 쓰지 못한 채……. 최근에 옛날 잡지 안에서 발견했다네. 인생은 항상 그런 법이지."

그녀는 자학적인 미소를 지었다.

"서로 증오하고, 서로 오해하고……. 서로 마음을 터놓고 솔직히 말하면 오해를 풀 수 있을 텐데, 무슨 이유인지 항상 엇갈

리지. 한자와 과장, 미안하지만 이 편지를 도모유키에게 전해주겠나? 쓰다 만 편지를 주는 건 그이도 싫겠지만, 안 주는 것보다는 낫겠지. 이걸 보면 도모유키도 생각이 바뀔지 몰라."

"알겠습니다."

한자와는 잠시 생각하고 나서 물었다.

"보물찾기 말입니다만, 단서는 있을까요?"

"계속 병원 침대에 누워 있었을 때였으니까, 단서라고 하면 그때 병실에 있던 잡지라든지 신문이라든지, 그런 걸 보고 떠올린 게 아닐까?"

"그럼 그걸 빌려주실 수 있겠습니까? 한번 확인해보겠습니다."

마사코가 의외라는 눈길로 한자와를 바라보았다.

"자네가 직접 조사해보려고?"

"센바공예사의 현재 상황을 타개할 가능성이 있다면 무슨 일이든 하겠습니다."

"좋아. 그렇다면 자네에게 맡기지. 잘 부탁하네."

"그리고 담보 말입니다만, 제공해주실 여지는 있으신가요?"

하지만 마사코는 천천히 머리를 가로저으며 단호하게 말했다.

"지금의 센바공예사엔 미래가 없어. 아무리 부탁해도 안 되는 건 안 돼. 물론 오랜 역사도, 사회적 의의도 이해해. 하지만 그것과 경영은 별개의 문제네. 여태껏 쌓아온 게 있으니까 지금 당장은 무너지지 않을지도 몰라. 그런데 계속 시들어가는 회사에 담보를 제공하면서까지 살려둘 가치가 있을까? 난 그렇게 생각하네."

시아버지인 도지마 도미오에게 배운 것이리라. 그녀의 경영 이론은 매우 현실적이고 흔들림이 없었다.

"마사코 씨 생각은 잘 알겠습니다. 그렇다면 살려둘 가치가 있는 회사라면 다시 생각해주실 수 있단 뜻이지요?"

마사코는 빈정거림을 듬뿍 담아 말했다.

"당신은 말꼬리를 잘 잡는군. 도모유키에게 전해주게. 회사를 바꾸려면 우선 자신부터 바꿔야 한다고."

말투는 엄격하지만 말에는 깊이가 있었다.

"네, 도모유키 사장님께 그렇게 전하겠습니다."

그날 한자와가 나카니시와 같이 가져온 도지마 요시하루의 유품은 골판지상자 3개 분량이었다. 상황은 예상치 못한 방향으로 흘러가고 있었다.

3

"외숙모는 어땠어?"

하루가 얼굴을 내밀었을 때, 도모유키는 사장실의 팔걸이의자에 몸을 묻고 홀로 생각에 잠겨 있었다. 다리를 꼬고 한쪽 손을 뺨에 댄 채 공허한 눈으로 하루를 보았지만 입은 열지 않았다.

하루는 도모유키 앞에 있는 소파에 앉았다.

"실패했어? 하긴 그렇게 쉽진 않겠지."

그건 도모유키에게 하는 말이라기보다 자기 자신에게 하는 말처럼 들렸다.

"외숙모가 뭐라고 해?"

"적자에 허덕이는 회사에 담보 같은 건 제공할 수 없다더라."

하루는 의외라는 눈길로 도모유키를 보았다.

"욕심 많은 할망구가 됐더군. 화가 나서 견딜 수 없었어. 사회적인 의의가 있는 잡지가 왜 적자가 나냐면서……."

"화가 나는 건 정곡을 찔렸기 때문이지?"

공허한 눈길의 도모유키에게서는 대답이 돌아오지 않았다. 이윽고 도모유키가 한숨을 쉬면서 말했다.

"나도 알고 있어. 어쩌면 계속 피했을지도 몰라, 회사의 체질을 바꾸는 걸. 적자가 나는 잡지에 어떤 사회적 의의가 있냐고 하는데, 할 말이 없더라. 자존심은 상하지만 그 말이 맞으니까."

하루가 눈을 동그랗게 떴다.

"외숙모, 경영에 대해 잘 알고 있구나! 대단하다!"

"대단하긴 뭘 대단해? 얼굴에 욕심이 덕지덕지 붙었던데."

도모유키는 얼굴을 찡그리더니, 하루를 향해 결연한 표정을 지었다.

"하루, 역시 지금 상태론 안 되겠어. 과감하게 바꿔나가자. 경영 개혁이야!"

도모유키의 말을 듣고 하루는 작게 숨을 들이마셨다.

"내가 너무 안일했어. 은행에 돈을 빌려달라고 하기 전에, 외숙모에게 담보를 제공해달라고 부탁하기 전에, 우리 회사를 꼼꼼히 살펴봐야 했어. 그런데 오랜 역사가 있다든지, 사회적 의의가 있다든지, 추상적인 말로 도망쳤지. 이제 그런 건 통하지 않아. 그 어떤 고통이 따르더라도 지금 해결해야 해. 나는 이 센바공예사를 바꾸겠어!"

강하게 말하는 도모유키를 보면서 하루는 침을 꿀꺽 삼켰다.

"구조조정을 할 생각이야?"

"《현대예술수첩》을 폐간하겠어."

센바공예사에서 발행하는 세 잡지 중 하나다. 편집자는 전부 일곱 명. 어느 면에서 보면 대표 잡지인 《벨 에포크》보다 더 높은 전문성을 자랑하고 있다.

하루가 눈을 휘둥그레 떴다.

"편집자는 어떻게 하려고? 전부 자를 거야?"

"명예퇴직 신청을 받아야지. 일부 편집자는 《벨 에포크》로 보내서 정예부대를 만들고. 남은 사람들은 기획부에서 받아줄 수 있어?"

"지금 당장 결정할 수는……. 폐간 말고 방법이 없을까?"

"없어. 현상을 유지하면서 살아남으려면, 방법은 한 가지뿐이야."

"무슨 방법?"

하루가 흠칫 놀란 것은 완고한 옆얼굴에 깃든 도모유키의 속

마음을 알아차렸기 때문이다.

“오빠, M&A는 안 돼.”

하루가 황급히 말했을 때, 노크 소리가 들리고 직원 한 명이 얼굴을 내밀었다.

“사장님, 도쿄중앙은행의 한자와 과장님께서 오셨는데요.”

“여기로 모셔.”

도모유키는 그렇게 말하고 팔걸이의자에 등을 기댄 뒤 미간에 주름을 잡고 잠시 눈을 감았다.

4

“그래서 어떻게 됐어?”

추가로 주문한 생맥주를 맛있게 마시고 나서, 도마리는 입가에 묻은 거품을 닦았다.

“도지마 요시하루가 쓰다 만 편지를 주면서 담보를 제공받을 수 있을 가능성이 있다고 말했는데, 그 전에 도모유키 사장이 뭘 해야 할지 알고 있더군.”

“구조조정이야?”

“M&A에 관해서도 생각했던 모양이야. 뭐든 감추지 않고 솔직하게 말하는 것이 그 사람의 장점이지. 하지만 누가 주인이 되더라도 회사의 숙제가 바뀌는 건 아니야.”

한자와는 생각에 잠긴 눈길로 카운터 너머를 바라보았다. 단골가게인 후쿠와라이다. 카운터 안쪽에서는 여느 때처럼 늙은 주인장의 칼질 소리가 울려 퍼지고 있었다.

"그건 그렇지."

"고통이 따르지 않는 개혁은 없어. 결단을 내리는 건 사장의 몫이고."

한자와는 가만히 벽의 한곳을 응시했다.

"그게 경영의 가장 어려운 점이지. 보물찾기는 어떻게 됐어?"

도마리가 흥미진진한 눈길로 물었다. 한자와는 앞쪽에 시선을 고정한 채 대답했다.

"벽에 부딪힌 상태야."

"마사코 씨로부터 받은 골판지상자의 내용물은 뭐였는데?"

"3년 전 잡지와 신문, 편지. 그리고 앨범 세 권."

"앨범?"

"오래된 앨범이야. 병상에 있던 요시하루 씨는 건강했던 시절을 그리워했는지도 모르지. 그 마음은 충분히 이해할 수 있어."

"그래서 단서는 찾았어?"

한자와는 조용히 머리를 가로저었다.

"거짓말일 수도 있잖아?"

한자와는 더욱 세차게 머리를 가로저었다.

"아니야. 요시하루 씨의 편지를 보면 뭔가 있다는 건 틀림없어. 만약 보물을 찾으면 새로운 사업이 태어날 수도 있어."

도마리는 여전히 반신반의하는 모습이었다.

"보물이 있다면 그렇겠지. 하지만 보물도 못 찾고 경영 개혁도 못 한 채 센바공예사가 M&A에 동의하면 너의 패배로 끝나는 거야."

"이건 승패의 문제가 아니야. 센바 사장이 그렇게 결정한다면 어쩔 수 없지. 그때는 기꺼이 M&A를 도와주는 수밖에. 그것도 경영 판단이니까."

도마리가 비웃음에 가까운 미소를 지었다.

"오기로밖에 안 들리거든. 만약 M&A가 성사되면 이번엔 오사카 영본의 이즈미와 반노가 짜놓은 파워게임에 당하는 거야. 아사노 지점장도 뒤에서 이어져 있을 거고."

"융자부에서는 뭐래? 담보가 있어야 한다는 바람에 우리는 피똥 쌀 만큼 고생하고 있어. 이노구치는 금융청을 방패막이로 삼고 있는데, 그건 어떻게 됐지?"

"이노구치는 둘째치고 너도 알다시피 기타하라 부장은 엄격한 사람이잖아? 센바공예사에게만 일부러 심술을 부리는 건 아닐 거야. 결과적으로 센바공예사의 M&A를 추진하려는 인간들은 만만세를 부르고 있겠지만."

"15억이래."

도마리가 말없이 눈짓으로 무슨 뜻이냐고 물었다.

"센바공예사의 간판 값 말이야."

도마리의 눈이 놀라움으로 크게 벌어졌다.

“맙소사! 그렇게 거금을 내놓는다고? 다누마 사장이 정말로 사고 싶은 모양이군.”

“실은 그게 최대의 수수께끼야.”

한자와는 단어를 선택하며 조심스럽게 덧붙였다.

“솔직히 말하면 그렇게까지 대단한 회사인가 싶어. 물론 센바공예사가 나쁜 회사라는 건 아니야. 그런데 모든 것에는 적정가격이라는 게 있잖아? 지금의 센바공예사에는 그만한 가치가 없거든.”

“그건 그래.”

도마리도 잠시 머리를 굴렸지만 이렇다 할 만한 대답은 떠오르지 않은 듯했다.

“별생각 없이 통 크게 지른 걸까? 무슨 의도가 있는 걸까? 아니면 그냥 상대를 떠본 걸까?”

“다누마 사장이 무슨 생각을 하는지 모르겠어. 이번 M&A 제안이 수상한 건 바로 그거야. 이렇게 수상한 이야기에는 대부분 뭔가가 숨겨져 있잖아?”

그것이 무엇인지, 한자와는 전혀 상상할 수 없었다.

“센바공예사에게 새로 전하고 싶은 말이 있어.”

오사카 영업본부의 반노가 한자와에게 전화를 걸어서 그렇게 말한 것은 그다음 날이었다.

그날은 마침 도모유키가 은행에 들를 일이 있다고 해서, 회의는 오사카 서부 지점의 접견실에서 하기로 했다.

'5, 10일'• 중의 하나인 25일. 결제가 집중되는 이날은 월말과 함께 가장 바쁜 하루다. 지점 안은 고객이 넘치고 전화는 끊임 없이 울렸다.

"지난번에는 감사했습니다. 오늘은 일부러 여기까지 와주셔서 진심으로 감사드립니다."

오사카 영업본부의 반노는 정중히 고개를 숙이며 도모유키를 맞았다. 마침 자리에 있던 에지마까지 다가와 연신 고개를 조아리며 인사를 했다.

"사장님, 오늘은 시간을 내주셔서 감사합니다. 대출 건이 뜻밖에 난항을 거듭하고 있어서 많이 걱정되시죠? 그 대신이라고 하면 뭣하지만, M&A의 조건이 아주 좋아지고 있습니다. 꼭 검토해주시기 바랍니다."

"보너스 포인트를 받을 수 있나 보군요."

도모유키의 빈정거림을 듣고 에지마의 영업용 웃음이 시들었다. 에지마는 "그럼 잘 설명해드리게"라고 반노에게 이야기를 양보하고 황급히 입을 다물었다.

도모유키의 심기가 불편한 것은 최근 검토하고 있는 경영 개혁이 순조롭지 않아서였다. 직원을 해고하지 않고 경영 개혁을 추진하고 싶은데, 상황이 그걸 허락하지 않는다. 직원을 해고하지 않으면 경영 개혁을 할 수 없는 것이다. 센바공예사가 빠져

• 매달 5일, 10일, 15일, 20일, 25일, 월말. 일본에서는 이날에 결제하는 기업이 많다.

있는 딜레마다.

"지난번에 센바 사장님께서 내주신 숙제를 다누마 사장님에게 전해드렸습니다. 그랬더니 대답을 주셔서, 오늘은 그걸 전해드리려고 합니다."

"숙제요?"

"회사의 경영 방침 말입니다."

도모유키는 "네에……"라고 모호하게 대답했다. 별로 기대하지 않는다는 말투였다.

"다누마 사장님께서 전해드리라는 말씀입니다."

반노는 가방에서 자칼의 회사봉투를 꺼낸 뒤, 안에서 조심스럽게 편지를 꺼냈다.

"그럼 읽겠습니다."

센바 도모유키 사장님. 바쁘신 와중에도 저희의 제안에 귀를 기울여주셔서 진심으로 감사드립니다. 중개를 맡은 도쿄중앙은행의 반노 조사역으로부터 센바 사장님께서 이번 제안이 '공정한 평론'이라는 경영 방침에 저촉되는 게 아닐까 하는 우려를 표하셨다고 들었습니다. 저희 회사의 상황을 감안할 때 정확한 지적이라고 생각되어, 그에 관해 설명을 드리고자 합니다.

저는 센바공예사의 역사와 권위에 경의를 표함과 동시에, '독립된 평론'이라는 원칙에 공감하고 있습니다. 현재 일본의 미술계에서 귀사가 차지하고 있는 확고한 위치는 유일무이한 경영 방침과 그에 따른 편집 기획 덕분이라고 생각합니다.

저희는 지금까지 제시한 몇 가지 조건에 덧붙여 새로운 약속을 하려고 합니다.

앞으로도 계속 공정한 평론과 자유로운 편집을 완전한 형태로 보장하겠습니다. 절대적으로 공정하면서도 자유롭고 활달하며, 창의적인 활동을 해주시기를 간절히 부탁하는 바입니다.

또한 하나의 그룹으로서 일본의 미래를 개척하는 날이 오기를 진심으로 바라 마지않습니다. 부디 안심하시고 저희의 제안을 검토해주시기 바랍니다.

편지의 말미에는 다누마 도키야의 자필 사인이 들어 있었다.

"받으십시오."

편지를 받은 도모유키의 얼굴에 당황한 표정이 떠올랐다.

"사장님, 이걸로 문제가 해결됐군요."

에지마의 희희낙락한 목소리에도 도모유키는 반응을 보이지 않았다. 순조롭지 않은 경영 개혁에 골치가 아픈 와중에, 자칼이 제시한 조건은 파격적이었다.

"다누마 사장님은 미술 평론이나 편집 방향에 관여하려는 생각이 티끌만큼도 없습니다. 순수하게 미술계를 응원하고 싶다, 그러기 위해 미술계에서 중요한 위치를 차지하고 있는 귀사를 지원하고 싶다—오직 그런 마음으로 M&A를 제안한 겁니다. 사장님, 부디 적극적으로 검토해주십시오."

한자와와 나카니시가 지켜보는 가운데 도모유키의 입에서 작은 한숨이 새어 나왔다.

지금 도모유키는 운명의 갈림길에 서 있는 고독한 경영자다. 대출은 암초에 부딪히고, 외숙모인 마사코에게 담보를 부탁하려고 해도 개혁안이 정해지지 않는 상황이다.

"알겠습니다."

이윽고 도모유키의 입에서 나온 말을 듣고 나카니시가 숙이고 있던 고개를 들었다. 예상치 못한 대답이었던 것이다.

"적극적으로 검토해보지요."

반노의 얼굴에 함박 웃음이 자리했다.

"고맙습니다. 이렇게 조건이 좋은 M&A는 거의 없습니다. 그래서 언젠가 이렇게 말씀하실 줄 알았습니다. 안 그런가요, 에지마 부지점장님?"

연신 고개를 끄덕이는 에지마의 뺨 주위가 흥분으로 인해 불그스레해졌다.

도모유키는 천장에 향해 얼굴을 들더니 조용히 눈을 감았다. M&A 제안을 받아들이고 싶은 건 아니다. 하지만 그것을 검토하지 않을 수 없는 절박한 상황이 눈앞에 놓여 있는 것이다.

"과장님, 어떻게 된 거죠? 도모유키 사장님은 독자적인 자금 조달을 포기한 건가요?"

도모유키가 돌아간 뒤, 나카니시가 어이없는 표정을 지으며 한자와의 책상 앞으로 다가왔다. 올곧은 나카니시의 눈으로 보면 센바공예사의 M&A 검토는 도모유키의 변심으로 보일 것이다.

"M&A를 받아들이겠다는 게 아니라 검토하겠다고 말한 것뿐이야."

한자와는 그렇게 말했지만 나카니시는 그것을 납득하려 들지 않았다.

"경영 개혁을 단행해서 마사코 씨의 인정을 받으면 담보를 제공받을 수 있는 여지는 충분하잖습니까?"

"경영개혁안이 뜻대로 정리되지 않나 봐. 만에 하나, 마사코 씨가 담보를 제공해주지 않으면 어떡하지? 전 직원을 길거리에 나앉게 할 수는 없잖아? 회사 경영은 정의만으로 할 수 없어. 옳은 것은 물론이고 그른 것까지 모두 받아들일 수 있어야 하지. 도모유키 사장님에게는 모든 가능성이 다 선택지야."

"그러면 2억 엔의 품의는……."

"물론 그것도 계속 진행해야지. 도모유키 사장님이 포기하지 않는 이상, 우리는 최선을 다해 응원해야 하니까. 이것도 포함해서 말이야."

한자와는 책상 옆에 쌓여 있는 골판지상자를 눈으로 가리켰다. 마사코에게서 받아온 요시하루의 유품이다.

두 사람의 대화를 듣고 있던 미나미다가 나카니시에게 말했다.

"지금 도모유키 사장님의 능력이 시험대에 오른 거야. 어떻게 하면 살아남을 수 있을까? 중소기업의 경영은 항상 선택의 연속이지. 그걸 옆에서 지원해주는 게 우리 일이고."

그렇다. 미나미다의 말처럼 중소기업의 경영은 항상 선택의 연속이다.

5

센바공예사의 M&A가 한 걸음 앞으로 나아가서 그런지, 아사노 지점장은 이날 오후 내내 기분이 좋았다.

"지점장님, 이대로 가면 보너스 포인트를 얻는 건 틀림없습니다. 바로 예상 실적에 넣어두었습니다."

에지마 부지점장도 살랑거리며 장단을 맞추는 등, 지점 안은 평소와 달리 평화로운 분위기가 흘렀다. 그런 분위기에 작은 파문이 인 것은 업무를 마칠 준비로 바쁜 저녁 무렵이었다.

오후 5시 반이 지나 하루의 결재를 마치면 낮에 못다 한 일을 마무리하는 잔무 시간이 돌아온다. 아랫사람이 올린 품의서를 검토하고 있던 한자와는 "지점장님, 오늘은 축제위원회가 있으니까 꼭 참석해주십시오"라는 에지마의 목소리를 듣고 귀를 쫑긋 세웠다.

한자와의 등 뒤에서 아사노의 힘없는 목소리가 들렸다.

"축제위원회? 그게 오늘이었나? 부지점장, 자네가 대신 참석해주게."

"그건 안 됩니다. 저는 오늘 기타보리제철소 사장님과 저녁 약속이 있거든요."

"또? 거래처와 술자리가 너무 많은 거 아닌가?"

아사노치고는 웬일로 옳은 말을 하나 싶더니, 예상한 대로 다시 한마디를 덧붙였다.

"그러면 한자와 과장에게 가라고 하지 뭐. 이봐, 한자와 과장."

작게 한숨을 내쉰 한자와가 자리에서 일어서서 다가가자 아사노가 가볍게 말했다.

"자네, 오늘 별일 없지? 회의도 없고? 오늘 축제위원회에 참석하게."

"특별한 일정은 없습니다. 하지만 지난번에 보고서에도 쓴 것처럼 그 모임에는 지점장님께서 참석해야 합니다."

"난 볼일이 있어."

아사노는 가방을 끌어당기면서 재빨리 퇴근할 채비를 시작했다.

"하지만 지점장님, 축제위원회 일정은 미리 정해져 있어서 '선약이 있다'는 말로는 다른 멤버들이 납득하지 않을 겁니다."

아사노의 목소리가 날카로워졌다.

"고작해야 이나리 축제잖아? 할 일도 없이 회장 자리에 있는 노땅들이 모여서 시간을 때우는 모임에, 지점장인 내가 왜 얼굴을 내밀어야 하지? 융자과장인 자네가 참석해도 충분해."

그러지 않아도 지금까지 축제위원회에 전부 한자와 혼자 참석해서, 그때마다 아사노의 불참을 사과했다.

"그런데 이번에는 멤버들에게 업무 협조를 부탁해야 합니다."

"그렇습니다. 저도 지점장님께서 참석하시는 게 좋을 것 같습니다."

에지마가 웬일로 한마디 거든 걸 보면 나름대로 위기감을 가진 모양이다.

이나리 축제에 참가하는 거래처에게는 정기예금 가입이나 대출금 이용 등 이런저런 일들을 부탁한다. 요컨대 은행의 사정으로 지점 실적에 기여해달라는 부탁이다. 하지만 상대는 모두 엄격하고 까다로운 원로들이라서 직책이 낮은 사람은 감히 말붙일 엄두도 나지 않는다.

아사노가 무서운 얼굴로 에지마를 노려보았다.

"왜 자네까지 나서서 난리야? 거래처가 은행 실적에 협조하는 건 당연하잖아? 평소에 우리가 뒤를 봐주고 있으니까."

"뭐 그건 그렇지만요."

얼음처럼 차가운 아사노의 눈길을 받고 에지마는 힘없이 말을 집어삼켰다.

오랫동안 본부에서 일한 아사노가 지점에 나온 것은 18년 만이다. 어깨에 힘을 주고 다녔던 20여 년 전의 은행 이미지를 지금도 끌어안고 있는 것은 시대착오적인 발상이라고밖에 표현할 길이 없다.

"아무튼 난 축제위원회 같은 것에 참석할 마음이 없어. 한자와 과장, 부탁해."

아사노는 무서운 얼굴로 그 말을 남긴 채, 귀에 뚜껑을 닫고 재빨리 퇴근했다.

"이것 참 큰일이군."

에지마가 곤혹스러운 표정을 지은 것은 오사카 서부 지점에 3년이나 있어서 축제위원회의 성격을 잘 알고 있기 때문이다.

아사노가 노땅 경영자 모임이라고 말한 축제위원회의 실체는 지점 경영을 지원해주기 위한 친목회였다. 게다가 그것에 머물지 않고 어떻게 하면 지역 산업을 발전시키고 나아가서는 은행을 번창하게 만들지, 마음을 터놓고 의논하는 귀한 교류의 자리이기도 하다.

"할 수 없군. 오늘도 자네가 참석하는 수밖에."

지점장이 참석하지 않으면 부지점장인 에지마가 참석하는 게 도리지만, 그럴 생각은 없는 모양이다. 지점장이 참석할 수 없을 때를 대비하지 않고 에지마도 거래처와 술자리 약속을 잡아놓은 것이다. 마음속 어딘가에서 축제위원회를 무시하고 있다는 점은 에지마 역시 마찬가지였다.

"그럼 부탁해. 멤버 여러분께 모쪼록 얘기 잘해줘."

에지마는 허겁지겁 퇴근할 채비를 하더니, 5분도 안 되어 사무실에서 모습을 감추었다.

"괜찮을까요?"

미나미다가 걱정스러운 얼굴로 이마를 찡그렸다.

"괜찮을 리가 있나."

한자와는 할 수 없이 윗도리 소매에 팔을 넣으면서 중얼거렸다.

"별일 없었으면 좋으련만……."

불길한 예감이 온몸을 사로잡았다.

4장
이나리 축제 소동

1

축제위원회의 정기 모임은 신도회장의 회사에서 하는 것이 관례다. 이날도 모토오리 다케키요가 회장으로 있는 이타치보리제철 회의실에는 열 명의 멤버가 모여 있었다.

모두 둘째가라면 서러울 만큼 쟁쟁한 도쿄중앙은행 오사카서부 지점의 대형 거래처들로, 이른바 지점 경영의 근간이라고 할 수 있는 회사의 회장들이다.

열 명의 멤버는 이미 타원형의 테이블을 둘러싸고 한창 잡담을 나누는 도중이었다. 그런데 한자와가 들어가는 순간 말소리가 멈추고, 딱딱하고 어색한 분위기가 그 자리를 메웠다.

"늦어서 죄송합니다."

실제로는 모임이 시작될 때까지 몇 분 남았지만, 한자와는 나란히 앉아 있는 회장들에게 사과하고 맨 끝자리의 의자를 빼려고 했다. 다음 순간.

"그곳은 자네 자리가 아니야!"

한 멤버로부터 채찍질처럼 날카로운 목소리가 날아왔다. 무섭기로 소문난 구조스틸의 회장인 오다 게이스케였다. 테이블 한가운데에 앉아 있는 모토오리 다케키요의 옆에서, 오다는 강직한 시선으로 한자와를 노려보았다.

"거기는 지점장 자리네. 아사노 지점장은 어떻게 됐지?"

"죄송합니다. 지점장은 오늘 볼일이 있어서 제가 대신 참석했습니다."

"무슨 볼일인가?"

"도저히 빠질 수 없는 일입니다만……."

한자와는 말끝을 흐렸다. 대답하려고 해도 아사노는 무슨 볼일인지 말해주지 않았다.

평소와 달리 다케키요가 무서운 얼굴로 말했다.

"한마디로 말해 이 축제위원회는 빠져도 된다는 거군. 우리는 바쁘지 않아서 여기에 온 줄 아나? 다들 바쁜 사람인데, 일부러 시간을 내서 모인 게 무엇 때문이라고 생각하나?"

"진심으로 죄송……."

머릿속에는 사죄의 말밖에 떠오르지 않았다. 한자와는 입술을 깨무는 수밖에 없었다.

다른 멤버가 말했다.

"우리는 함부로 대해도 된다는 건가? 은행 지점장이 그렇게 높으신 분인지 몰랐군."

“다음 모임에는 반드시 참석하게 할 테니까 오늘은 너그럽게 용서해주시겠습니까? 제가 이렇게 사과하겠습니다.”

몸이 직각이 될 만큼 고개를 숙인 한자와의 머리 위로 오다의 날벼락이 떨어졌다.

“우리를 무시해도 된다고 생각하나? 이렇게 모여서 어떻게 하면 댁의 지점을 번성하게 해줄 수 있을지 얘기하고 있을 때, 지점장은 나 몰라라 해도 되는 건가? 하도 기가 차서 웃음도 안 나오는군. 이제 그만하겠네.”

다케키요가 냉담하게 말했다.

“안 그래도 오늘 지점장이 오면 다들 따끔하게 말하려고 하던 참이었네. 그런데 아예 코빼기도 안 보이다니. 더구나 어제 오다 회장을 찾아와 회사를 팔 생각이 없냐고 물었다더군. 자네는 그 말을 들었나?”

한자와가 깜짝 놀란 얼굴로 다케키요를 쳐다보았다.

“아뇨…….”

도대체 무슨 생각을 하는 거야, 하고 중얼거리는 소리가 여기저기에서 메아리처럼 들려왔다.

오다가 혐오감이 잔뜩 밴 얼굴로 말을 내뱉었다.

“회사를 팔면 지점은 보너스 포인트를 받을 수 있다고 하더군. 우리 회사가 자네 지점의 실적을 위한 도구인가? 지금까지 오랫동안 주거래은행으로 삼아왔는데, 이제 그만두겠네. 앞으로는 하쿠스이은행으로 바꾸겠어.”

한자와가 당황한 얼굴로 만류했다.

"오다 회장님, 잠시만 기다려주십시오. 아사노 지점장에게 알아듣도록 말할 테니까, 거래를 끊겠다는 말씀은 하지 말아주십시오."

다케키요가 한자와를 올곧은 시선으로 쏘아보았다.

"문제는 지점장이 이 모임을 무시하는 것만이 아닐세. 진짜 문제는 거래처에 대해 어떤 존중도 없다는 거지. 아사노 지점장에게, 아니 도쿄중앙은행에게 거래처라는 건 뭔가? 그저 자기들 뱃속을 채우게 해주는 상대인가? 그런 생각을 가진 인간이 지점장으로 있는 한, 정당한 거래를 할 수 있을 리가 없잖은가? 회사에 무슨 일이 생겼을 때, 그런 썩어빠진 정신을 가진 지점장이 무슨 힘이 되어주겠나? 힘이 되어주기는커녕 맨 먼저 줄행랑을 치겠지. 그런 은행을 주거래은행으로 할 수는 없어."

한자와는 아무 말도 할 수 없었다. 그가 할 수 있는 것은 오직 머리를 조아리며 사죄하는 것뿐이었다.

다케키요가 마지막으로 말했다.

"한자와 과장, 도쿄중앙이나리 축제 말인데, 올해는 제사만 지내지. 파티는 중단하겠네. 그리고 축제를 구실 삼아 영업 활동을 하는 건 전부 거절하겠네."

한자와가 비통한 심정으로 간절하게 말했다.

"회장님, 잠시만 기다려주십시오. 심정은 충분히 이해합니다. 하지만 아사노 지점장도 말이 안 통하는 사람이 아닙니다. 부디 잠시 유예기간과 함께, 정식으로 사과할 기회를 주시겠습니까?"

오다가 내뱉 듯 말했다.

"자네하고는 얘기하지 않겠네, 우선 내일 아침, 지금 한 말을 아사노 지점장에게 하러 가지. 마음 단단히 먹고 기다리라고 하게."

축제위원회 멤버들이 지점을 방문한 것은 다음 날 오전 10시의 일이었다.

2

그날 아침…….

한자와는 평소보다 일찍, 8시도 되기 전에 출근했다. 축제위원회에서 있었던 일을 어젯밤에 전화로 보고했지만, 아사노 지점장은 아예 들으려고 하지도 않았다.

"그런 건 단지 협박일 뿐이야."

에지마 부지점장에게도 연락을 했지만, 어디서 흥청망청 놀고 있는지 전화도 받지 않았다. 전날 밤 접대에서 좋은 일이라도 있었는지, 에지마가 싱글벙글 웃으면서 출근한 것은 8시가 지나서였다. 그런데…….

"그럴 수가……!"

한자와의 보고가 끝나기도 전에 에지마는 입술을 바들바들

떨기 시작했다. 얼굴에서는 스스슥 소리가 날 만큼 단숨에 핏기가 사라졌다.

"지, 지점장님에게는 보고했나?"

"보고했습니다만 제 말을 들으려고도 하지 않아서……."

에지마가 시계를 쳐다본 것과 아사노의 모습이 사무실에 나타난 것은 동시였다.

"지, 지점장님, 큰일 났습니다!"

에지마는 발이 뒤엉킬 뻔하면서 황급히 뛰어갔지만 아사노의 얼굴은 평온하기 이를 데 없었다.

"내가 꼭 그런 시시한 모임에까지 참석해야 하나? 정말 한심하군."

아사노는 축제위원회 사건을 형식적인 '제스처' 정도로 여겼다.

"하지만 다들 노발대발하면서 주거래은행에서 빠지겠다고……."

그는 안절부절못하는 에지마를 가엾다는 눈길로 바라보았다. 그러고는 매우 어리석다는 듯 코웃음 치더니 이상한 오사카 사투리로 대꾸했다.

"그렇게 할 수 있을 리가 없어. 오버하지 말게. 이 지역 사람들 특유의 허세가 아니겠나?"

하지만 아사노만큼 농담이 안 어울리는 사람은 없다.

"지점장님, 그분들은 허세로 협박하는 분들이……."

반박하는 에지마를 향해 아사노는 호언장담했다.

"우리를 자를 수 있다면 잘라보라고 해! 부지점장, 잘 들어. 융자과 여러분도 잘 듣고. 아무리 잘나가는 회사라도, 기업을 경영하다 보면 실적이 좋을 때만 있는 게 아니야. 언젠가 실적이 나빠졌을 때, 믿을 수 있는 건 은행밖에 없지. 그런 은행을 적으로 돌려서 좋을 게 뭐가 있겠어? 그런 것도 모르는 사람은 경영자 자격이 없어. 뭐, 정 사과를 받고 싶다면 미안하다고 한마디 정도는 해줄 수 있지만."

아사노는 그 말을 끝으로 자기 자리에 앉아 조간신문을 보기 시작했다. 거래처가 화를 내든 소란을 피우든 자신과는 상관없다는 태도다.

그의 예상이 완벽하게 빗나갔음을 알게 되기까지는 시간이 오래 걸리지 않았다.

"아사노 지점장, 있나?"

어제 예고한 대로 모토오리 다케키요를 비롯해 오사카 기업의 우두머리들이 모두 대출금을 반환하기 위해 수표를 가지고 들이닥친 것이다.

"지점장, 얘기는 들었겠지?"

우선 다케키요가 도화선에 불을 붙이며 윗도리 안주머니에서 30억 엔의 수표를 내밀어 아사노를 망연하게 만들었다.

"저기, 이건……?"

"보고도 모르겠나? 댁의 대출금을 갚기 위한 수표일세. 계좌에 돈이 들어 있으니까 이걸로 변제해주게. 그쪽의 대출금 절반은 하쿠스이은행으로 갈아타기로 했네. 앞으로도 만기가 될 때마다 순차적으로 변제할 테니까 그렇게 알고 있게."

"자, 잠깐만 기다리십시오."

이제서야 아사노는 겨우 사태의 심각성을 깨달은 듯했다.

"고작해야 이나리 축제가 아닙니까? 파티장도 예약해두었고요."

오다가 말도 붙일 수 없을 만큼 냉정하게 말했다.

"그건 중지야, 중지! 정 하고 싶으면 앞으로 다른 거래처와 하게. 우리는 하고 싶은 마음이 싹 사라졌으니까."

은행이 거래처의 대출금을 회수하고 거래를 끊는 것을 '선별'이라고 한다. 반대로 거래처 쪽에서 은행 거래를 끊는 것을 역선별, 줄여서 '역선'이라고 한다. 역선을 당하는 것은 은행에게 크나큰 수치이지만, 이 정도까지 대대적으로 하는 것은 과거의 사례를 전부 뒤져도 거의 찾을 수 없다.

그 자리에서 나온 대출금 변제용 수표는 100억 엔에 가까웠다. 오사카 서부 지점의 총 대출금 중 상당한 금액이 한순간에 날아간 것이다. 이것은 보통 심각한 문제가 아니다.

다케키요 일행이 철수한 뒤, 간신히 제정신을 유지하고 있던 에지마가 말했다.

"아무리 그래도 어제와 오늘 사이에 이런 일을 할 수 있을 리가 없습니다. 혹시 예전부터 준비했던 게 아닐까요?"

아사노는 떨리는 손으로 수표를 부여잡은 채 망연한 눈으로 우두머리들이 사라진 계단을 바라보았다. 잠시 후, 아사노의 입에서 메마른 목소리가 흘러나왔다.

"한자와……. 자네는 계속 축제위원회에 참석했지? 상황이 이 정도로 심각했다면 왜 내게 보고하지 않았지?"

상상도 못 한 아사노의 책임 전가에 그 자리에 있던 전원이 할 말을 잃었다.

"아니면 알면서도 잠자코 있었던 건가?"

"아닙니다. 축제위원회에서 무슨 일이 있었는지는 일일이 보고했고, 저도 이렇게까지 될 줄은 예상하지 못했습니다."

대답을 끝까지 듣지도 않고, 아사노는 핏발 선 눈으로 한자와를 노려보며 분노의 말을 토해냈다.

"이렇게 될 때까지 알아차리지 못하고 뭐했나! 이건 다 한자와 과장, 자네 책임이야. 반성하게!"

말도 안 되는 주장에 반박할 말조차 잃어버린 한자와의 가슴에, 아사노는 수표를 내동댕이치듯 떠넘겼다.

"부지점장, 업무총괄본부와 의논해야겠어."

멍하니 서 있던 에지마는 퍼뜩 정신을 차리고 한자와의 코끝에 손가락을 들이밀었다.

"한자와, 이 일을 어떻게 책임질 건가?"

그러더니 종종걸음으로 아사노의 뒤를 따라 지점장실 안으로 사라졌다.

3

"본부에선 지금 '세기의 대역선'이라고 하면서 난리도 아니야. 한자와, 정신 똑바로 차려."

한자와는 지금 히가시우메다의 단골 술집인 후쿠와라이에 있었다. 옆에 있는 사람은 이날 볼일이 있어서 오사카에 출장 온 도마리였다. 출장 올 때마다 들르는 덕분에 도마리도 완전히 단골손님이 되었다.

"그 축제위원회란 곳에 네가 참석했었지? 낌새를 알아차리지 못했어?"

한자와는 고개를 옆으로 가로저었다.

"솔직히 말하면 이렇게까지 엄청난 사태로 발전할 줄은 예상 못 했어. 나중에 안 일이지만, 그동안 거래처들 사이에서 아사노 지점장에 대한 불만이 상당히 쌓여 있었던 모양이야."

지난 며칠간 한자와가 한 일은 거래처를 돌아다니며 사죄하는 것이었다. 어떻게든 다시 거래를 해달라고 부탁하고 있기는 하지만 흔쾌히 대답해주는 곳은 단 한 군데도 없었다. 반대로 돌아오는 말은 아사노에 대한 뿌리 깊은 불신이었다. 대출을 신청하면 냉담하게 반응하고, 회사가 어렵다고 하면 매각을 검토하라는 등 신경을 거스르는 말만 한다. 일일이 손꼽으면 끝이 없을 정도였다.

도마리는 흘려들을 수 없을 정보를 귀띔해주었다.

"그런데 본부에서 흘러나오는 이야기는 달라. 축제위원회에 참석했던 융자과장이 거래처의 심기를 상하게 하는 바람에 이번 사태를 초래했다는 스토리가 완성돼 있지."

"그게 무슨 소리야?"

도마리가 목소리를 낮추었다.

"아사노 지점장이 각 부서를 돌아다니며 물밑 작업을 하고 있어. 그의 주장에 따르면 이번 사건의 원흉은 융자과장, 즉 너라고 하더라. 이제 곧 업무총괄부에서 호출할 거야. 무슨 뜻인지 알겠지?"

"다카라다야?"

"이제야 말귀를 알아듣는군. 아사노와 다카라다가 이미 뒤에서 말을 맞춰놨을 거야."

"하여간 하는 짓이 더럽다니까."

한자와의 눈동자 안에 조용한 분노가 깃들었다.

"한자와, 설마 이대로 당할 생각은 아니겠지? 내 말 잘 들어. 무슨 일이 있어도 반박해야 해. 지점장이라고 해서 적당히 넘어가면 네 목이 날아갈 거야. 그 인간들이라면 그런 짓을 하고도 남으니까."

권모술수가 소용돌이치는 본부의 상황은 한자와도 잘 알고 있다.

"될 대로 되겠지 뭐."

도마리가 심각한 얼굴로 한자와를 타일렀다.

"지금 느긋하게 대처할 때가 아니라니까! 다카라다는 지금도 너에게 앙심을 품고 있어. 아마 이 건을 이용해 너에게 복수하려고 만반의 준비를 하고 있지 않을까?"

"내가 그자의 주장을 반대한 건, 그자 하는 짓이 말도 안 됐기 때문이야. 그런데 자기 잘못은 반성하지 않고, 나에게 앙심을 품는 게 말이 돼?"

한자와는 코웃음 치며 기본 안주에 젓가락을 향했다. 문어와 오이 초무침이다.

"그놈이 반성 같은 걸 하겠어? 그놈이 하는 건 오직 자신을 지키는 것뿐이야. 그러기 위해선 한자와라는 희생양이 필요하겠지."

"한심한 녀석들이군."

한자와는 이글이글 타오르는 눈길로 벽을 바라보았다.

4

"아사노 지점장, 이번 일은 자네에게도 문제가 있어. 거래처를 그렇게 소홀히 대하면 어떡하나?"

일본 경제의 중심지인 마루노우치. 아사노는 지금 그곳에 자리를 잡고 있는 도쿄중앙은행의 한 임원실에 있었다.

거래처의 이탈이 있은 지 며칠 후, 아침 일찍 도쿄로 상경한 아사노는 각 부서를 돌아다니며 사정을 설명했다. 이 건으로 물밑 작업을 한 게 벌써 몇 번째일까?

다카라다 업무총괄부장은 집무용 책상 앞에서 일어나 아사노에게 앉으라고 소파를 권하고, 자신은 반대쪽 팔걸이의자에 묵직한 몸을 놓았다.

아사노는 이마의 땀을 닦으면서 변명을 늘어놓았다.

"이번 사건은 그야말로 아닌 밤중에 홍두깨 같은 일이라서, 솔직히 당황스러움을 금할 수 없습니다. 거래처와의 모임에는 한자와가 참석했지만, 다녀와서 보고도 하지 않고……. 제가 좀 더 일찍 알았다면 대응할 수 있었을 텐데, 너무 늦게 아는 바람에……."

"그래서 그 후에 어떻게 됐나?"

다카라다는 다리를 꼰 채 의자 등받이에 기대어 어이없는 표정으로 이야기를 들었다.

"한자와가 거래처들을 돌아다니며 사죄하고 있습니다. 그런데 다들 고루한 회사들이라서 앞으로 어떻게 나올지는 불투명하고……."

"그럼 앞으로도 계속 대출금을 변제한다는 말인가? 그건 곤란하지 않나?"

아사노는 오사카 서부 지점의 숨겨진 역사를 말해주었다.

"나중에 들은 바에 따르면, 예전에도 비슷한 일이 있었다고 합니다. 이번에 이탈한 회사의 대부분은 예전에 간사이제일은행의 거래처였습니다만, 뭐가 마음에 들지 않았는지 일제히 반발해서 주거래은행을 우리 은행으로 바꿨다고 합니다. 그 지역의 오래된 회사들이라서 경영자들끼리 친하고 일체감도 강하더라고요. 뭐랄까, 에도시대에 지배자에게 반항했던 농민 운동 같은 거라고나 할까요?"

아사노의 말은 너무도 위에서 내려다보는 시선이다.

"반대로 말하면 그런 자들이라는 걸 미리 파악해둬야 했어."

"회의에 참석했던 한자와로부터는 특별한 정보가 없었습니다."

"그래, 문제는 그거야. 그런 식으로 하면 안 되지."

생각에 잠긴 다카라다의 얼굴을 보고 아사노가 간곡히 호소했다.

"아무리 그래도 이렇게 느닷없이 역선당할 리가 없습니다. 분명히 그럴 만한 낌새가 있었겠지요. 그런 상황을 알아차리지 못하다니, 이렇게 능력이 없는 사람을 어떻게 믿고 일하겠습니까?"

"요컨대 현장 담당자인 한자와가 제대로 일을 했다면 이번 사태는 미리 막을 수 있었다는 거군. 이건 반드시 책임져야 할 일이야."

"아랫사람에 대해선 나쁘게 말하고 싶지 않습니다만, 지당하신 말씀입니다."

아사노는 고뇌하는 표정을 짓고 나서 새삼스레 다카라다에게 사죄했다.

"이번 일은 진심으로 죄송합니다."

"지점장은 지점에서 일어난 모든 일에 책임을 져야 하는 자리지만, 이번 일은 정상을 참작할 만한 부분이 있어."

"관대하신 말씀, 그저 송구스러울 따름입니다."

"이번 건은 이미 은행장님 귀에도 들어갔지."

"그럼 은행장님께서도 아십니까?"

순간 아사노의 표정이 달라지고 입술이 파르르 떨렸다. 기시모토는 실수에 엄격할 뿐만 아니라 신상필벌로 유명한 사람이다. 자칫하면 아사노의 다음 자리가 위험해진다.

"은행장님께서 사실관계를 확실히 조사하라고 우리 부서에 지시를 내리셨어. 이제 곧 조사위원회가 만들어질 거야."

"조사위원회……."

예전에 인사부에 있던 아사노는 조사위원회가 어떤 것인지 잘 알고 있었다. 은행 안에서 불상사가 발생했을 때 만들어지는데, 이단심문관 같은 사람들로부터 예리한 질문의 집중포화를 받은 '피의자'는 출세의 계단에서 모조리 배제되고, 무대 위에서 사라지게 된다.

"조, 조사위원회에서 저도 오라고 할까요?"

"지점장이니까 그렇겠지. 그런데 자네는 어디까지나 피해자잖아?"

다카라다가 의미심장한 미소를 지으며 덧붙였다.

"사건에는 반드시 가해자와 피해자가 있는 법이지. 자네는 피해자, 가해자는…… 한자와야."

"네!"

송구스러워하는 아사노를 똑바로 보면서 다카라다가 말을 이었다.

"자네는 당당하게 진실을 주장하면 돼. 적으로 만나면 무섭지만 내 편으로 만들면 조사위원회보다 든든한 게 없지. 내 말 잘 듣게. 우리 은행에는 자네처럼 우수한 인재가 필요해. 그걸 꼭 명심해두게. 은행원으로 오래 일하다 보면 이런 일도 있는 법이지."

"고맙습니다!"

아사노는 감동해서 눈에 눈물을 머금고 다카라다가 내민 오른손을 꽉 잡았다.

"아 참!"

다카라다가 문득 생각난 것처럼 그렇게 말한 것은 아사노가 감동을 껴안은 채 밖으로 나가려고 했을 때였다.

"그 대신이라고 하면 좀 그렇지만, 센바공예사의 M&A는 확실하게 진행해주게. 은행장님께서도 기대하고 계시니까."

"전심전력을 다해 기대에 부응하겠습니다."

문이 닫히기 직전에 아사노의 눈에 들어온 것은 만족스러운 미소를 짓는 다카라다의 얼굴이었다.

5

"조사위원회요? 언제 열리는데요?"

나카니시가 당황한 눈길로 미나미다를 쳐다보았다.

그날 일을 대강 정리하고 미나미다와 젊은 은행원들이 지점에서 나온 것은 저녁 7시가 지나서였다.

"특별한 일이 없으면 한잔하고 갈까?"라고 말한 사람은 미나미다였다. 나카니시를 비롯한 젊은 은행원들 중에 이 제안에 반대하는 사람은 없었다. 안 그래도 요즘 지점 안의 공기가 가라앉아서 숨 돌릴 곳을 찾고 있던 참이다. 그렇게 해서 들어간 곳은 지점 근처에 있는 꼬치구이 가게였다.

"다음 주 금요일인 것 같아. 아까 업무총괄부에서 부지점장님한테 연락이 왔다고 하더라고. 아사노 지점장과 에지마 부지점장, 그리고 한자와 과장님을 부른 모양이야."

"과장님도요?"

이해가 안 된다는 얼굴로 물은 사람은 도모나가라는 융자과의 젊은 행원이었다. 나카니시의 한 해 선배로, 입행 3년차다. 대학에서 농구를 해서 그런지, 앉아 있어도 남들보다 머리 하나가 튀어나올 만큼 키가 크다.

"본부의 융자부 동기에게서 들었는데, 아사노 지점장이 여기저기 돌아다니며 이번 건은 한자와 과장님 책임이라고 떠들고 다니는 모양이야. 조사위원회에서는 아사노 지점장도 부르긴

했지만, 타깃은 어디까지나 한자와 과장님이래."

나카니시가 자기도 모르게 목소리를 높였다.

"말도 안 돼요! 과장님은 아무 잘못이 없잖습니까? 지점장이 떠넘기는 바람에 축제위원회에 참석했을 뿐이니까요."

"축제위원회의 불만을 무시하고 지점장에게 보고하지 않은 게 이번 사건의 원인이다, 이게 아사노 지점장의 논리지."

나카니시가 따지듯 달려들었다.

"그건 책임 전가 아닙니까? 본인이 참석하고 싶지 않다고 과장님에게 억지로 떠넘겨놓고. 과장님은 그걸 알고 계시나요?"

"과장님은 본부에서 어떤 일이 벌어지고 있는지 알고 있으니까 아마 들었을 거야."

말은 그렇게 했지만 미나미다도 자세한 건 모른다. 한자와는 신도회장인 모토오리 다케키요에게 다시 사죄하러 간다고 하면서 저녁때 나갔는데, 아마 그대로 귀가했을 것이다.

"그렇다면 그렇게 주장하면 되지 않을까요?"

또 다른 젊은 행원인 혼다의 말은 정론이었다. 혼다는 입행 5년차로, 작년에 도쿄의 한 지점에서 전근해온 남자였다.

"애당초 지점장이 가야 할 모임에 한 번도 가지 않은 건 아사노 지점장이었으니까요. 거래처에 가서 닥치는 대로 M&A 얘기를 해서 빈축을 산 사람도 지점장이고요. 과장님은 조사위원회에 가서 이번 사건은 지점장 때문이라고 진실을 밝히셔야 합니다."

하지만 미나미다는 비관적으로 말했다.

"그렇게 주장한다고 해서 효과가 있을지는 의문이야. 이유야 어떻든 실제로 축제위원회에 참석한 사람은 과장님이고, 그렇다면 사전에 낌새를 알아차리고 보고해야 했다는 게 본부의 의견이니까."

나카니시가 항의하듯 말했다.

"과장님은 보고하셨잖습니까? 그때마다 무시한 사람은 지점장입니다. 만약 조사위원회에서 과장님에게 책임이 있다고 결론이 나면 어떻게 되나요?"

"글쎄……."

닭꼬치를 입으로 가져가던 손을 멈추고 미나미다는 시선을 내리깔았다. 그 시선이 다시 올라갔을 때 그의 얼굴에 떠오른 것은 월급쟁이의 비애였다.

"만약 그렇게 되면 조만간 인사 발령이 나겠지. 아마 좌천될 거야."

"좌천……. 어떻게 이런 일이 있을 수 있죠? 어떻게……."

나카니시가 혼잣말처럼 중얼거리고 시선을 테이블에 떨어뜨렸다.

"아사노 지점장은 무서운 사람이야."

미나미다는 그렇게 말하고 암담한 한숨을 쉬었다.

"또 왔나? 자네도 참 대단하군."

노크도 없이 문이 열리더니, 모토오리 다케키요와 모토오리 도모노리가 차례대로 들어왔다.

도모노리는 다케키요의 장녀와 결혼해 모토오리 가문으로 들어간 데릴사위로, 예전에는 대형 무역회사의 철강 부문에 있었던 사람이다. 다케키요의 신뢰를 한 몸에 받을 만큼 능력이 있어서, 도모노리가 사장으로 임명된 이후 이타치보리제철은 멈추지 않고 계속 성장하고 있다.

"화가 풀리실 때까지 몇 번이라도 오겠습니다. 이번에는 진심으로 죄송했습니다."

정중하게 고개를 숙인 한자와에게 다케키요가 소파를 권했다.

"그만하고 앉게. 사장에게 들었는데, 이번에 은행 본점에서 황당한 일을 당한다고 하더군."

조사위원회를 말하는 것이리라. 놀랍게도 다케키요는 그것까지 알고 있었다.

"그걸 어떻게……?"

그 말에 대답한 사람은 도모노리였다.

"오후에 미나미다 대리가 찾아와 사죄하면서 그런 말을 하더군요. 한자와 과장은 잘못이 없으니까 도와주실 수 없겠냐고 하면서요."

"미나미다 대리가……."

한자와에게 아무 말도 하지 않은 것은 미나미다 나름의 배려였으리라.

“그나저나 은행은 참 무서운 곳이군. 자네가 잘못한 걸로 되었다니 말이야.”

“죄송합니다. 미나미다가 쓸데없는 말을 했습니다.”

“이번에 자네 은행과 거래를 줄인 건 정답이었네. 도쿄중앙은행은 누가 옳고 누가 그른지도 모르는 멍청한 은행인가?”

그렇게 말하면 대꾸할 말이 없다.

“더구나 아랫사람만 사죄하러 보내다니. 당사자인 지점장은 뭐하고 있지?”

다케키요가 아픈 곳을 찔렀다.

“어차피 우리 같은 곳은 내팽개치고, 본부를 돌아다니며 쑥덕쑥덕 물밑 작업을 하고 있겠지.”

이 노인에게는 눈속임이 통하지 않는다. 자신의 손으로 이타치보리제철을 창업해 대기업으로 키워낸 그는 사람 보는 재능을 가지고 있다. 아부를 하며 다가오는 자나 아수라장에서 등을 돌리는 자 등, 오랜 세월에 걸쳐 수많은 사람들을 지켜보면서 저절로 갖게 된 혜안이다.

“자네는 조사위원회인지 뭔지에서 어떻게 말할 생각인가?”

“아직 정하지 않았습니다. 그쪽에서 무슨 말을 할지도 모르니까 그 자리에서 승부하려고 합니다.”

다케키요가 한자와를 물끄러미 쳐다보았다.

“그 결과, 멀리 산간벽지로 날아가면 어쩔 셈인가?”

한자와가 대답할 때까지 잠시 시간이 걸렸다.

"그때는 그때겠지요. 인사이동을 두려워한다면 월급쟁이 노릇을 할 수 없습니다. 만약 제가 좌천되면 결국 그 정도의 조직이라는 거겠지요."

"그렇군."

다케키요가 작게 손짓을 하자 도모노리가 한자와에게 봉투를 하나 내밀었다.

"이거 받으세요."

"이건……."

봉투를 손에 든 한자와를 보면서 다케키요는 엄숙하게 말했다.

"가져가게. 도움이 될지는 모르겠지만. 은행에서 가장 중요한 건 사람이네. 같은 은행 간판을 내걸고 있어도 지점장이나 담당자가 다르면 대응이 완전히 달라지지. 우리처럼 돈을 빌리는 쪽을 가족처럼 대해주는 담당자는 무슨 수를 써서라도 지켜야 할 존재라네. 조사위원회 결과가 나오면 알려주겠나?"

그들이 만난 것은 겨우 10분 정도였을까? 다케키요와 한자와의 대화는 그것으로 끝났다.

6

"한자와, 조사위원회의 멤버를 알아냈어."

다음 주 목요일 오후, 도마리가 한자와의 자리로 직접 전화를 걸었다.

"우선 인사부의 오기소. 아사노 지점장이 오사카 서부 지점으로 부임하기 전에 데리고 있던 사람이지. 그리고 오사카 영업본부 부부장인 이즈미. 우리 융자부에서는 노모토 부부장. 큰 소리로 말할 순 없지만 이 양반이 전에 있던 곳은 오사카 영본으로, 다카라다 업무총괄부장의 따까리였던 남자야."

"멤버가 참 화려하군."

거칠게 혀를 찬 한자와에게 도마리가 최후의 한마디를 날렸다.

"그리고 조사위원장은 바로 그 다카라다다라더라. 삼가 명복을 빕니다."

"아사노 위주로 구성했군."

"아니, 한자와 포위망이야. 본부에서는 이미 이번 건은 융자과장인 네 책임이라는 논리로 굳어지고 있어. 애당초 도쿄 사람들이 건물 옥상에 있는 신사 축제가 얼마나 중요한지 어떻게 알겠어? 그런 건 아무 관심이 없거든."

"그렇겠지."

느긋하게 말하는 한자와의 책상 위에는 오래된 잡지가 펼쳐져 있었다. 도지마 마사코로부터 받은 요시하루의 유품이지만 아직 단서는 찾지 못했다.

"지금 느긋하게 말할 때야? 네가 무슨 말을 하든, 이 상황이라면 네 잘못이라고 몰아붙이고 막을 내릴 거야. 각오는 되어 있겠지?"

"위원들의 질문에 성실하게 대답한다, 그러면 되겠지."

도마리가 과장스럽게 말했다.

"맙소사! 너답지 않게 왜 그래? 다들 너에게 얼마나 기대하는지 알아? 여기서 이런 일로 미끄러지면 곤란해."

"그렇다면 두 손을 마주잡고 기도라도 해줘."

수화기 너머에서 또 무슨 말인가 하려는 도마리에게 "미안하지만 지금 좀 바빠서 먼저 끊을게"라고 말하고는 한자와는 수화기를 내려놓았다.

등 뒤의 지점장석은 텅 비어 있었다. 아사노는 내일 있을 조사위원회에 대비해 먼저 도쿄로 올라간 것이다.

"과장님, 괜찮겠습니까? 준비할 게 있으면 도와드리겠습니다."

도마리와의 통화 내용을 듣고 있었는지, 뒤에서 미나미다가 말을 걸었다. 나카니시도 걱정스러운 얼굴로 서서 한자와를 바라보았다.

"아닙니다. 준비는 이미 끝났습니다. 다들 신경 쓰지 말고 평소처럼 일하시면 됩니다."

부지점장 자리에서는 한자와와 마찬가지로 조사위원회의 호출을 받은 에지마가 긴장된 얼굴로 중얼거리고 있었지만 내용까지는 들리지 않았다. 자신이 만든 예상 문답지로 예행연습을 하는지, 오늘은 아무리 말을 걸어도 건성으로 대답했다.

결국은 될 대로 된다. 이것은 결코 패배를 인정한다는 말이 아니다.

기본은 성선설. 하지만 자신에게 쏟아지는 불똥은 철저하게 떨쳐낸다—그것이 한자와 나오키의 방식이었다.

7

한자와가 오전 6시대의 신칸센을 타고 마루노우치에 있는 도쿄중앙은행 본부에 들어간 것은 조사위원회가 열리기 조금 전이었다.

대기실로 배정된 회의실에서 아사노는 입을 다문 채 짜증난 얼굴로 미간에 푸른 핏대를 세우고 있고, 에지마는 필사적인 모습으로 손에 든 예상 문답지를 외우고 있었다.

10시 정각. 업무총괄부 조사역이 얼굴을 내밀고 아사노를 옆 회의실로 불렀다. 하지만 아사노는 30분도 되기 전에 후련한 얼굴로 돌아왔다.

"지점장님, 수고가 많으셨습니다. 어떠셨습니까?"

"정의는 나에게 있도다!"

아사노는 윗도리를 벗고 편안히 앉아, 조사역이 가져다준 커피를 맛있게 마셨다. 거의 시간을 두지 않고 에지마를 오라고 해서, 그는 좀처럼 볼 수 없는 긴장한 야쿠자 같은 얼굴로 대기실에서 나갔다.

대기실에 둘만 있을 때 아사노가 말했다.

"일이 이렇게 되다니. 한자와, 자네에게는 너무 버거운 일이었나 보군. 하지만 자업자득이라고 생각하고 포기하게."

세상에는 자신의 거짓말을 진실이라고 여기는 사람이 있는데, 어쩌면 아사노도 그런 유형일지도 모르겠다.

"자업자득이라고요?"

한자와가 되묻자 아사노는 짙은 눈썹을 꿈틀거리며 반문했다.

"뭐야? 내 말이 틀렸다는 건가?"

"그렇다고 생각합니다만."

웃으면서 대답한 한자와를 향해 아사노는 험악한 표정을 지었다.

"자네의 그런 태도가 문제잖아!"

아사노의 호통을 한 귀로 흘려듣고 한자와가 물었다.

"지점장님, 한 가지 여쭤볼 게 있습니다만 축제위원회에는 왜 참석하지 않으셨습니까?"

짐짓 어이없다는 얼굴로 아사노가 대답했다.

"자네는 아직도 그런 말을 하나? 난 워낙 바쁜 몸이 아닌가? 중요한 회의도 있고, 거래처와의 회식도 있지. 지점장에게는 전부 중요한 일이야."

"그런가요? 조사위원회에는 그렇게 말씀하셨나요?"

"사실을 사실대로 말했어. 무슨 문제라도 있나?"

"아닙니다."

어색한 침묵이 두 사람을 가로막았다.

한자와가 있는 곳에서 일본 금융의 중심지인 마루노우치의 건물들이 보였다. 저 건물 안에는 수많은 월급쟁이와 수많은 생활이 존재하고, 수많은 인생이 존재한다. 옆에서 보면 사소한 일일 수도 있지만 이런 식으로 조직 내 갈등에 맞서고 싸우는 것도 월급쟁이에게는 중요한 인생이다.

현대사회라는 이름으로 포장되어 있어도, 세상의 본질은 공생과는 거리가 먼 약육강식이다. 평소에는 윗사람에게 순종하며 규율을 잘 지키는 월급쟁이라도 싸워야 할 때 싸우지 않으면 매장될 수도 있다. 한자와에게 그것이 '지금 이 순간'이다.

안내하는 조사역을 따라 돌아온 에지마는 상당히 시달렸는지, 몹시 창백하고 초췌한 얼굴로 어깨를 떨어뜨렸다. 이미 승부가 정해져 있는 싸움이다. 조사위원회의 승자는 아사노 한 사람이고, 한자와와 마찬가지로 에지마도 또한 패배자로 정해져 있다.

힘없이 의자에 앉은 에지마는 아무런 도움이 되지 않았을 예상 문답지를 주머니에서 꺼내면서 깊은 한숨을 쉬었다.

"이번에는 한자와 과장님 차례입니다."

안으로 들어간 조사위원회 회의실에는 의자가 하나 놓여 있었다. 의자의 맞은편에는 긴 테이블을 두 개 붙여서 조사위원이 각각 두 명씩 앉아 있었다. 중앙 오른쪽에 있는 사람은 다카라다 업무총괄부장이었다.

한자와에 대한 원한을 뼛속까지 가지고 있는 다카라다. 더욱이 한자와가 많은 사람들 앞에서 자신의 주장을 반박한 탓에 수치를 당했다고 생각하는 그는 먹이를 잡아먹으려는 짐승처럼 코에 주름을 잡고 한자와를 응시했다.

가장 먼저 입을 연 사람은 그 다카라다였다.

"한자와, 오랜만이군. 요즘 심사부에서 안 보인다 했더니 오사카의 변두리 지점에서 융자과장으로 일하고 있나 보지? 자네는 항상 자신이 옳다고 여기는 모양인데, 그게 얼마나 독선적인 망상인지 이번 일로 잘 알았겠지?"

"송구스럽습니다만 오사카 서부 지점은 결코 변두리 지점이 아닙니다. 오사카 시내에 네 개 있는 모(母)지점 중 하나지요."

"그 지점의 중요한 경영 자원을 자네의 과실로 잃어버리게 됐어. 일단 그 사실을 인정하게."

한자와 쪽에서 볼 때 중앙의 왼쪽에 다카라다와 나란히 앉아 있는 대머리 남자가 있었다. 오사카 영업본부의 이즈미다. 이 두 사람이 주로 질문하는 역할인 듯했다.

"과실이요? 무슨 말씀인지 잘 모르겠는데 설명해주실 수 있겠습니까?"

한자와의 반문에 이즈미가 발끈한 얼굴로 노려보았다.

"여기는 자네가 질문하는 자리가 아니야!"

그렇게 말하며 옆에서 끼어든 사람은 인사부의 오기소였다. 이 작자에 대해서는 잘 알고 있는데, 강한 자에게는 찍소리도 못하는 전형적인 피라미였다.

“질문의 의미를 몰라서 묻는 겁니다.”

오기소에게 되받아치자 다카라다가 끼어들었다.

“내가 설명해주지. 지금까지 들은 증언에 따르면 자네는 아사노 지점장의 대리로 축제위원회란 곳에 참석했어. 이건 틀림없는 사실이지?”

한자와가 고개를 끄덕이는 걸 보고 기록 담당으로 보이는 융자부 부부장인 노모토가 서류에 뭐라고 써넣는 것이 보였다.

다카라다의 말이 이어졌다.

“거래처에서 일방적으로 지점장의 참석을 요구했고, 그에 따르지 않았더니 집단으로 거래 중단을 통보했지. 보고에 따르면 자네는 네 번 있었던 회의에 전부 지점장 대신 참석했는데, 그동안 거래처의 불만을 알면서도 지점장에게 제대로 보고하지 않았어. 그게 과실이 아니라 뭐지?”

“거래처의 불만은 그때마다 보고했습니다.”

이즈미가 말참견을 했다.

“아사노 지점장은 못 들었다고 하던데? 제대로 보고하긴 한 건가? 지점장은 워낙 바쁜 자리야. 더구나 아사노 지점장은 부임한 지 얼마 안 됐잖아? 아직 그곳의 사정도 모르는 사람에게 적당히 말한 게 아닌가?”

한자와는 손에 있는 클리어파일 안에서 서류를 꺼내 다카라다 앞에 놓았다.

"이걸 보십시오."

다카라다가 서류를 들고 분연한 모습으로 옆의 이즈미에게 눈짓을 했다.

"그게 제가 드린 보고서입니다. 전부 네 통이죠. 모두 모임이 있었던 다음 날, 에지마 부지점장님과 아사노 지점장님에게 회부했습니다. 중요한 곳만 읽겠습니다."

한자와는 손에 있는 복사본을 읽기 시작했다.

"……어제 축제위원회에서 모든 참석자들이 아사노 지점장님의 불참에 불만을 제기해서 보고드립니다. 앞으로는 반드시 참석해달라는 강력한 요청이 있었습니다. 거래처에서 우리 은행의 대응에 관해 의혹의 목소리가 높아지고 있으니, 다음 모임에는 반드시 참석하심과 동시에 개별적으로 방문하셔서 의사소통을 도모하시기 바랍니다."

한자와는 서류에서 얼굴을 들고 네 명의 조사위원을 빤히 쳐다보았다.

"이 보고서에는 아사노 지점장님의 열람인이 찍혀 있습니다. 어디에 과실이 있는지, 말씀해주시겠습니까?"

다카라다의 눈에 분노가 깃들었지만 반론의 말은 나오지 않았다.

"아사노 지점장은 이런 보고서가 있다는 말을 안 했어."

이즈미가 비난하듯 말했지만, 그것은 오히려 아사노의 실수를 지적한 것과 마찬가지였다.

"이 보고서에서 지적한 중요한 경고를 그냥 흘려넘긴 건 아사노 지점장님입니다. 보고서의 존재조차 기억하지 못하는 건 놀랍다고밖에 할 수 없군요."

이즈미의 입에서 말도 안 되는 질책이 쏟아졌다.

"자네는 보고서만 쓰면 그걸로 된다고 생각하나? 지점장이 보고서 내용을 잊어버렸다면 제대로 다시 보고해서 올바르게 대처하도록 만드는 게 자네나 부지점장의 임무잖아!"

"네 번이나 보고서를 올려서 경고했잖습니까? 그걸로도 부족하다는 말씀입니까?"

"중요한 건 결과야, 결과!"

다카라다의 말도 안 되는 트집에 한자와가 반론을 제기했다.

"중요한 게 결과라면, 조사위원회는 뭐하러 하는 겁니까? 아무런 의미가 없잖습니까? 그냥 지점장을 비롯해 모두 징계를 내리면 되겠지요."

"아사노 지점장은 부임한 지 얼마 안 됐잖아? 어느 신사의 축제인지 모르겠지만 지점장이 참석하지 않았다고 해서 비난하다니. 도쿄에서 내려간 사람 쪽에서 보면 마른하늘에 날벼락이나 다름없어. 왜 자네가 가르쳐주지 않았지?"

오기소가 차갑게 말했다. 인사부에서 아사노 밑에 있던 사람이다. 어떻게든 아사노를 감싸려고 하지만 사전 조사가 미흡하다는 것을 스스로 고백한 거나 다름없다.

"제가 오사카에 부임한 건 두 달 전으로, 아사노 지점장님보다 늦습니다. 그리고 또 한 가지."

한자와는 오기소를 뚫어지게 쳐다보며 말을 이었다.

"지금 어느 신사의 축제인지 모른다고 말씀하셨는데, 솔직히 그 정도의 인식으로 올바른 판단을 내릴 수 있겠습니까?"

오기소가 흥분해서 소리쳤다.

"뭐야? 오사카에 있는 신사의 이름을 내가 어떻게 안단 말이야?"

"이곳은 오사카 서부 지점의 옥상에 있습니다."

한자와가 말한 순간, 오기소는 멍한 표정을 지었다.

"뭐? 옥상에?"

"오사카 서부 지점에서는 언제부턴가 축제라는 이름을 붙여 매년 11월, 예금이나 대출금 등을 거래처에서 끌어모아 실적 향상과 연결시키는 캠페인을 벌여왔습니다. 즉, 축제위원회라는 이름이 붙어 있지만 실제로는 지점과 거래처가 하나가 되는 영업 지원입니다. 어디까지나 거래처의 배려가 있어야 하는 것으로, 역대 지점장은 여기에 참석해 중요 거래처와 신뢰 관계를 쌓음과 동시에 지역 경제와 경영에 관한 정보를 교환해왔습니다. 저는 전임 과장으로부터 이 사실을 인계받았고, 아사노 지점장님도 똑같이 인계받았을 겁니다. 제가 일일이 지적할 것까지도 없이 말입니다."

다카라다가 반박했다.

"그렇다면 뭔가? 자네는 축제위원회에 참석하지 않은 아사노 지점장이 문제다, 이렇게 말하고 싶은 건가? 지금 상사를 팔아 넘길 생각인가?"

"그러면 아사노 지점장님은 뭐라고 말씀하셨지요? 제가 듣기로는 모든 건 융자과장인 제 책임이라고 말했다고 하더군요. 하지만 지금 말씀드린 것처럼 그건 사실이 아닙니다."

"아사노 지점장은 중요한 회의나 회식과 겹쳐서 도저히 회의에 참석할 수 없었다고 말했어. 그렇게 열심히 일한 아사노 지점장을 문책하는 건 타당하지 않다는 게 우리 조사위원회의 일치된 견해고."

한자와가 냉소적으로 대꾸했다.

"참 웃기는 일이군요. 조사위원회가 이름뿐인 엉터리 위원회인 줄은 몰랐습니다. 아사노 지점장님의 말은 전부 그대로 받아들이면서 진위도 확인하지 않다니. 당신들은 무엇을 위해 여기에 있는 거죠?"

끓어오르는 분노를 주체하지 못하고 다카라다가 달려들었다.

"한자와, 말이면 단 줄 알아? 지금 조사위원회를 우롱할 셈인가?"

"그렇다면 조금이라도 제대로 조사를 하는 게 어떻겠습니까?"

"지금 부장님께 무슨 말인가! 사과해!"

오기소가 두 주먹을 불끈 쥐고 울부짖었다. 아부를 하기 위해서는 아무에게나 울부짖는 재주밖에 없는 사람이다.

"제가 틀린 말을 했다면 사과하겠습니다. 어디가 틀렸는지 말씀해주시겠습니까?"

"뭐야?"

오기소는 이빨을 드러내고 으르렁거렸지만 그다음 말은 하지 못했다.

"축제위원회 당일에 지점장님에게 어떤 볼일이 있었는지 물으셨습니까?"

그렇게 물은 한자와를 향해 이즈미가 말도 안 되는 주장을 펼쳤다.

"그런 건 물을 필요도 없어. 아사노 지점장은 볼일이 있었다고 했으니까 그걸로 충분해."

한자와가 의문을 제기했다.

"그런가요? 지금 말씀드린 것처럼 축제위원회는 굉장히 중요한 모임입니다. 그렇다면 지점장님이 말한 볼일이 그 모임에 불참할 정도로 중요한 일인지, 경중을 따지는 건 당연한 일이 아니겠습니까? 그런데 당신들은 가장 중요한 것조차 묻지 않으셨습니다."

이즈미가 마침내 본색을 드러냈다.

"자네와 지점장은 신뢰도에 큰 차이가 있어. 우리는 아사노 지점장이 지금까지 어떻게 일해왔는지 지켜봐서, 그가 어떤 인품을 가졌고 얼마나 성실한 사람인지 잘 알고 있지. 그는 절대로 거짓말을 할 사람이 아니고, 조사위원회는 그런 의견을 조사 결과에 덧붙일 거야. 그런데 자네는 뭐지? 심사부 시절부터 툭하면 물의나 일으키고, 은행 내부에 적이 한두 명이 아니잖아? 우리가 그런 자네 의견을 어떻게 믿겠나? 질문을 받아주는 것만 해도 고맙게 생각하게!"

"그럼 그렇게 쓰시면 되겠군요. 당신들 얼굴에 먹칠을 할 뿐입니다."

그때 다카라다가 마무리를 짓듯이 말했다.

"이제 됐어. 자네가 무슨 말을 하든, 자네 의견에 귀를 기울일 사람이 우리 은행에 얼마나 되겠나? 심사부에서 기획서를 쓸 때와는 처지가 달라. 지금은 고작해야 일개 지점의 융자과장이라고!"

"하고 싶은 말은 그것뿐입니까?"

한자와는 손에 있는 케이스에서 새로운 서류를 꺼내며 일어섰다. 그 서류를 테이블 너머에서 자신을 노려보는 다카라다 앞에 힘껏 내동댕이친 순간, 오기소가 깜짝 놀라며 펄쩍 뛰어올랐다.

"이거나 읽고 자신들이 얼마나 한심한 사람인지 잘 생각해 보시지."

이즈미가 활활 타오르는 눈길로 한자와를 노려보았다.

"한자와, 감히 어디서 이런 짓을……!"

다음 순간, 다카라다의 입에서 굵은 목소리가 튀어나왔다.

"……잠깐."

다카라다의 얼굴에 떠오른 것은 분노가 아니라 당황한 표정이었다. 그의 입술이 움직였지만 말은 나오지 않았다. 그 대신 말을 쏟아낸 사람은 한자와였다.

"거기에 있는 건 다카라즈카에 있는 어느 골프연습장의 자료지요."

잠시 무거운 침묵이 자리를 지배했다.

"매주 열리는 골프스쿨 명단에 우리가 잘 아는 이름이 있을 겁니다."

"……아사노 다다스?"

서류를 들여다본 융자부의 노모토가 믿을 수 없다는 표정을 지으며 얼굴을 들었다. 오기소는 눈을 동그랗게 뜬 채 입을 손으로 막고 꼼짝도 하지 않았다.

"매주 열리는 골프스쿨 시간이 축제위원회 모임 시간과 같습니다. 이게 아사노 지점장이 말하는 중요한 볼일이지요."

대머리까지 새빨개진 이즈미가 얼굴을 찡그리고 입술을 깨물었다.

한자와가 다시 말을 이었다.

"도대체 조사위원회에서는 무엇을 조사한 겁니까? 친한 사람은 적당히 봐주는 게 조사인가요? 그런 조사라면 당장 집어치우는 게 낫습니다!"

오기소가 당황한 얼굴로 물었다.

"자, 자네는 어디서 이걸……?"

"그 골프연습장의 모기업이 이타치보리제철입니다."

오기소가 고개를 갸웃거렸다.

"이타치보리제철……?"

"도쿄중앙이나리의 신도회장님이자 축제위원회를 관장하시는 분이 그곳의 회장님입니다."

순간, 네 명의 조사위원이 일제히 소스라치게 놀라는 것을 알 수 있었다.

"즉, 그분들은 아사노 지점장이 축제위원회를 내동댕이치고 어디에 갔는지, 처음부터 알고 있었어! 그런데 지점장은 입에서 나오는 대로 거짓말하며 요리조리 빠져나가려고 했지. 아무 생각도 없이 기업을 팔라고 하며 돌아다니는 평소의 태도에 부아가 치밀었던 분들이 분노를 터트린 건 이런 사정이 있었기 때문이라고!"

한자와의 지적에 더는 반론이 나오지 않았다.

반박을 집어삼킨 다카라다가 입을 꾹 다물고 눈을 감았다. 그러더니 잠시 후 천천히 눈을 뜨고 으름장을 놓았다.

"한 가지만 말해두지. 한자와, 언제까지 큰소리칠 수 있을지 두고 보겠어. 언젠가 반드시 널 추락시키고 말 거야."

한자와는 조용히 대꾸했다.

"그러시든가요. 그런데 다음 번에는 좀 더 잘 하시길 부탁드립니다. 융자과장은 그렇게 한가하지 않거든요."

8

"한자와, 도대체 어떤 마법을 사용한 거야? 조사위원회에서 너를 문책하지 않기로 했다던데?"

한자와는 태연한 얼굴로 그 말을 받아넘겼다.

"당연하지. 아무 문제도 없는 사람을 문책하면 이상하잖아?"

조사위원회 결과가 한자와에게 전해진 것은 이날 오후였다. 그것과 거의 동시에 정보를 얻다니, 역시 도마리의 정보력은 보통이 아니다.

평소처럼 오사카 출장에 맞춰서 히가시우메다의 후쿠와라이에서 도마리를 만난 것은 아침부터 추적추적 비가 내리는 가을날이었다.

"아사노 지점장에게는 나카노와타리 씨가 직접 질책하는 문서를 보낼 모양이야. 속이 다 후련하네."

도마리가 심술궂은 미소를 지었다. 나카노와타리 겐은 장차 은행장감이라는 말을 듣는 국내 담당 임원이다. 한자와나 에지마에게 책임을 떠넘길 생각이었는데 오히려 질책을 받다니, 아사노에게는 그야말로 통한의 실책이리라.

하지만 그 정도 징계로 마무리된 것은 천만다행이었다. 그 뒤에는 한자와를 비롯해 융자과 행원들이 발바닥에 땀이 날 만큼 사죄하러 돌아다녔고, 그 결과 거래처들이 겨우 사죄를 받아들여 거래를 회복한 점이 크게 작용했다. 대출금 변제로 줄어든 잔고는 신규 대출이라는 형태로 조만간 원래대로 돌아올 전망이다.

“용케 조사위원회를 극복했군. 노모토 부부장에게 물어봐도 질의응답의 내용은 말해줄 수 없다고 하던데, 도대체 무슨 일이 있었어?”

“그 작자들이 얼마나 멍청한지 가르쳐준 것뿐이야.”

도마리가 어이없는 표정을 지었다.

“완전히 개박살낸 것 같더라. 우리 은행에서 그런 재주를 부릴 수 있는 사람은 너밖에 없어. 그런데 아사노 지점장은 어떻게 됐지? 조금은 얌전해졌어?”

조사위원회의 결정을 들은 아사노는 충격을 받은 나머지 한동안 지점장실에 틀어박힌 채 나오지 않았다.

한자와는 절반쯤 줄어든 술잔을 들고 대답했다.

“설마 이 정도로 얌전해지겠어? 오히려 창피를 당한 게 내 탓이라고 여기고 이를 갈고 있어. 본인 말에 따르면 골프스쿨은 업무에 필요해서 간 것뿐이고, 거래처와의 약속이라고 말한 건 예민한 문제라서 그랬대.”

“예민한 문제라…….”

도마리는 이죽거리며 따라 말한 뒤, 약간 목소리를 낮추었다.

“한자와, 그 골프스쿨 말인데, 조사위원회 보고서에서는 묵살한 모양이야.”

한자와는 놀랍지도 않다는 표정을 지었다.

"그럴 줄 알았어."

"그건 원래 끼리끼리 위원회니까. 자기들에게 유리하게 보고하고, 보고 내용은 너나 에지마 부지점장에게는 말하지 않을 생각이야."

"지점장에게 질책하는 문서가 가는 것만으로도 다행이야. 과연 나카노와타리 씨야."

"그 사람은 공정하니까."

도마리도 나카노와타리는 높게 평가했다. 도쿄중앙은행 안에서 나카노와타리를 나쁘게 말하는 사람은 거의 없다.

"옛날에는 지금의 너처럼 상대를 단칼에 베어버리는 타입이었나 본데, 지금은 달라. 칼등으로만 칠 만큼 배포가 있어."

"난 배포가 좁아서 미안하군."

빈정거리는 한자와를 향해 도마리는 진지하게 말했다.

"조사위원회에서는 '거래처의 감정적 대응'으로 아무도 문책하지 않는 걸로 결론을 내리려고 했는데, 나카노와타리 씨가 제지한 모양이야."

정보통이란 별명에 걸맞게 역시 도마리는 본부의 정보에 빠삭하다.

"지점의 근간을 이루는 거래처 모임에 한 번도 참석하지 않은 건 말이 안 된다면서, 나카노와타리 씨가 격노했다더라고. 질책하는 문서 정도로 끝난 건 다카라다 부장의 중재가 있었기 때문이고."

한자와가 벽의 한곳을 쳐다보며 빈정거렸다.

"아사노도 최악이지만 다카라다도 여전하군."

"그 작자에겐 누구나 눈치를 보느라 주변에 예스맨밖에 없어. 그게 문제야. 회의에서 너에게 논리적으로 깨진 것도 지금은 먼 옛날 얘기지. 이제 업무총괄부뿐 아니라 다른 곳에서도 그 작자에게 정면으로 이의를 제기하는 사람이 없어. 세상 참 말세야."

"도마리, 나 대신에 네가 상대하면 어때?"

"무슨 농담을 그렇게 심하게 해? 그나저나 센바공예사는 그 후에 어떻게 됐어?"

도마리는 재빨리 화제를 바꾸었다.

"경영 개혁과 M&A 검토, 양쪽에서 압박을 받고 있어. 지금 상당히 힘들 거야."

거래처 이탈로 한자와와 융자부 행원들이 동분서주하는 사이에, 도모유키는 하루와 회사 간부들과 머리를 맞대고 경영개혁안을 짜고 있었다.

"아니, 자칼 쪽에서 무슨 말이 없었나 해서……."

도마리의 말투에서 뭔가를 느끼고, 한자와는 눈썹을 치켜올렸다.

"무슨 말이라니?"

"이건 비밀인데, 실은 묘한 소문을 들었어. 자칼이 다누마미술관 살 사람을 찾고 있나 봐."

한자와가 무의식중에 오른손을 들어 도마리의 말을 제지했다.

"잠깐만. 그 미술관은 아직 오픈하지도 않았잖아? 어디서 나온 이야기지?"

"영업3부의 모치카와, 너도 알지? 녀석의 부서에 은밀히 타진이 들어왔나 봐. 각자 담당하는 거래처에 관심이 없냐고 물어봐달라면서."

"누가 그걸 물어봐달라고 했다는데?"

"거기까지는 물을 수 없었어."

말은 그렇게 하면서도 도마리는 자신의 추측을 입에 담았다.

"아마 오사카 영본의 이즈미 부부장 쪽이 아닐까?"

"매각 이유는?"

"그건 몰라."

도마리는 머리를 옆으로 흔들었다.

"자칼의 최근 실적은 어떻지?"

"인터넷 쇼핑몰로 대박을 터트리긴 했지만, 솔직히 그 이후에는 정체된 느낌이야. 그래도 건립 도중의 미술관을 팔아서 현금을 마련해야 할 만큼 자금 사정이 나쁜 것 같지는 않은데……. 아무래도 뭔가 있어."

"완공되지도 않은 걸 매각한다면, 거기에는 분명히 이유가 있을 거야. 그게 뭔지는 아직 모르겠지만."

도마리가 신중한 얼굴로 대답했다.

"한자와, 조심해. 단순한 M&A라고 생각했다가 어딘가에 지뢰가 묻혀 있으면 큰일이니까."

한자와는 절반쯤 남의 일처럼 말했다.

"재미있을 것 같군. 나도 알아볼까나. 뭔가 알게 되면 연락할게."

5장

아를르캥의 비밀

1

한자와가 센바공예사를 방문한 것은 도마리와 후쿠와라이에서 만난 다음 날이었다.

도모유키가 고민 끝에 말했다.

"M&A의 조건은 잘 알았습니다. 하지만 아무리 자유롭고 공정한 편집을 보장한다고 해도, 미술관을 가지고 있는 그룹의 산하로 들어가면 색안경을 끼고 볼 수밖에 없지요. 그래서 우선순위를 정했습니다. 일단은 어떻게든 자력으로 경영 개혁을 하겠습니다. 경영개혁안을 정리해 외숙모님께 담보 제공을 부탁할 겁니다. 이게 최우선 사항입니다. 한자와 과장님, 담보만 있으면 대출해주실 거죠?"

"물론입니다. 그게 조건이니까요."

"부탁합니다. 은행에는 죄송하지만 자칼의 M&A 제안은 만일의 경우를 위한 대비책으로 생각하려고 합니다. 그래도 되겠습니까?"

한자와는 고개를 끄덕였다. 방향성은 틀리지 않았다.

"저도 찬성입니다. 그런데 개혁안은 어떻게 되고 있습니까?"

하루가 무거운 얼굴로 대답했다.

"아직 정해지지 않았어요. 출판 부문과 기획 부문이라는 두 개의 기둥은 지금과 똑같이 유지하고, 출판 부문에서 적자가 나는 잡지는 폐간하려고 해요. 거기서 나오는 인원을 되도록 다른 분야에 투입하고 싶은데, 그만한 분야가 있을지 모르겠어요."

하루가 보여준 초안에서는 상당히 깊숙한 부분까지 고민한 흔적을 엿볼 수 있었다.

지저분한 수염에 고민 가득한 얼굴로 도모유키가 말했다.

"기획 부문에 힘을 넣는 것까지는 좋지만, 가장 골머리를 썩고 있는 건 출판 부문입니다. 문제는 적자를 없앤다고 해서 흑자만 남는 게 아니라는 거죠. 뭔가가 필요합니다……."

도모유키는 그렇게 말하며 생각에 잠겼지만 물론 그 자리에서 결론이 나올 리는 없다. 지금까지 밤새워 고민해왔을 것이다. 탁상 개혁안이라면 얼마든지 만들 수 있지만, 현실적이고 미래지향적인 이정표를 만들기는 쉽지 않다.

"그래도 분명히 해결책이 있을 겁니다."

도모유키는 스스로를 위로하듯 말하고 한자와에게 물었다.

"그나저나 보물찾기는 어떻게 됐습니까?"

도지마 마사코에게서 들은, 요시하루가 남겼다는 수수께끼다.

"유감스럽게도 지금으로선 진전이 없습니다."

한자와는 보물찾기, 도모유키는 경영개혁안. 어느새 양쪽의 역할이 분담되었다.

"양쪽 다 목적지에 도달하지 못했군요."

"기대에 부응하지 못해서 죄송합니다."

한자와는 순순히 사과하고 나서 화제를 바꾸었다.

"그런데 언뜻 들은 얘기인데, 혹시 자칼의 다누마미술관에 관한 소문을 들으신 게 없습니까?"

"소문이요?"

도모유키와 하루가 서로 얼굴을 마주보았다.

"무슨 얘기가 있습니까?"

"이건 비밀로 해주십시오. 다누마미술관이 은밀히 매물로 나왔다는 이야기가 있어서요."

도마리로부터는 도모유키와 하루에게는 말해도 좋다는 허락을 받았다. 어쩌면 자세한 정보를 얻을 수 있을지도 모른다는 속셈도 있기 때문이다.

도모유키가 눈을 크게 뜨고 놀란 표정을 지었다.

"아직 완성되지도 않았는데 매물로 내놓았다고요?"

하루도 고개를 갸웃거렸다.

"뭔가 이상하네요……."

"그렇긴 한데, 우리는 우리가 할 수 있는 일을 하는 수밖에 없어."

그렇게 말하는 도모유키의 얼굴에는 긴장한 기색이 역력했다.

2

"한자와 과장님, 잠깐 의논할 일이 있습니다."

센바공예사에서 돌아온 한자와를 보고 달려온 사람은 업무과 대리인 기시와다였다.

올해 35세인 기시와다는 소위 신규 거래처 개척을 담당하고 있는 담당자다. 운동부 출신답게 체력이 좋아 하루에 30군데나 영업을 하러 돌아다닌 적도 있어서, 에지마 부지점장의 사랑을 독차지하고 있다. 뇌도 근육으로 돼 있을 듯한 막노동꾼 타입의 외모도 비슷해서 그런지, 에지마와 죽이 잘 맞았다.

"이 건 말입니다만."

기시와다가 내민 파일에는 '㈜니지마흥업'이라고 쓰여 있었다. 처음 듣는 이름인 것을 보면 신규 거래처로 만들기 위해 접촉하는 회사인가 보다.

부동산 회사라고 해서 토지나 건물의 매입자금이라도 대출해줄 생각인가 했더니, 막상 이야기를 들어보자 조금 독특한 내용이었다.

"니지마 사장님이 아는 변호사로부터 재미있는 이야기를 들어서요. 니지마흥업을 통해 도야마현과 기후현의 경계에 있는 산림을 사고 싶답니다."

"산림을?"

"그 변호사의 지인 중에 도야마현에서 임업을 하는 사람이 있다고 합니다. 그분이 최근에 여기……."

기시와다는 한자와의 책상 위에 지도를 펼치고 한 곳을 가리켰다.

"이 부근의 산에 들어가 수령이 수천 년이나 되는 삼나무 군생을 발견했답니다. 사람이 쉽게 들어갈 수 없는 곳인데, 그분 말에 따르면 그 삼나무는 한 그루에 1억 엔쯤 되는 거라서 전부 합치면 20억 엔은 족히 넘을 거라고 하더라고요."

한자와는 말없이 눈으로 다음 말을 재촉했다.

"그래서 산의 주인을 알아봤더니 도야마 시내에서 병원을 경영하는 의사라고 합니다. 그 의사에게 넌지시 타진해봤는데, 최근에 병원 경영이 힘들어서 팔겠다고 했답니다. 땅이 상당히 넓습니다만, 3억 엔이라면……."

한자와가 재빨리 손을 들어 그의 말을 가로막았다.

"잠깐만! 방금 삼나무만 해도 20억 엔의 가치가 있다고 하지 않았나? 그런 산을 어떻게 3억 엔에 살 수 있지? 그건 이상하잖아?"

"그 의사는 아직 거목의 존재를 모른다고 합니다."

돌연 이야기가 수상한 방향으로 흘러서, 한자와는 미심쩍은 표정을 지었다.

"상대가 모르는 걸 이용해서 3억 엔으로 후려치려는 건가?"

한자와의 어이없는 표정에도 아랑곳하지 않고 기시와다는 진지한 얼굴로 말을 이었다.

"그 거목에 대해 아는 사람은 그걸 찾아낸 임업 업자와 변호사, 그리고 니지마 사장님뿐입니다. 설령 나중에 알게 된다고 해도 우리는 몰랐다고 주장하면 아무런 문제가 없지요. 어쨌든 산의 매수 자금으로 3억 엔을 대출해주지 않겠냐고 하는데, 어떻게 할까요?"

한자와는 자신의 생각을 솔직하게 말했다.

"나는 영 마음이 내키지 않아. 이런 사기 같은 일에는 돈을 빌려주고 싶지 않군."

"이번에 돈을 빌려주면 니지마흥업과 거래를 할 수 있습니다. 그러면 앞으로 우리 지점 실적에 크게 기여할 겁니다."

한자와는 기시와다가 가져온 거래처의 개요를 대강 훑어보았다.

"오랫동안 실적이 정체되어 있군."

기시와다가 목소리에 힘을 주며 강조했다.

"과장님, 3억만 있으면 20억이 들어오고, 그 돈으로 실적을 확대할 수 있습니다. 적극적으로 검토해주시겠습니까?"

한자와는 열변을 토하는 기시와다와 앞에 가볍게 자료를 던졌다.

"그건 안 돼. 이런 이야기는 대부분 사기성이 짙거든. 머리가 나쁜 경영자에게 얼마 안 되는 돈으로 산을 사면 거액을 받고 팔 수 있다고 부추기지. 그런데 실제로는 산을 팔지 못하고 끝나는 게 고작이야."

무시당했다고 생각했는지 기시와다가 발끈한 표정을 지었다.

"그렇게 쉽게 단정해도 될까요? 과장님은 제 얘기를 듣기만 했잖습니까? 실제로 니지마 사장님을 한번 만나봐 주십시오. 그러면 생각이 바뀌실 겁니다."

"그럼 한 가지 물어볼게. 조금 전에 자네가 그랬지? 그 거목은 사람이 쉽게 들어갈 수 없는 곳에 있다고. 그런 곳이라면 그 거목을 어떻게 운반할 거지?"

기시와다가 말문이 막히며 당황한 표정을 지었다.

"그, 그건 지금부터……."

"한 그루에 1억 엔이나 하는 거목이라면서? 그 정도면 사람이 어깨에 메고 운반할 수는 없고, 헬기로 운반하든지 운반용 도로를 만들어야 할 거야. 이 지도를 보면 가장 가까운 마을까지 10킬로미터가 넘을 것 같은데, 비용이 얼마나 들 것 같아?"

"그건 지금부터……."

반론을 못 하는 기시와다를 보며 한자와는 타이르듯 말했다.

"머리를 식히고 냉정하게 생각해봐. 거목 같은 건 처음부터 없을 수도 있으니까. 애초에 니지마 사장에게서 3억 엔을 가로채려고 벌인 일일지도 몰라. 달콤한 이야기에는 대부분 뭔가 있는 법이니까."

한자와가 그렇게 말했을 때 뒤에서 목소리가 들렸다.

"기시와다 대리, 무슨 일 있어?"

"에지마 부지점장님, 오셨습니까?"

지원군의 등장에 기시와다의 표정이 환하게 밝아졌다. 그는 한자와의 책상 위에 있는 자료를 들고 재빨리 에지마의 자리로 달려가 지금 한 이야기를 되풀이했다.

이야기를 들은 에지마는 귀를 의심할 만한 반응을 보였다.

"이거 재밌겠는데? 한자와 과장, 어때?"

한자와는 어쩔 수 없이 에지마의 자리로 가서 부정적으로 말했다.

"이런 사기 같은 일에 손을 대선 안 된다고 생각합니다."

그러자 에지마는 이치에 맞지 않는 방안을 내놓았다.

"그렇다면 업무과에서 추진하는 게 어때? 융자과에서 안 하겠다면 업무과에서 품의를 올리면 되잖아. 한자와, 그래도 되겠지?"

"전 상관없습니다. 그런데 부지점장님, 진심이십니까?"

에지마의 얼굴이 갑자기 붉으락푸르락해졌다. 왜 자신이 하는 일에 딴지를 거냐는 뜻이리라.

"뭐? 자네는 왜 남이 하는 일에는 항상 반대하지? M&A도 그렇고, 이런 투자 건도 그렇고. 그렇게 뭐든 부정적으로 생각해서야 지점의 목표 실적을 달성할 수 있겠어?"

"이런 일에 달려들어서 나중에 대출금을 회수할 수 없게 되는 것보단 낫잖습니까?"

"진행해!"

에지마는 기시와다에게 일방적으로 명령하고, 눈에 핏대를 세우며 한자와를 노려보았다.

"그렇게까지 말한 이상, 융자과에선 일체 관여하지 말게. 자네들이 관여하면 꼭 문제가 생기니까."

"그런가요?"

한자와는 반론할 마음도 없어서 그 말을 끝으로 그 자리에서 물러났다.

3

"과장님, 나오기 직전에 업무과가 소란스럽던데, 무슨 일인지 아십니까?"

미나미다의 단골 이자카야였다. 작은 점포들이 늘어선 히가시우메다 상점가의 뒷골목에 있는데, 싸고 맛있어서 손님이 끊이지 않는다.

"4, 5일 전에 기시와다가 3억 엔짜리 신규 대출 건을 따왔는데, 중간에 있던 변호사가 사기 혐의로 체포된 모양이더군요. 아까 연락을 받았나 봐요."

한자와는 기시와다로부터 들은 대출 건을 미나미다에게 말해주었다.

미나미다가 아연한 표정을 지었다.

"그런 곳에 대출해주려고 했다고요? 그런 건 백발백중 사기일 게 뻔하잖습니까? 에지마 부지점장도 너무 판단력이 없어요. 정말 큰일 날 뻔했군요."

"내가 반대했더니 업무과에서 직접 품의를 준비하더라고요."

"우리 과가 관여하지 않아서 다행입니다."

미나미다는 안도한 얼굴로 말하고 화제를 돌렸다.

"그런데 과장님, 마사코 씨 말입니다. 도카지철강 회장님께 들었는데, 마사코 씨가 부동산을 꽤 많이 가지고 있나 봅니다."

그 정보는 한자와를 놀라게 했다.

"개인적으로 부동산에 투자해서 잇따라 성공했다고 합니다. 도카지 회장님 말씀에 따르면, 도지마상점도 마사코 씨가 경영했다면 그렇게 되지 않았을 거라더군요. 경영자로서 천부적인 재능이 있다고 하면서요."

이제야 겨우 이해가 되었다.

"그래요? 아내가 남편보다 한 수 위였군요."

베일에 싸여 있던 도지마 마사코의 진짜 얼굴이 조금씩 드러나기 시작했다. 재미있는 것은 마사코도 예전에는 바이올린으로 성공하기 위해 파리에 유학을 갔다는 점이다. 부부가 모두 예술 분야에서 한 번 좌절했지만, 아내인 마사코가 나중에 경영 능력을 발휘한 것은 운명의 장난이라고밖에 표현할 도리가 없다.

"담보 얘기가 잘됐으면 좋겠습니다. 안 그러면 M&A를 받아들이지 않을 수 없으니까요."

순간, 한자와가 불쑥 얼굴을 들었다.

"왜 그러세요?"

"기시와다가 가져온 산림 이야기와 같다는 생각이 들어서요."

"그게 무슨 뜻이죠?"

"산의 주인 쪽에서 보면, 왜 자기 산을 사려고 하는지 모르잖아요? 그런 면에서 보면 센바공예사도 마찬가지죠. 다누마 사장이 왜 수많은 출판사 중에서 굳이 센바공예사를 매수하려고 하는지……."

"하지만 센바공예사에는 삼나무 거목이 없잖습니까?"

미나미다의 말이 한자와의 가슴속으로 툭 떨어졌다. 무엇인가 의미를 찾아낼 수 있을 것 같았지만, 단서가 어디에 있는지는 알 수 없다.

"그 자료를 다시 살펴봐야겠군요."

한자와는 그렇게 말한 뒤, 빈 소주잔을 들고 종업원에게 한 잔 더 달라고 부탁했다.

4

“여보, 왜 집에서 그런 걸 보고 있어? 애당초 왜 그런 걸 집에 가져왔지? 안 그래도 좁은 집에?”

하나는 한자와의 손에 있는 잡지를 가리키면서 불쾌한 얼굴로 말했다. 그러곤 거실의 한쪽 구석에 쌓여 있는 골판지상자를 지긋지긋한 눈으로 노려보았다.

“어쩔 수 없잖아. 은행에서는 잡지를 느긋하게 볼 시간이 없으니까.”

“취미로 보는 게 아니라 업무로 보는 거잖아? 그렇다면 은행에서 봐야지 왜 집으로 가져오는 거냐고? 시간외수당은 나와?”

“안 나와.”

하나의 눈초리가 날카로워졌다.

“그건 말이 안 되잖아. 업무로 보는 거라면 당연히 시간외수당을 받아야지.”

“은행은 원래 그런 곳이야.”

하나의 주장도 이해가 안 되는 건 아니지만 은행에서 이런 일을 업무로 인정해줄 리가 없다. 아무리 일과 관련이 있다고 주장해도 아사노는 인정해주지 않으리라.

하나가 다시 불만을 말하며 아픈 곳을 찔렀다.

“당신은 사람이 너무 좋아서 탈이야. 예전에는 무보수잔업비는 행원 지주회(持株會)에서 받으니까 걱정 말라고 해놓고, 결국 주가는 계속 내려가서 지주회는 손해만 보고 있잖아?"

"기다려. 조만간 주가가 오를 테니까."

"조만간이 언제야?"

"글쎄. 10년 후나 20년 후? ……아무튼."

한자와는 한숨을 한 번 쉬고 나서 덧붙였다.

"조용히 해줄래? 자꾸 말을 걸면 집중할 수 없잖아."

"잡지를 집중해서 봐야 해?"

도지마 요시하루가 병실에서 봤다는 이 잡지에 보물 창고의 힌트가 숨어 있을지, 진실은 아직 모른다. 마치 찾을 가능성도 없는 보물찾기에 끌려나온 심정이었다.

활자를 눈으로 좇는 사이에 정신은 다른 곳을 방황하다 어느새 기시와다가 말한 산림 이야기에 도달했다. 이 세상의 모든 일에는 표면과 이면이 있고, 진실은 주로 이면에 깃든다. 사람이 봤다고 생각하는 것은 앞쪽일 뿐 뒤쪽에는 생각지도 못한 진실이 존재하고, 겉으로 드러난 모순과 부조리를 합리적인 말로 감추는 경우도 있다.

과연 이번 일의 이면은 무엇인가.

아니, 애초에 이번 일에 이면이 존재하는가?

의문을 가지고 잡지를 훑어보던 한자와가 마침내 단서를 찾아낸 것은 그날 밤이 이슥해졌을 무렵이었다. 특집이나 메인 기사가 아니라 가십거리를 늘어놓은 페이지의 위쪽에 작게 접힌 부분이 눈에 띄었다. 지금까지 알아차리지 못했지만, 그곳을 접어놓은 사람은 요시하루였을 것이다. 요시하루는 이 페이지의 무엇에 관심을 가졌는가……?

그곳의 내용을 읽은 순간, 가슴속의 의문이 풀렸다.

"아아, 이 기사인가?"

정적이 내려앉은 거실에서 한자와는 혼자 중얼거렸다. 그곳에는 이런 제목이 붙어 있었다.

카페의 낙서, 10억 엔에 낙찰.

장소는 뉴욕. 현대미술의 거장인 조르주 세파르가 다녔던 카페에서 본인이 그린 것으로 보이는 낙서가 발견되었는데, 그것이 경매에 나왔다고 한다. 예전에 화가를 꿈꾸었던 요시하루의 시각에서 보면 흥미로운 기사였으리라. 그런데…….

한자와의 뇌리에서 뭔가가 번뜩인 것은 그때였다. 그는 황급히 벽 쪽에 있는 골판지상자로 가서 앨범을 꺼냈다. 요시하루가 병실에서 보았다는 앨범이다.

사진은 오래되어서 대부분 색이 바랬다.

한자와는 이윽고 앨범 사이에서 사진 한 장을 발견하고 페이지를 넘기는 손을 멈추었다.

그의 눈은 확신으로 가득 찼다.

"이거야! 요시하루는 앨범을 보면서 옛날을 그리워했던 게 아니라 보물을 찾고 있었어."

5

"내 살아생전에 이곳에 다시 올 줄이야. 오래 살고 볼 일이군."

센바공예사 사장실에 온 도지마 마사코는 옛날을 추억하듯 눈을 가늘게 뜨고 벽의 아를르캥을 향해 말을 걸었다.

"또 만났구나. 다시는 만날 일이 없을 줄 알았는데."

사랑스러운 눈길로 그림을 바라보던 마사코는 뜻밖에 손수건을 꺼내 눈가를 눌렀다. 그만큼 복잡한 감정이 담겨 있는 그림인 것이다.

"도모유키, 가지고 있어줘서 고맙구나."

"달리 걸 만한 그림이 없어서 그냥 놔뒀을 뿐입니다."

"사장님, 그게 무슨 말이에요?"

하루가 도모유키의 냉소적인 말투를 나무라며 마사코에게 사과했다.

"외숙모님, 죄송해요."

"입이 거친 건 피장파장이야. 그보다 하루, 너도 오랜만이구나. 건강해 보여서 다행이야."

마사코는 하루가 권하는 대로 소파에 앉아 도모유키를 바라보았다.

"오늘은 보물찾기의 수수께끼를 풀었다고 해서 기대하고 왔어. 너희들은 이미 들었니?"

도모유키가 고개를 옆으로 흔들었다.

“아닙니다. 모두 모여 듣는 편이 나을 것 같아서, 한자와 과장님에게 그렇게 해달라고 부탁했습니다. 어떤 보물인지 듣고 싶은 마음은 굴뚝같았지만요.”

“한자와 과장, 이제 빨리 말해주게.”

성질이 급한 마사코의 재촉을 받고 한자와가 모두의 앞에 내놓은 것은 포스트잇이 붙어 있는 잡지였다. 한자와의 옆에서는 나카니시가 숨을 집어삼킨 채 상황을 지켜보았다.

“우선 이 기사를 보십시오. 뉴욕의 카페에서 현대미술의 거장인 세파르의 낙서가 발견되어 경매에 나왔다는 소식입니다.”

“그 얘기라면 알고 있습니다. 상당히 초기의 것으로, 작풍(作風)이 바뀌는 분기점에 있던 낙서였을 겁니다.”

도모유키의 말에 하루도 고개를 끄덕였다.

문외한인 한자와의 머릿속에는 어렴풋이 남아 있는 정도였지만, 미술계에 몸담고 있는 도모유키나 하루는 선명하게 기억하고 있는 이야기였다.

“요시하루 씨는 아마 병실에서 이 기사를 읽었을 겁니다. 젊었을 때 화가를 꿈꾸었던 만큼 흥미롭게 읽었으리라고 상상하기란 어렵지 않습니다. 그런데 그때 요시하루 씨의 머릿속에서 새로운 가능성이 떠올랐습니다. 그 가능성은 이 아를르캥과 관계가 있습니다.”

그 자리에 있는 모든 사람들이 벽의 아를르캥을 올려다보았다. 도모유키가 흠칫 놀란 것은 한자와가 하려는 말을 겨우 알아차렸기 때문이다.

“지금부터 드릴 말씀은 제 상상이지만, 요시하루 씨는 이 기사를 계기로 잊고 있었던 옛날 일을 떠올린 게 아닐까 합니다. 그래서 그걸 확인하기 위해 마사코 씨에게 앨범을 보여달라고 부탁했습니다.”

한자와는 그 자리에서 테이블에 있는 앨범의 해당 페이지를 펼쳤다.

“그리고 보물을 발견했습니다. 그게 바로 이 사진이죠.”

모두가 동시에 앨범의 사진을 들여다보았다.

“아!” 하고 도모유키의 입에서 탄성이 흘러나왔다. 하루는 경악한 얼굴로 눈을 동그랗게 뜨고, 마사코는 망연한 얼굴로 한자와를 바라보았다.

그 사진에는 두 젊은이가 찍혀 있었다. 젊은 니시나 조와 그의 동료처럼 보이는 청년이었다.

“동료와 어깨동무를 하고 있는 젊은 니시나 조의 사진입니다. 이것만이라면 니시나가 예전에 이 건물에서 일했다는 기록밖에 되지 않지만, 이미 눈치채셨겠지요. ……여기입니다.”

한자와가 볼펜 끝으로 사진의 한쪽 구석을 가리켰다. 사진의 오른쪽 하단. 두 젊은이의 허리 부근에 그것이 있었다.

“아를르캥과 피에로…….”

하루가 혼잣말로 중얼거리면서 믿을 수 없다는 얼굴로 사장실 그림과 사진을 번갈아 바라보았다.

한자와가 말을 이었다.

"이건 벽에 그린 낙서입니다. 사진이 작고 오래되어서 선명하게 보이진 않지만 무엇을 그렸는지는 충분히 알 수 있지요."

마사코가 숨을 길게 들이쉬며 말했다.

"그렇군. 니시나 조의 낙서가 있었다는 건가? 가치는 얼마나 될까?"

대답하는 도모유키 목소리가 흥분으로 인해 갈라졌다.

"아마 10억 엔쯤 될 겁니다. 니시나 조의 작품이고, 더구나 아를르캥과 피에로라는 인기 있는 주제에다, 시간적으로 보면 그 원형이라고 할 수 있는 작품이니까요."

"10억이라고?"

금액을 따라서 말한 마사코는 "너무나 엄청난 금액이라서 현실감이 없구나"라고 말하더니, 간절한 목소리로 덧붙였다.

"사실이었군. 그이는 정말로 보물을 발견한 거야."

한자와가 모든 사람의 가슴속에서 소용돌이치고 있는 의문을 입에 담았다.

"문제는 이 낙서가 지금도 있느냐는 겁니다. 아마 요시하루 씨도 저와 똑같은 걱정을 하셨겠지요. 혹시 낙서가 지워지지는 않았는지……. 그래서 도모유키 사장님께 알려주려고 했던 겁니다."

"제가 그걸 거절한 건가요? 참 한심한 짓을 했군요."

도모유키는 입술을 깨문 채, 회한의 눈길로 아를르캥을 올려다보았다.

“이 세상의 모든 일엔 운명이 있는 법이지. 사소한 일로 단추가 잘못 끼워져서 그래.”

그렇게 말한 사람은 마사코였다.

한자와의 설명이 이어졌다.

“니시나 조가 도지마상점에 근무했다는 말을 들었을 때, 가능성을 알아차렸어야 했습니다. 당시 요시하루 씨는 디자인실을 만들고, 니시나 조를 그곳에서 일하게 했지요. 그 디자인실이 어디에 있었는지 기억하십니까?”

“아마 지하였을 거야.”

마사코는 그렇게 대답하고 도모유키를 쳐다보았다.

“반지하 방이 있지? 그 방은 지금 어떻게 됐지?”

“……창고로 사용하고 있어요.”

하루가 일어서면서 재빨리 덧붙였다.

“제가 가서 열쇠를 가져올게요.”

모두 황급히 엘리베이터를 타고 1층으로 내려갔다.

현관홀의 오른쪽에 야트막한 계단이 있었다. 세 단을 내려가면 층계참이 있고, 그곳에서 왼쪽으로 두 단을 내려가면 반지하가 나타난다. 그 계단의 막다른 곳에 불투명유리창이 끼워진 낡은 문이 하나 있었다. 초록색 페인트는 군데군데 벗겨지고, 색이 바랜 둥근 놋쇠 손잡이가 붙어 있었다.

하루가 자물쇠를 열고 입구 옆에 있는 스위치를 눌렀다. 다음 순간, 형광등 불빛을 받고 공간을 가득 메운 철제 선반이 나타났다. 골판지상자가 높다랗게 쌓여서 벽의 위쪽에 있는 들창을 막은 곳도 있었다.

도모유키가 사진과 방의 위치를 보고 한쪽 벽을 가리켰다.

"저쪽 벽입니다. 상자를 내리지요."

한자와와 하루도 상자 내리는 일을 거들었다. 마지막으로 벽에서 텅 빈 선반을 신중하게 떼어내고, 하루와 마사코가 벽을 들여다보았다.

"있어!"

흥분으로 인해 하루의 목소리가 약간 높아졌다. 그녀가 손으로 가리킨 곳에 그 그림이 있었다.

〈아를르캥과 피에로〉. 만약 액자에 넣는다면 가로세로 30센티미터 액자에 들어갈 만한 크기였다. 니시나 조를 미술계의 스타로 끌어올린 친숙한 그림이었다.

"터치는 좀 거칠지만 나중에 니시나의 대명사가 되는 화풍의 특징이 그대로 드러나 있군요!"

도모유키가 흥분을 감추지 않은 채 평했다.

"편집부에 지난번 특집 때 사용했던 복원용 솔이 있어요. 가져올 테니까 잠시만 기다리세요."

일단 밖으로 나간 하루는 직원 몇 명을 데리고 돌아왔고, 그들 중 한 명이 익숙한 손놀림으로 먼지와 더러움을 제거하는 작업에 착수했다.

스탠드 타입의 조명을 가지고 들어온 카메라맨이 기록용 사진을 찍기 시작했다. 끊임없이 터지는 플래시의 소용돌이와 숨 막히는 긴장, 가슴 떨리는 기대 속에서 낙서의 윤곽이 조금씩 선명하게 되살아났다.

"지금은 이 정도로 해두는 게 좋을 것 같습니다."

작업을 하던 직원이 겨우 허리를 들자, 하루와 도모유키, 마사코가 번갈아 그림을 들여다보았다.

"틀림없어, 니시나 조의 그림이야. 우리 회사에 이런 보물이 있었을 줄이야!"

"사장님, 이제 은행에서 돈을 빌릴 필요가 없겠네요."

성질이 급한 하루가 그런 말을 했다.

그맘때에는 이야기를 들은 직원들이 몰려와, 좁은 창고 안은 사람들의 열기로 가득했다.

그런 와중에 마사코가 원통하다는 듯 말했다.

"그이도 보고 싶었을 텐데. 이걸 보여줬으면 얼마나 좋아했을까?"

사진과 그림을 번갈아 보던 한자와가 뭔가를 알아차린 것은 그때였다.

"그림 밑에 사인 같은 게 보이지 않습니까?"

"그렇군요. 여기 먼지도 조금 털어낼 수 없겠나?"

도모유키의 지시를 받고 조금 전의 직원이 다시 신중하게 작업했다.

시간이 얼마나 지났을까? 한자와가 있는 곳에서도 영어의 필기체로 적은 사인이 보였다. 필치는 조금 서툴렀다.

도모유키가 몸을 숙여 읽으려는 걸 보고 하루가 물었다.

"읽을 수 있겠어요?"

잠시 후, 도모유키가 천천히 몸을 일으켰다. 그리고 자신의 대답을 기다리고 있는 하루와 마사코, 직원들을 둘러보면서 의아한 표정을 지었다.

그는 고개를 갸웃거리고는 마사코를 향해 물었다.

"외숙모님, 니시나 조는 본명인가요?"

이것이 맨 처음 그의 입에서 나온 질문이었다.

"그래. 왜?"

"그래요……."

도모유키는 나지막이 대답하고, 손으로 턱을 만지작거리며 생각에 잠겼다.

"어휴, 답답해라. 대체 왜 그래요?"

하루가 직접 몸을 숙이고 사인을 들여다보았다.

"알파벳인데 읽기 힘드네요. ……H, S, A, E, K, I인가?"

"뭐라고 읽어야 하죠?"

누군가의 질문에 뒤쪽에서 대답이 날아왔다.

"맨 앞의 'H'를 제외하면 '사에키'야."

"그럼 H는 뭔데?"

그런 말이 오가는 가운데, 마사코가 갈라진 목소리로 대답했다.

"아마 하루히코의 H일 거야."

한자와가 물었다.

"그건 누구입니까?"

"사에키 하루히코는 니시나가 있었을 무렵에 같은 디자인실에 있었던 사람이지."

"사에키, 하루히코……."

어리둥절한 얼굴로 도모유키가 그 이름을 말하자, 뒤쪽의 직원들도 따라서 중얼거렸다. 미술계에 그런 이름을 가진 사람이 없는지, 기억을 더듬는 듯했다.

"외숙모님, 사에키 뭐라는 사람은 누구죠?"

도모유키가 물어보자 마사코는 수십 년 전의 기억을 떠올리기 위해 창고의 스산한 천장을 올려다보았다.

"도지마상점에서 일하던 직원이야. 니시나와 어깨동무를 하고 사진을 찍었던 사람이지."

마사코는 그렇게 말하며 앨범을 쳐다보았다. 예대를 졸업한 지 얼마 되지 않은 무명 시절의 니시나. 그 니시나와 어깨동무를 하며 환하게 웃고 있는 사람은 연약한 눈길에 다정한 미소를 짓고 있는 청년이었다.

한자와가 마사코를 보면서 물었다.

"사에키라는 분도 그림을 그리셨나요?"

"사정이 있어서 오사카의 미대를 그만두고 우리 회사에 들어온 사람인데, 제법 그림을 잘 그렸을 거야. 물론 니시나와는 수준이 다르지만. 이건 혹시 니시나의 그림을 사에키가 흉내 낸 게 아닐까?"

"그럴 수가……."

지금이라도 쓰러지지 않을까 걱정될 만큼 하루의 얼굴이 창백해졌다. 손에 들어왔던 10억 엔이 순식간에 물거품처럼 사라진 듯한 얼굴이다.

직원들의 무겁고 답답한 침묵이 좁은 창고를 가득 메웠다.

6

"10억이요? 그런 그림이 센바공예사 건물에 있었을 줄이야!"

엄청난 금액에 압도된 미나미다는 연신 한숨을 쉬었다.

"하지만 진짜인지 아닌지는 아직 모릅니다."

한자와는 여러모로 생각하면서 말했다.

은행원 조합에서 매주 수요일은 정시에 퇴근하라고 정한 게 언제부터였을까? 덕분에 해가 질 무렵부터 지점 근처의 이자카야에서 술을 마실 수 있었다. 나카니시를 비롯한 젊은 융자과 행원들도 모두 참석해서, 술을 마시기 위해서 일찍 퇴근한 것이나 마찬가지였다.

나카니시가 웬일로 자신만만하게 말했다.

"저는 진짜 같습니다. 그건 분명히 니시나 조의 그림입니다. 니시나가 그리고, 당시 직장 동료였던 사에키라는 사람이 장난으로 사인한 거죠."

"하지만 증명할 수 없잖아?"

미나미다의 지적을 받고 나카니시는 "그야 뭐……" 하며 말끝을 흐렸다.

"실제로 그림의 진위를 판별하는 건 매우 어려운 일이야. 누구나 잘 아는 유명 화가의 그림이라도 내력이 확실하지 않으면 진짜로 판단하지 않는 일도 있지. 예전에 그림을 담보로 잡으려고 하다가 굉장히 고생한 적이 있거든."

"이번 경우에는 어떤 가능성이 있을까요?"

도모나가의 질문을 받고 미나미다가 깊이 생각에 잠겼다.

"지금 나카니시가 말한 것처럼 니시나의 그림에 사에키가 장난으로 사인했을 수도 있고, 니시나의 그림을 흉내 내서 사에키가 장난으로 그렸을 수도 있겠지. 사에키도 그림을 잘 그렸다고 하니까 흉내 낼 수는 있었을 거야."

혼다가 말했다.

"진짜인지 아닌지 조사할 수 있는 가장 빠른 방법이 있잖습니까? 사에키 씨라는 분에게 직접 물어보는 겁니다. 사진을 보여주면 금방 기억이 나시겠지요."

"나도 그렇게 생각했는데……."

생각에 잠긴 얼굴로 한자와가 작은 한숨을 내쉬며 덧붙였다.

"마사코 씨 말에 따르면 사에키 하루히코 씨는 이미 돌아가셨대."

혼다가 아연한 표정을 지었다.

"돌아가셔요? 아직 젊을 텐데……."

앨범에서 발견한 사진을 찍은 게 지금으로부터 약 25년 전. 당시 스무 살 전후였을 테니까 만약 살아 있다면 있으면 40대 중반쯤이리라.

나카니시가 설명했다.

"마사코 씨 말에 따르면 원래 몸이 약했는데, 건강이 안 좋아져서 본가로 돌아갔대요. 그리고 1년쯤 지나서 부고가 도착해, 부부가 같이 향을 올리러 갔답니다."

미나미다가 한자와를 쳐다보며 물었다.

"과장님, 이제 어떻게 하실 건가요?"

"마사코 씨에게 사에키 씨의 본가 주소를 알아봐달라고 했습니다. 거기까지 가서 허탕 칠 수도 있지만 그래도 한번 가보려고요. 일기라도 있어서 당시의 상황이 적혀 있으면 수수께끼가 풀릴 수도 있으니까요."

가능성은 낮지만 해볼 만한 가치는 있다.

마사코로부터 사에키 하루히코에 관해 연락이 온 것은 그 다음 날이었다.

"용케 이런 걸 가지고 있었다고 스스로도 감탄했지만, 그이나 나나 워낙 물건을 안 버리는 성격이거든."

그렇게 말하며 마사코가 꺼낸 것은 오래된 연하장과 사에키의 본가에서 받은 사에키 하루히코의 부고 엽서였다.

"만약 사망했을 때 전화를 했더라면 장례식에 참석했을 거야. 그런데 회사를 그만두고 한참 후에 세상을 떠났으니까 그 집 사람들도 연락하기가 좀 그랬겠지."

"당시 도지마상점 안에서는 사에키 씨를 아는 사람이 없었나요?"

"있었을지도 모르지만 그렇게 사교성이 좋은 사람은 아니었어. 더구나 고향에 내려간 후에는 감감무소식이었고. 가업을 돕고 있다는 얘기는 누군가에게 들었지. 그런데 설마 세상을 떠났을 줄이야. 그이도 신경을 쓰고 있던 터라, 소식을 듣자마자 본가를 찾아갔지."

엽서에는 효고현 단바사사야마의 주소가 적혀 있었다.

"그 후로 유족 분들과 연락을 주고받은 적은……."

"한 번도 없어. 그때 가보고 나서 비로소 양조장 아들내미였구나, 하고 놀랐던 게 기억나. 일단 인터넷으로 찾아봤는데, 그 양조장은 아직도 있어."

마사코는 인쇄한 종이를 한자와와 나카니시 앞에 내밀었다. 사에키주조라는 이름의, 300년의 역사를 자랑하는 양조장이었다.

"고맙습니다. 이번 주말에라도 가보겠습니다."

"뭔가 알아내면 말해주게."

정중하게 인사를 하고 물러난 한자와가 단바사사야마에 도착한 것은 그 주 토요일이었다.

7

"웬일로 놀러가나 해서 기대했는데, 겨우 단바사사야마야?"

특급열차 좌석에 아들인 다카히로와 나란히 앉은 하나는 멋대로 따라와놓고 불만이 가득한 표정을 지었다.

10월 하순의 주말이었다.

하나는 한자와의 옆에 있는 나카니시를 보고 입술을 삐죽거렸다.

"더구나 일이잖아."

"죄송합니다."

나카니시는 쓴웃음을 지으며 머리를 긁적거리더니, 한자와의 아들에게 말을 걸었다.

"다카히로, 초콜릿 먹을래?"

"먹을래요! 고맙습니다!"

초등학생인 다카히로는 태평한 얼굴로 웃었다. 특급열차를 타고 어디에 가는 것만으로도 기분이 좋은 듯했다.

"엄마, 단바사사야마는 어떤 곳이야?"

"소박한 곳이야."

하나가 퉁명스럽게 대답하는 걸 보고 한자와가 차분하게 설명했다.

"그렇지 않아. 단바사사야마는 밤의 산지야. 너, 밤 좋아하지? 그리고 검은 풋콩이 맛있는 곳이기도 해."

하나가 재빨리 말을 받았다.

"거봐, 역시 소박한 곳이지."

"그리고 오늘은 양조장에 가는 거야. 300년의 역사를 가지고 있대."

하나가 다시 투덜거렸다.

"난 와인이 좋은데."

나카니시가 분위기를 바꾸기 위해서 화제를 바꾸었다.

"이야, 오늘 날씨 참 좋군요!"

"나카니시, 미안해."

한자와는 아내를 데려오지 말았어야 했다고 후회했지만, 그런 그의 속마음을 아는지 모르는지 네 명을 태운 특급열차는 산속을 질주해 약 1시간 만에 사사야마구치역에 도착했다.

사에키주조까지는 사사야마구치역에서 택시로 10분쯤 걸렸다.

시내에서 조금 떨어진 도쿄행 간선도로 연변에, 한때 번성했던 역사를 짐작게 하는 건물들이 쭉 늘어서 있었다. 그중에 하얀 토벽으로 둘러싸인 사에키주조는 어느 건물보다 훌륭한 현관을 자랑하고 있었다.

택시 기사의 말에 따르면, 사에키주조의 사장은 이 지역 경영자들을 이끄는 리더 같은 존재라고 한다.

“어제 전화 드린 도쿄중앙은행의 한자와라고 합니다.”

매장으로 들어가 종업원에게 이름을 말했더니 안쪽에서 셔츠에 바지 차림의 50세쯤으로 보이는 남자가 나타났다. 세상을 떠난 사에키 하루히코의 친형인 사에키 쓰네히코였다.

“먼 곳까지 오시느라 수고하셨습니다. 안으로 들어가시지요.”

쓰네히코가 안내해준 곳은 옛날식 유리문으로 둘러싸인 접견실로, 한가운데에 놓인 소파가 오랜 세월을 느끼게 했다.

“실은 어제 오랜만에 마사코 씨도 전화를 주셨습니다. 하루히코 때문에 오셨지요?”

“이 사진을 봐주십시오.”

한자와는 니시나 조와 사에키 하루히코가 어깨동무를 하고 찍은 도지마상점 시절의 사진을 쓰네히코에게 보여주었다.

“하루히코 씨 옆에 있는 사람은 니시나 조라는 유명한 화가입니다. 아십니까?”

“물론 잘 알고 있습니다. 당시 동생에게도 들었으니까요.”

“작아서 알아보기 힘드시겠지만 사진의 한쪽 구석…… 여기에 그림이 있습니다만, 알아보시겠습니까?”

쓰네히코는 안경을 머리 위에 올려 쓰고, 셔츠의 가슴주머니에서 노안경을 꺼냈다.

"네, 여기에 그림이 있군요."

"이게 그 그림을 확대한 사진입니다."

한자와는 센바공예사의 카메라맨이 찍은, 그림을 확대한 사진을 꺼냈다. 전부 석 장이다. 설명하기 쉽도록 도모유키가 준 것이다.

"〈아를르캥과 피에로〉가 벽에 그려져 있지요?"

"그런 것 같군요."

쓰네히코도 인정하면서 다음 말을 재촉하듯 한자와를 바라보았다.

"이 그림의 독특한 터치는 니시나 조의 특징이라고도 할 수 있습니다만……."

한자와는 다른 확대 사진을 쓰네히코 앞으로 내밀었다.

"희미하긴 하지만 알아보시겠습니까? 'H. SAEKI'라고 쓰여 있습니다."

"그렇군요. 이건 동생의 사인 같습니다."

쓰네히코는 사진을 들여다보며 그렇게 대답한 뒤, 노안경을 벗고 원래의 안경을 썼다.

"생전에 하루히코 씨가 이 그림에 관해 뭐라고 말씀하신 적이 있으신가요?"

쓰네히코는 고개를 가로저었다.

"니시나 씨 얘기는 자주 했습니다만 이 그림에 관해서는 한 번도……."

"니시나 씨에 관해서는 어떤 이야기를 하셨나요? 괜찮으시면 말씀해주실 수 있겠습니까?"

쓰네히코는 접견실의 한곳에 시선을 고정하고 천천히 입을 열었다.

"이미 오래된 이야기지만 동생은 단바사사야마에서 고등학교를 졸업하고, 오사카에 있는 미대에 진학했지요. 어렸을 때부터 화가가 되고 싶어 했거든요. 그런데 미대 교수와 맞지 않아서 낙제를 하더니, 학교 생활에 염증을 느끼고 대학을 그만두었지요. 당시에 건강하셨던 부모님께서 집으로 돌아오라고 했지만, 집으로 돌아오면 화가가 될 수 없다면서 고집을 부렸습니다. 그리고 자기 힘으로 구한 취직자리가 도지마상점이었지요."

마사코는 하루히코를 '제법 그림을 잘 그렸던 사람'이라고 평가했다. 당연하다. 하루히코는 화가를 꿈꾸던 미대생이었던 것이다.

"그때 같은 부서에 있던 선배 직원이 니시나 조 씨였습니다. 니시나 씨와 동생은 화가가 되고 싶지만 돈이 없어서 그림에만 집중할 수 없는, 한마디로 말해 처지가 같은 사람이었죠. 그래서 죽이 잘 맞았는지, 가끔 고향에 오면 니시나 씨 이야기만 했습니다. 그 정도로 동생은 화가 선배로서 니시나 씨를 잘 따랐지요."

나카니시가 진지한 얼굴로 쓰네히코의 이야기에 귀를 기울였다. 그렇다면 하루히코가 그토록 잘 따랐던 니시나 조의 그림을 흉내 냈다고 해도 이상할 것은 없으리라.

"동생은 워낙 몸이 약해서 종종 자리에 눕곤 했는데, 그때마다 니시나 씨가 약도 사다주고 밥도 지어주는 등 여러모로 돌봐주었다고 합니다. 정말로 신세를 많이 졌다고 입에 침이 마르도록 말했습니다."

"그 후에 도지마상점을 그만두었다고 들었습니다만."

"니시나 씨가 파리로 떠난 후, 동생은 혼자 버려진 듯한 느낌을 받았다고 하더군요. 결국 건강이 좋지 않은 상태에서 혼자 일을 해낼 체력도, 화가가 되기 위해 노력할 기력도 잃은 채 고향으로 내려왔지요. 여기에 와서는 계속 누워 있었습니다. 가끔 일어나면 별채를 개조한 아틀리에에서 그림을 그렸고요. 그러던 어느 날, 아틀리에에서 나오지 않아 어머니가 보러 갔더니, 바닥에 쓰러져 있었습니다. 붓을 든 채 그대로 숨을 거뒀지요."

"마음이 많이 아프셨겠군요."

"어쩔 수 없지요. 가엾긴 하지만 타고난 수명이 그것밖에 안 됐다고 포기하는 수밖에요. 안타깝긴 하지만 그것도 인생이니까요."

나카니시가 조심스럽게 물었다.

"하루히코 씨의 그림을 볼 수 있을까요?"

"네, 눈에 잘 띄는 곳에 몇 장 걸어두고 계절마다 바꾸고 있습니다."

쓰네히코는 그렇게 대답한 뒤, 접견실에서 나가더니 정면 벽에 있는 그림을 가리켰다.

"저 그림도 동생이 그린 거죠."

한자와는 풍경화 같은 작품을 예상했지만, 그것은 놀랍게도 컨템포러리 아트(Contemporary Art)라고 할 수 있는 현대적인 그림이었다. 단순한 배경에 그려진 소년의 그림은 만화의 한 장면 같기도 했다. 눈에 독기가 서린 개성적인 캐릭터는 병약했다는 하루히코의 이미지와는 동떨어져 있지만, 그렇기 때문에 더욱 놀라운 재능을 느끼게 했다. 20여 년 전에 그렸음에도 불구하고 시대에 뒤쳐진 느낌이 거의 없었지만, 300년 역사의 양조장 벽을 장식하는 그림으로선 조금 어울리지 않았다.

그것은 쓰네히코도 잘 알고 있는 듯했다.

"우리 건물의 분위기와 안 어울리지요? 손님들 중에는 왜 이 그림을 걸어놓았냐고 묻는 분들도 계십니다. 그런데 그 질문에 대답하는 게 사에키 하루히코라는 화가가 이 세상에 살았었다는 증거라고 생각합니다. 아틀리에를 보시겠습니까?"

"꼭 보고 싶습니다."

한자와는 눈을 반짝이며 그림을 올려다보던 다카히로를 데리고 통로를 지나 안쪽으로 들어갔다.

"하루히코 씨의 그림은 굉장히 매력이 있군요. 저희 아들 같은 초등학생조차 넋을 잃고 볼 정도로요."

"내 입으로 말하긴 좀 쑥스럽지만 지나칠 만큼 재능이 있었습니다. 하지만 화가는 될 수 없었지요. 화가가 되기 위해선 재능뿐만 아니라 운이나 체력도 필요한데, 동생에게는 그 두 가지가 없었습니다."

쓰네히코는 자기 일처럼 분한 표정을 지었다.

그가 한자와 일행을 데려간 곳은 안채에서 지붕 있는 복도로 이어진 별채였다.

"여기가 아틀리에로 사용했던 곳입니다."

그곳에는 5평짜리와 3평짜리 방이 나란히 있었는데, 다다미에 화로가 놓여 있는 걸 보면 다실로 사용할 수 있도록 만든 것 같았다. 일본풍 정원에는 작은 정자와 손 씻는 곳도 있고, 3평짜리 방에는 정원으로 나가는 문도 붙어 있었다.

"당시에 동생은 5평짜리 방의 다다미를 걷어내 마루방으로 만들어 그림을 그렸지요. 맞은편 창고를 작은 갤러리로 사용하고 있으니까 한번 보시기 바랍니다."

별채에는 밝은 햇살이 넘치고 있었다. 이곳을 아틀리에로 사용한 것은 요양 중인 하루히코의 건강이 조금이라도 좋아지기를 바라서였으리라.

갤러리에 걸린 수많은 그림에는 사람의 시선을 끌어당기는 독특한 매력이 있었다. 다카히로도 그림에 빨려 들어갈 것처럼 바라보았다.

"여보, 다카히로가 그림을 이렇게 좋아하는 줄 몰랐어. 화가가 되고 싶다고 말하면 어떡하지?"

한자와는 하나의 불안함을 웃음으로 날렸다.

"걱정 마. 우리 집안에 그림에 재능 있는 사람은 한 명도 없으니까."

창고 안의 그림을 보면서 걸어가던 다카히로가 어느 그림을 가리킨 것은 그때였다.

"엄마, 이것 봐. 아까 본 사진 속의 그림과 똑같아."

그것은 노트 크기의 작은 그림으로, 비교적 큰 그림이 전시된 갤러리의 구석에 걸려 있는 소품이었다.

한자와가 그림을 보면서 나카니시에게 물었다.

"나카니시, 어떻게 생각하나?"

나카니시는 깜짝 놀란 얼굴로 몇 번이나 눈을 깜빡였다.

"이건……."

그도 그럴 것이, 그 그림은 〈아를르캥과 피에로〉와 똑같았던 것이다. 센바공예사의 벽에 있는 그림과 같은 터치지만, 이것은 낙서가 아니라 작은 캔버스에 그린 유화였다. 빈정거리는 눈길에 미소를 짓고 있는 아를르캥과 멍한 표정의 피에로. 익살스러운 만화 터치지만, 그와 동시에 니시나 조의 대표적인 그림 스타일과 비슷했다. 아니, 거의 똑같다고 할 수 있었다.

"이건……?"

한자와의 질문을 받고 쓰네히코는 약간 망설이는 표정을 지었다.

"그것도 동생의 그림입니다. 오른쪽 밑에 날짜가 보이죠? 미대 시절에 그린 겁니다."

"잠시만요!"

한자와는 잠시 혼란스러운 머리를 정리하고 나서 덧붙였다.

"하루히코 씨가 니시나 조 씨를 처음 만난 건 도지마상점에 들어간 다음이죠?"

"그렇습니다."

빈정거리는 눈으로 내려다보고 있는 아를르캥은 한자와에게 수수께끼를 던지는 것 같았다.

"그러면 이 〈아를르캥과 피에로〉는……."

가능성은 여러 가지가 있으리라. 하지만 가장 단순하게 생각하면 이 그림이 가리키는 대답은 한 가지였다.

"이건 동생의 오리지널입니다. 이 그림을 본 사람들은 모두 니시나 조의 모사품이라고 생각하지만 말이죠."

쓰네히코의 무거운 말을 듣고 한자와는 조용히 고개를 들었다.

"나카니시 씨, 어떻게 된 거예요?"

옆에서 이야기를 들은 하나가 그렇게 물었지만 나카니시도 고개를 갸웃거릴 따름이었다.

"저도 뭐가 뭔지……."

"아무래도 우리가 착각한 것 같아. 그렇죠, 쓰네히코 씨?"

그러자 쓰네히코는 사연이 있다는 얼굴로 작게 고개를 끄덕였다.

한자와는 계속 말했다.

"처음의 계기는 도지마상점의 사장님이었던 요시하루 씨가 남긴 수수께끼 같은 말이었습니다. 그리고 그가 남긴 잡지와 앨범을 통해 당시 니시나 조 씨가 근무했다는 도지마상점의 반지하 창고에서 낙서를 발견했죠. 니시나 조 씨의 특징이 있는 그림이었지만 그곳에는 뜻밖에도 하루히코 씨의 사인이 적혀 있었습니다. 그걸 보고 우리는 하루히코 씨가 니시나 씨의 화풍을 따라 했든지, 니시나 씨가 그린 그림에 하루히코 씨가 장난으로 사인을 했든지, 어느 한쪽이라고 생각해 자세한 사정을 알기 위해 여기까지 찾아왔지요. 그런데 우리는 지금 하루히코 씨가 니시나 씨를 만나기 전인 대학 시절에 그렸다는 〈아를르캥과 피에로〉 그림을 보고 있습니다. 여기까지는 됐지요?"

이미 모든 사정을 알고 있는지, 쓰네히코가 고개를 끄덕였다.

"한편 니시나 씨가 〈아를르캥과 피에로〉 그림을 처음 그린 건 파리에 유학 간 지 2년째 되던 해로, 그 전에는 그런 그림을 그리지 않았습니다."

"그럼 어떻게 하루히코 씨가 그 이전에 이런 그림을 그릴 수 있었지?"

영문을 모르겠다는 얼굴로 하나가 물었다.

한자와는 이제야 모든 걸 알았다는 얼굴로 단언했다.

"그 이유는 한 가지밖에 없어. 〈아를르캥과 피에로〉는 사에키 하루히코 씨의 작품이야. 그걸 니시나 조 씨가 흉내 냈고."

나카니시가 경악한 얼굴로 그림을 바라보았다.

"흉내 냈다고 할까, 완전히 똑같습니다. 이 정도라면 도작(盜

作)이라고 해도 이상하지 않을 정도인데, 미술계에서는 이런 게 인정되나요?"

"쓰네히코 씨, 어떠신가요?"

한자와의 질문을 받고 쓰네히코는 조용히 고개를 숙였다.

"전후 사정은 한자와 씨의 상상에 맡기겠습니다. 나는 그림은 잘 모르니까요."

하나가 납득이 가지 않는 얼굴로 물었다.

"한 가지 여쭤봐도 될까요? 〈아를르캥과 피에로〉 그림은 저도 본 적이 있어요. 특징이 뚜렷하고 임팩트가 강렬해서, 한눈에 누구 그림인지 알 수 있을 정도였지요. 하루히코 씨는 그런 자신의 그림을 니시나 씨가 흉내 냈다는 걸 알고 계셨나요? 만약 그렇다면 그건 내 작품이라고 밝혀야 하잖아요? 왜 그렇게 하지 않았죠?"

그 질문이 문제의 핵심을 찔렀다는 것은 쓰네히코의 얼굴을 보면 알 수 있었다.

"니시나 씨가 파리에서 〈아를르캥과 피에로〉를 그린 건 동생이 고향으로 내려온 이후의 일이었습니다. 비록 화가의 꿈은 포기했지만 니시나 씨가 파리에서 활약한다는 건 알고 있었고, 니시나 씨가 어떤 그림을 그렸는지도 알고 있었습니다. 동생은 매우 기뻐했지요."

"기뻐했다……" 하고 한자와가 중얼거렸다.

생각지도 못한 말이었다.

"동생은 자신이 오래 살지 못한다는 걸 알고 있었습니다. 아무리 노력해도 화가가 될 수 없다는 걸 알고 꿈을 포기할 수밖에 없었지요. 아마 많이 괴로웠을 겁니다. 절망의 늪에 빠져 있을 때 니시나 씨가 이 〈아를르캥과 피에로〉를 그려서 화려하게 데뷔했다는 사실을 알게 되었지요. 동생은 자기 꿈이 이뤄졌다고 하더군요. 자신이 그려야 할 그림을 니시나 조라는 사람이 그려서, 자기 대신 세상에 내보냈다고 말이지요. 마치 자기 일처럼 기뻐했습니다."

"그래서 하루히코 씨는 그 그림이 자신의 오리지널이란 걸 밝히지 않은 거군요. 아름다운 이야기이기도 하고, 가슴 아픈 이야기이기도 하네요."

하나는 〈아를르캥과 피에로〉를 올려다보고 있는 다카히로를 살며시 껴안았다.

한자와가 물었다.

"니시나 씨는 어땠나요? 어떤 경위로 그 그림을 그렸는지 아십니까?"

"니시나 씨는 많이 괴로워했습니다. 동생에게 사죄의 편지를 보냈을 정도로요."

한자와는 놀라서 물었다.

"그걸 세상에는……?"

쓰네히코는 천천히 고개를 가로저었다.

"아니요. 동생은 침묵했습니다. 그리고 동생이 말하지 않는 이상, 우리가 그걸 밝힐 수는 없었지요. 동생의 유지에 반하는 일이니까요. 이 사실을 아는 사람은 몇몇 가족뿐입니다."

"니시나 씨는 왜 이 그림을 흉내 내서 그렸을까요?"

비록 어리지만 관심이 있었는지, 다카히로가 물었다.

"좋은 질문이야. 문제는 그거란다. 니시나 씨는 파리에서 열심히 그림을 그렸지만 그림이 팔리지 않아 먹고살기 힘들었지. 그때 머리에 떠오른 게 바로 이 그림이었어."

쓰네히코는 다카히로에게 그렇게 말한 뒤, 한자와 일행을 보며 말을 이었다.

"동생과 니시나 씨는 동생이 세상을 떠날 때까지 편지를 여러 통 주고받았지요. 아직 인터넷이나 휴대폰이 없던 시절이었으니까요. 그 편지에서 니시나 씨는 동생의 〈아를르캥과 피에로〉 그림을 흉내 내게 된 사정을 털어놓았습니다. 결과적으로 그 그림은 사람들의 찬사를 받고, 밝고 경쾌한 〈아를르캥과 피에로〉는 니시나 조의 대명사가 되었지요. 그로 인해 니시나 씨는 평생 후회와 고뇌에 시달린 것 같지만요."

나카니시가 머뭇거리며 조심스럽게 물었다.

"혹시 니시나 씨가 스스로 목숨을 끊으신 것도……."

"전 그것도 한 가지 원인이 아닐까 합니다."

현대미술계에 알려지지 않은 이면사(裏面史)다.

"하루히코 씨가 그리신 그림이 또 있나요?"

나카니시가 물었다.

"보시겠습니까?"

쓰네히코는 갤러리의 구석에서 2층으로 이어진, 경사가 급한 계단을 올라갔다.

"동생이 남긴 그림은 거의 다 여기에 모아놓았습니다. 석 달에 한 번씩 갤러리에 있는 그림과 바꿔 걸고 있지요."

쓰네히코의 말처럼 2층 공간에는 온통 그림으로 가득했다. 안쪽으로 들어간 그는 그림 하나를 들고 방 한가운데에 있는 이젤에 올려놓았다.

다카히로가 그림을 보고 흥분해서 소리쳤다.

"와아! 멋지다!"

"네가 뭘 안다고 그래?"

어이없는 얼굴로 말한 하나도 그림에서 눈을 떼지 못했다. 양조장에서 일하는 남자들을 그린 익살스러운 그림이었다.

"이것도 미대 시절에 그린 그림이지요. 여름방학에 집에 왔을 때 그린 습작인데, 나도 좋아하는 그림 중 하나입니다."

쓰네히코는 다른 상자를 열어 "이것들은 밖으로 꺼낸 적이 없습니다"라며, 크기와 구도가 다른 〈아를르캥과 피에로〉를 두 장 꺼내서 나란히 놓았다.

"이 두 장은 모두 도지마상점에 들어가기 전에 그린 겁니다."

"미대에 다닐 때 전시회 같은 곳에는 출품하지 않았습니까?"

한자와의 질문에 쓰네히코는 난감한 표정을 지었다.

"그게 나도 마음이 아픈 부분입니다. 당시 미대 교수는 동생의 그림을 인정하지 않았다고 하더군요. 동생도 고집이 세서 자신의 생각을 굽히지 않다가 미대를 중퇴하는 바람에……. 결국 빛을 볼 수 없었지요."

"하루히코 씨와 니시나 씨가 편지를 주고받았다고 하셨는데, 니시나 씨에게서 온 편지는 아직 남아 있습니까?"

"물론입니다. 실은 그것만이 아니라 동생이 니시나 씨에게 보낸 편지도 남아 있습니다. 니시나 씨가 생전에 가져오셨지요. 이 갤러리를 만들었다는 소식을 전했을 때, 편지를 가지고 직접 찾아오셨더군요. 자신들이 살았던 증거라고 하면서요. 그때는 기묘한 말씀을 하신다고 여겼는데……."

"그건 니시나 씨가 돌아가시기……."

"석 달쯤 전이었을 겁니다. 니시나 씨가 스스로 목숨을 끊으셨다는 소식을 들었을 때는 심장이 멎는 줄 알았습니다. 아아, 그래서 편지를 가져오셨구나, 하는 생각이 들더군요. 보시겠습니까?"

"네, 보고 싶습니다."

쓰네히코는 안채로 들어가 편지가 들어 있는 상자를 가져왔다. 안에는 편지가 열 통쯤 들어 있었다.

"여기 있습니다. 읽어보십시오."

한자와가 펼친 것은 지금으로부터 25년 전, 화가의 꿈을 가진 두 청년의 적나라한 청춘이었다.

6장

파리를 오간 편지

1

하루히코에게.

잘 지내고 있어?

어제 샹젤리제 거리를 걸었더니, 마침 마로니에 꽃이 피기 시작했더라. 그 유명한 가로수길을 오가는 사람들도 어딘가 여유가 있어 보이고, 마침내 찾아온 봄의 기운을 마음껏 즐기는 것 같았어. 얼어붙은 겨울을 극복한 파리는 앞으로 여름이 될 때까지 몇 달간 화려한 꽃을 피우며 봄의 기쁨을 만끽하겠지. 단단한 꽃봉오리가 서서히 벌어지면서 희미한 꿀 냄새를 풍기는 것과 비슷하다고나 할까? 여기에서는 예술뿐만 아니라 모든 게 싹트기 시작하고, 이윽고 밖을 향해 마음껏 꽃피우는 모습을 가까이에서 느낄 수 있어.

파리에 온 지 한 달이 지났어.

센강의 왼쪽 기슭에 있는 14구(예술적 분위기가 가득한 몽파르나스가 속한 곳이야)의 계단도 없는 7층짜리 아파트에 무사히 둥지를 틀었다는 건 지난번에 썼지? 아파트는 구청 근처의 길가에 있는데, 걸어서 멀지 않은 곳에 모딜리아니가 젊은 시절 살았던 곳도 있어. 지금까지 이름과 그림으로밖에 몰랐던 위대한 예술가들을 더 가까이 느낄 수 있어서 얼마나 가슴 뛰는지 몰라. 에콜 드 파리(École de Paris)•는 바야흐로 아름다운 옛 시대를 그리워하는 추억의 말이 되었지만, 할 수만 있다면 내 손으로 다시 그 기운을 불러일으키고 싶어.

말은 이렇게 하지만 현실의 나는 아직 아무것도 이룰 수 없을 뿐만 아니라 무엇인가를 할 준비조차 되어 있지 않아. 요전에는 그림 몇 장을 들고 눈에 띄는 화랑을 향해 무조건 뛰어 들어갔어. 아직 사람들 앞에 내놓을 수 없는 그림이라서 부끄럽긴 하지만, 그래도 안목이 있는 사람이 보면 재능이 있는지 없는지는 알 테니까. 결국 아무도 상대해주지 않았지만 셸론이라는 한 화랑 주인이 관심을 보이면서, 제대로 된 그림을 그리면 가져오라고 한 게 유일한 위안이었어. 작은 첫걸음에 불과하지만 앞날을 알 수 없는 풋내기인 나를 인정해줄 너그러운 마음이 이 거리에는 있는 것 같아.

하루히코, 건강이 좋아지면 너도 꼭 파리에 와. 이곳은 화가로서의 가능성이 있고 미래가 있어. 실력만 있으면 분명히 누군가가 인정해줄 거야. 마침내 내 힘을 발휘할 수 있는 무대에 올라서서 그런지, 온몸이 떨리고 흥분이 가라앉지 않아.

• 제1차 세계대전 이후 파리로 이주해온 외국인 화가 집단.

또 연락할게. 부디 건강하게 잘 지내기 바랄게.

1980년 4월 20일

니시나 조.

2

조 형에게.

편지 보내주셔서 감사합니다.

빨리 답장하려고 했지만 컨디션이 좋지 않아 출근하지 못하는 날도 있고, 그림을 그리기조차 귀찮은 날들이 이어지고 있습니다. 그런 때는 아무 생각도 할 수 없고, 오직 이불 속에 누워서 하숙집 천장을 올려다보는 게 고작입니다.

조 형이 있었다면 맛있는 음식을 가져주었을 텐데……. 그렇게 생각하면 쓸쓸함이 온몸으로 파고듭니다. 조 형이 오사카를 떠나기 전날 밤에도 말씀드렸지만, 지난 2년간 정말로, 정말로 신세를 많이 졌습니다.

혹시 기억나십니까? 작년 설날 저녁때였지요. 제가 건강이 좋지 않아 본가에도 내려가지 못하고 누워 있을 때, 조 형이 본가에서 만든 떡을 가지고 와주었습니다.

그때 끓여주신 떡국은 결코 잊을 수 없습니다. 깔끔한 백된장에 떡을 넣고, 빨리 체력을 회복하라면서 닭고기와 해산물까지 넣고 끓여 주신 떡국. 그렇게 맛있는 떡국은 난생처음이었습니다.

지금 생각하면 도지마상점에서 일할 수 있었던 건 오직 조 형 덕분입니다. 미대를 중퇴하고 절망의 늪에 빠져 허우적거릴 때, 구인 광고를 보고 훌쩍 찾아간 저에게, 화가를 꿈꾸는 같은 동지로서 조 형은 진지하고 긍정적인 조언을 해주었지요.

아아, 여기에도 나와 같은 길을 가려는 사람이 있구나……. 그렇게 생각하니 마음이 든든해서 곧바로 입사를 결정할 수 있었습니다.

조 형은 한 번 결심하면 똑바로 돌진하는 행동력과 강한 의지, 더구나 체력이 있습니다. 모두 지금의 저에게는 없는 것뿐입니다.

그것만이 아닙니다. 조 형은 누구에게서도 찾아볼 수 없는 뛰어난 데생 실력과 탄탄한 구성력이 있고, 그 재능은 말씀하신 대로 보는 눈이 있는 사람이라면 금방 알 수 있습니다.

혈혈단신 날아간 파리의 화단에서 금방 인정해주는 화랑 주인을 만난 것도 그 실력 덕분이겠지요. 마치 제 일처럼 기쁘면서도 조 형의 실력이라면 당연하다고 생각합니다. 반드시 파리에서 크게 활약해 새로운 시대를 열어주십시오.

조 형이라면 얼마든지 해내리라고 믿어 의심치 않습니다. 그럼…….

1980년 7월 13일
하루히코.

3

하루히코에게.

몸은 좀 어때?

파리의 여름은 어딘지 모르게 퇴폐적이고, 무뚝뚝한 얼굴로 계속 침묵하고 있는 것 같아. 파리답지 않게 밝기만 한 하늘색이 오사카에서 올려다보던 하늘과 왠지 비슷하게 보여. 똑같은 거리인데, 계절이 바뀌면 이렇게까지 시시하게 보이나 해서 놀라는 중이야. 그렇게 보이는 건 거리 탓이 아니라 어쩌면 궁지에 몰린 내 마음 탓일지도 몰라.

9월에 접어들면서 파리는 겨우 평소의 화려한 분위기를 되찾았어.

나는 지금 일주일에 한 장씩 그림을 그리고 있어. 루브르박물관이나 오르세미술관에 작품이 걸려 있는 유명 화가의 모작(模作)으로, 그걸 길거리에 있는 기념품 가게에 가져가는 거야. 완성도가 좋으면 일주일 먹고살 만큼의 돈을 주고, 그렇지 않으면 겨우 몇 프랑을 손에 쥐어주지. 그런 상황에서는 얼마 없는 예금을 찾아서 쓸 수밖에 없어.

이런 그림은 아무리 오래 그려도 쓸모없어. 물론 아틀리에에서는 내가 그리고 싶고 그려야 할 그림을 그리고 있지만, 지금까지 그런 그림이 팔린 적은 한 번도 없어.

지금 내 마음이 어떨지, 아마 너라면 이해해주겠지.

혼신을 다해 그린 작품은 아무도 쳐다봐주지 않고, 아무렇게나 그린 모작만 팔리고 있어. 이것은 파리가 내 개성을 인정해주지 않는다는 뜻이나 마찬가지야.

나는 지금 파리에서 통과의례를 치르고 있는 걸까?

여기서 패배하면 안 된다, 나를 믿고 끝까지 그리자, 이렇게 되뇌이며 시시각각 시들어가는 기력을 짜내서 스스로를 다독이고 있어.

파리에 처음 도착했을 무렵, 아무것도 모른 채 순수하게 희망에 넘쳤던 내가 그리워. 지금 내게 화가라는 직업은 꿈이 아니라 현실을 이어가는 수단에 불과해.

솔직히 말하면 이 밑바닥 생활에서 기어올라가는 방법이 어디에 있는지, 과연 그런 것이 있기나 한지 모르겠어. 나는 지금 끝없는 좌절에 빠져 있어.

하지만 이런 와중에도 희망의 빛은 아직 꺼지지 않았어. 바로 어제, 멋진 주제를 생각해냈지. 다음에 착수할 작품은 어쩌면 화가로서 내 운명을 바꿀 만한 작품이 될지도 몰라. 어쩌면 셸론 화랑에서 비싸게 사줄지도 모르고.

어떤 화가도 처음부터 잘 나갔던 건 아니야. 잘 팔리는 작품을 그릴 때까지 계속 노력한 사람만이 화가가 되고, 포기한 자는 평범한 사람이 되는 거겠지. 난 절대로 포기하지 않을 거야. 반드시 성공하겠어! 그런 열정만은 누구에게도 지지 않아.

고민만 잔뜩 늘어놓아서 미안해.

1980년 9월 13일

조.

4

조 형.

지난번에 보내주신 편지를 읽고, 새 작품에 도전하는 조 형의 뜨거운 열정과 기력이 얼마나 부러웠는지 모릅니다. 지금의 저는 그렇게 할 의욕이 없으니까요. 점차 말라가면서 정신력과 체력이 시들어가는 제 자신이 한심합니다.

지난달에 도지마상점을 그만두었습니다.

늦여름보다도 몸이 좋지 않아 툭하면 회사를 쉬기 일쑤라서, 더는 회사에 폐를 끼쳐서는 안 될 것 같아 결단을 내렸습니다. 퇴사와 함께 마쓰야마치의 아파트는 처분하고, 단바사사야마의 본가에 몸을 의탁하고 있습니다.

저는 지금 무엇을 해야 할지 모르겠습니다. 할 수만 있다면 조 형처럼 파리에 가고 싶었습니다. 하지만 도지마상점에서 받은 월급의 대부분은 파리 유학비가 아니라 치료비로 사라졌습니다.

자립도 못한 채 본가에 의탁할 수밖에 없는 저에게서, 조 형의 뒷모습은 점점 멀어지고 있습니다.

예전에 파리에 오라고 하셨지요?

가고 싶습니다. 진심으로 가고 싶습니다.

이런 제 눈에는 발버둥 치면서도 좋아하는 길을 걸어가고 있는 조 형이 너무나 눈부시고, 너무나 부럽습니다.

조 형의 다음 작품은 분명히 큰 성공을 거둘 겁니다. 더욱더 활약하시기를 기도하겠습니다.

1980년 12월 8일

하루히코.

5

하루히코에게.

먹색 구름으로 뒤덮인 파리의 하늘이 내 마음을 대변해주는 것 같다. 나는 지금 모든 의욕을 잃은 채 이 음울한 구름처럼 가라앉아 있어.

격려의 편지를 보내줘서 고마워.

도지마상점을 그만둔 걸 보니 건강이 상당히 안 좋은 것 같아서 마음이 무겁구나. 편지에는 건강이 얼마나 안 좋은지 자세히 쓰여 있지 않았는데, 나를 걱정하지 않게 하려는 배려겠지. 컨디션이 좋지 않은 상황에서도 나를 걱정해주다니, 고마워. 너는 지금 내게 유일한 아군이고 내 작품을 가장 잘 이해하는 사람이야.

지난번에 큰소리 떵떵 쳤던 작품.

참패였어. 기대했던 셸론의 평가는 도저히 참을 수 없을 만큼 처참하고 치욕적이었지.

나는 지금 절망에 빠져 있어. 그와 동시에 이 생활에서 희망을 찾을 수 없어서 절망적이고 곤혹스러우며 또한 공포스러워.

파리에 오기 전에 내게는 몇 가지 아이디어가 있었지. 그런데 대부분의 아이디어는 이미 사용했고, 남은 것도 아무 쓸모없다는 게 증명된 것 같아.

나는 지금 무슨 말을 써야 좋을지 모를 만큼 비참하고, 그림 재료도 살까 말까 망설일 만큼 궁핍해.

빵과 물감 중 하나를 선택해야 할 때, 너라면 어떻게 할까?

화가의 꿈을 포기하고 다른 직업을 찾으면 얼마나 편할까? 지금 내가 매일 머리를 감싸고 고민하는 것은 그런 극단적인 선택뿐이야.

앞으로 어떤 작품을 그려야 할까? 얼마나 그리면 인정받고 이 밑바닥에서 탈출할 수 있을까? 나는 이제 아무것도 판단할 수 없어.

그림이 팔리지 않아도, 아무도 인정해주지 않아도 아직 그릴 아이디어가 있다는 게 얼마나 행복한 일인지, 그릴 아이디어가 없다는 게 얼마나 무서운 일인지, 그걸 동시에 깨닫고 있어.

이런 날이 올 줄은 상상도 못했어. 파리는 무서운 도시다. 성공의 무대에 올라갈 수 있는 사람은 재능을 가진 몇몇 사람뿐이고, 나머지 사람들은 모두 객석에서 바라보는 수밖에 없어.

나는 그 명암의 틈바구니에서 방황하면서 완전히 출구를 잃어버렸어.

1981년 2월 24일

조.

6

조 형.

요즘 몸이 너무 안 좋아서 편지를 길게 쓸 수 없어요.

파리는 굉장히 무서운 곳이군요.

얼마나 힘들지 짐작이 됩니다. 하지만 조 형은 최선을 다해 그곳에서 싸우고 있어요.

그곳까지 갈 수도 없는 저는 매일 집 천장을 보면서 지내고 있습니다.

온종일 침대에 누웠다 일어났다만 반복하고 있습니다.

조 형, 힘내세요. 조 형, 힘내세요.

저도 힘낼게요.

1981년 4월 10일

하루히코.

7

하루히코에게.

드디어 해냈어! 전시회에서 입선했어!

하지만 나는 지금 순순히 기뻐할 수 없어.

내겐 누구에게도 말할 수 없는 비밀이 있으니까. 하지만 너에게만은 솔직히 털어놓고 사죄하고 싶어.

하루히코, 나는 너의 특징적인 화풍을 그대로 흉내 내서 그림을 그렸어.

내 안에 있던 아이디어를 전부 사용해서 망연자실하고 있을 때, 별안간 머릿속에서 네 〈아를르캥과 피에로〉가 떠올랐어.

도지마상점의 사무실 벽에 네가 장난으로 그린 〈아를르캥과 피에로〉의 낙서. 그 이후, 네 하숙집에서 오리지널 그림을 본 순간, 아득히 먼 우주에서 비상하는 눈에 보이지 않는 화살이 내 가슴에 박혔지.

그건 내가 지금까지 그린 그림과는 조금도 비슷하지 않은 그림이고, 조금도 비슷하지 않은 재능이었어. 그리고 내게는 결코 없는 번뜩임의 산물이었지.

안 돼! 그만둬!

이렇게 말리는 나와, 이제 살기 위해서는 그걸 그릴 수밖에 없다고 지푸라기에 매달리는 심정으로 갈등하는 내가 있었단다.

뜻밖에도 그림은 높은 평가를 받았어.

셸론뿐만 아니라 그림을 출품했던 전시회에서 최고의 평가를 얻고, 입이 다물어지지 않을 만한 금액으로 작품을 그려달라는 주문이 밀려들고 있지.

하지만 나는 그 그림을 그릴 자격이 없어. 나는 너에게 도둑이라고 비난받고, 미술계에 있을 수 없는 놈이라고 비난받아 마땅한 짓을 저질렀어.

지금 네가 어떤 심정으로 이 편지와 동봉한 사진을 보고 있을까? 그 생각하면 가슴이 찢어지는 것 같다.

나는 이제 화가로서 모든 걸 잃어버렸다.

뭐라고 사죄해야 할까? 입이 열 개라도 할 말이 없다.

1981년 7월 8일

최악의 비겁자, 니시나 조.

8

조 형.

우선 성공을 축하드립니다.

편지를 읽고, 작품 사진을 보고, 너무나 기뻐서 가슴이 터질 것 같습니다.

제게는 이미 이 세상에 제 작품을 내놓을 시간도, 체력도 거의 남아 있지 않습니다. 그런 저를 대신해 조 형이 세상에 작품을 선보인 것이라고 생각합니다.

부디 후회하지도, 스스로를 책망하지도 마십시오.

제가 조 형의 성공을 얼마나 기뻐하고 있는지 아시나요? 기쁘고 또 기뻐서, 만약 건강했다면 여기저기 마구 뛰어다녔을 겁니다. 〈아를르캥과 피에로〉도 자랑스러워하는 것처럼 보입니다.

조 형, 축하합니다.

정말 정말 축하합니다.

회사에서 책상을 나란히 하고 일했을 때가 바로 어제 일처럼 생생하게 되살아납니다. 그 생각을 했더니 저도 모르게 눈물이 나더군요.

조 형, 저를 대신해서 제 몫까지 그림을 그려주십시오.

많이, 아주 많이 그려주십시오.

그리고 제 몫까지 살아주십시오.

축하합니다. 진심으로 축하합니다. 그리고…… 고맙습니다.

1981년 8월 29일

하루히코.

9

주고받은 편지를 다 읽은 한자와는 잠시 할 말을 잃은 채 손에 있는 편지를 내려다보았다. 그러고는 정중히 원래대로 봉투에 넣어 상자에 넣은 뒤, 쓰네히코에게 감사의 인사를 전했다.

쓰네히코가 절실하게 말했다.

"동생이 세상을 떠난 건 마지막 편지를 쓴 다음 달이었습니다. 이건 사에키 하루히코라는 화가가 이 세상에 존재했다는 중요한 증거지요. 니시나 조 씨도 세상을 떠난 지금, 이 사실을 밝혀서 동생을 세상에 알리고 싶었지만, 그건 동생의 유지에 반하는 일이 아닐까 하는 생각도 들더군요."

그런 모순이 쓰네히코를 괴롭히는 듯했다.

"하지만 이렇게 멋진 그림을 이대로 썩히는 건 너무 아깝지 않아요? 보고 싶어 하는 사람이 많을 텐데……."

하나는 하루히코가 그린 〈아를르캥과 피에로〉를 자못 애석한 눈길로 바라보았다. 이 그림에는 넋을 잃고 볼 수밖에 없게 만드는 무엇인가가 담겨 있다.

"나도 갖고 싶어요. 아빠, 이 그림 사주세요."

다카히로가 그렇게 말해서 한자와를 당황하게 만들었다.

"이 녀석! 이건 파는 게 아니야!"

"미안하구나. 팔 만큼 많이 없거든."

쓰네히코는 쓴웃음을 지으며 다카히로에게 그렇게 말하고는 한자와를 보면서 덧붙였다.

"실은 몇 년 전부터 동생의 〈아를르캥과 피에로〉 그림을 전부 팔지 않겠냐면서 찾아오시는 분이 계시지요. 그림과 함께 지금 보여드린 편지까지 양도해달라면서요. 아마 그 분의 뒤에는 니시나 조 작품의 수집가 같은 분이 계시지 않을까 합니다."

한자와와 나카니시는 서로 얼굴을 마주보았다. 사에키 하루히코라는 화가에 주목한 사람이 자기들 말고 또 있다니. 놀라운 일이 아닐 수 없었다.

"그분은 하루히코 씨를 어떻게 아셨을까요?"

"마음에 걸려서 물어봤지만, 비밀준수의무가 있다면서 가르쳐주지 않더라고요. 어떤 경위로 알았는지는 모르겠지만 니시나 조 씨로부터 직접 들은 게 아닌가 합니다."

쓰네히코의 말은 의외였다.

나카니시가 고개를 갸웃거리며 물었다.

"그러면 니시나 씨가 생전에 하루히코 씨에 관해 누군가에 말했다는 건가요?"

니시나에게 〈아를르캥과 피에로〉에 얽힌 이야기는 결코 알려져서는 안 되는 비밀이었기 때문이다.

쓰네히코가 말했다.

"그분이 처음 찾아오신 건 3년 전 10월이었는데, 니시나 조 씨가 스스로 생을 마감하신 게 그 한 달 전이거든요. 이건 내 상상이지만, 유서 같은 걸 남긴 게 아닐까 합니다."

"유서라고요?"

예상치 못한 이야기에 놀라서 한자와는 무의식중에 되물었다. 그러곤 나카니시와 눈을 마주치고 다시 쓰네히코를 쳐다보았다.

"있을 수 없는 얘기는 아니군요."

"아마 그분은 평소에 니시나 씨와 친하게 지내시지 않았을까요? 그런데 니시나 씨의 마음속에는 동생 문제가 납덩이처럼 무겁게 내려앉아서 많이 괴로워했을 겁니다. 목숨을 끊은 이유는 아직 밝혀지지 않았지만 만약 동생과 관계가 있다면 유서를 남겨서 모든 걸 밝히려고 했을 수도 있겠지요. 이건 어디까지나 내 추측에 불과하지만요."

만약 그렇다면 모든 게 이해가 된다.

"그림과 편지를 사고 싶다는 분이 누구신지, 대강 짐작이 되시나 보군요."

한자와의 말에 쓰네히코가 시선을 피했다.

"네, 대강은요."

"하루히코 씨의 그림을 파실 겁니까?"

하나와 나카니시가 숨을 들이마시며 쓰네히코를 보았다.

"벌써 3년이나 찾아오셔서 애원하셨거든요. 처음에는 거절했지만 요즘은 우리 양조장도 경영난에 시달리고……. 이제 팔 때가 되지 않았나 해서……."

그만큼 큰 금액을 제시한 건가?

"만약 그림을 파시면, 그 이후 하루히코 씨의 그림이 어떻게 될지는 아무도 모릅니다. 다시는 사람들 눈에 띄지 않을 수도 있고요."

한자와의 말에 쓰네히코는 안타까운 눈길로 하루히코의 그림을 둘러보았다.

"네, 알고 있습니다. 하지만 전부 파는 건 아니니까요."

그는 스스로에게 변명하듯 말하고 땅이 꺼져라 한숨을 내쉬었다. 지금 한자와의 눈앞에 있는 사람은 요절한 젊은 예술가의 형이 아니라 궁지에 몰려 안절부절못하는 한 사람의 경영자였다.

"한자와 씨의 전화를 받았을 때, 도쿄중앙은행 분이라는 말씀을 듣고 혹시 그림 때문에 오시는 게 아닐까 했습니다. 그분의 대리로 오시는 줄 알았는데, 아무래도 내가 착각한 것 같군요."

생각지도 못한 이야기를 듣고 한자와가 눈을 동그랗게 떴다.

"하루히코 씨 그림을 팔라고 찾아온 사람이 저희 은행 사람이었습니까? 괜찮으시면 이름을 말씀해주실 수 있겠습니까?"

"예전에 받은 명함이 있으니까 잠시만 기다리십시오."

안채로 들어간 쓰네히코는 곧바로 명함을 한 장 들고 돌아왔다.

"맨 처음 오셨을 때 받은 명함입니다."

명함에는 받은 날짜가 연필로 쓰여 있었다.

"어떻게……."

나카니시가 의아한 눈길로 누구에게랄 것도 없이 중얼거렸다

"여보, 아는 사람이야?"

하나의 질문을 받고 한자와는 명함에서 고개를 들었다.

"그래, 아주 잘 아는 사람이야."

명함에는 이렇게 쓰여 있었다.

> 다카라다 신스케.
>
> 도쿄중앙은행 오사카 영업본부 차장.

그 옆에 손으로 쓴 휴대폰 번호가 적혀 있었다.

"다카라다가 왜……."

한자와의 눈앞에 새로운 수수께끼가 툭 떨어졌다.

7장

불리한 진실

1

"지금까지 말씀드린 게 사에키 하루히코 씨의 본가에 가서 알아낸 사실입니다."

새로운 주가 시작되는 월요일. 센바공예사를 방문한 한자와는 도모유키와 하루, 에다지마 경리부장을 앞에 두고 자세한 이야기를 들려주었다.

반지하 창고에서 발견한 낙서가 과연 진짜인가, 가짜인가…….

최근 며칠간 이것은 도모유키와 하루, 그리고 센바공예사 직원들에게 최대의 관심사였을 것이다. 진짜라면 10억 엔짜리 보물이지만 가짜라면 아무런 가치가 없다. 진짜라면 자금 부족으로 궁지에 몰린 회사를 다시 일으킬 수 있는 구세주가 되는 만큼, 그들의 기대는 이만저만이 아니었다.

"그렇다면 저건 역시……."

에다지마가 말을 끝내지도 못한 채 실망한 기색이 역력한 표정을 지었다. 숨을 쉴 수 없어서 지금이라도 쓰러질 듯한 모습이다.

"당시의 상황을 적어놓은 글도 없고 증언도 없어서 잘은 모르겠지만, 유감스럽게도 니시나 조의 그림이라고 단정하기는 어려울 것 같습니다."

"그렇습니까……."

"에다지마 부장님, 기운내세요. 어느 날 갑자기, 호박이 넝쿨째 굴러들어올 리가 없잖아요?"

힘없이 어깨를 떨군 에다지마에게 농담처럼 말한 하루도 역시 실망을 감추지 못했다.

안타까움으로 얼굴이 일그러지면서도 도모유키는 한자와에게 고개를 숙였다.

"한자와 과장님, 용케 이렇게까지 조사하셨군요. 정말 감사합니다. 그래도 그 낙서는 소중히 보관하려고 합니다. 이 건물에서 니시나 조가 일했다는 소중한 기록이니까요."

"하루히코 씨의 본가를 방문하고 나서, 유족 분들이 어떤 부분을 고민하는지 알게 됐습니다. 꽃을 피워보지도 못하고 세상을 떠난 하루히코 씨를 어떻게든 세상 사람들에게 알리고 싶다는 마음. 한편 하루히코 씨의 유지로서 〈아를르캥과 피에로〉의 비밀도 지켜야 한다는 마음. 그 상반된 감정 속에서 유족 분들은 괴로워했을 겁니다."

오사카로 돌아오고 나서도 한자와는 계속 그런 생각을 했다.

도모유키가 말했다.

"미술계에서 모방이 완전한 악(惡)이냐 하면, 그렇게 몰아붙일 수 없는 부분이 있습니다. 예술가에게 모방과 창조는 밀접한 관계가 있으니까요. 모든 예술가들은 앞서 나간 사람의 작품을 보고, 그곳에서 영감을 받아 창작으로 연결시키지요. 그렇게 해서 태어난 작품이 오마주냐, 패러디냐, 죄 없는 모방이냐, 악의적인 도작이냐……. 그건 원작자와 따라한 사람의 인간관계로 정해지는 일도 있고, 제작의 경위에 좌우되는 일도 있습니다."

죄 없는 모방이냐, 악의적인 도작이냐…….

이것이야말로 이번 일의 근간에 자리한 가장 중요한 문제가 아닐까?

나카니시가 도모유키를 향해 물었다.

"지금까지 미술계에서 이런 문제가 일어난 적이 있습니까?"

"이런 일은 흔히 볼 수 있습니다. 미술계뿐만 아니라 음악과 문학 등 다른 예술 분야에서도 똑같은 일이 일어났지요. 개중에는 다른 사람의 작품을 모방해서 높은 평가를 받은 화가도 있고, 반대로 다른 화가가 모방함으로써 원작의 가치가 올라간 경우도 있고요. 원작과 모방과의 관계가 그만큼 모호하다는 증거죠. 한편, 화단에서 오랫동안 활동해온 유명 일본 화가의 작품 수십 점이, 어느 상을 수상한 이후에 이탈리아 화가의 도작이란 게 드러난 적도 있습니다. 그 이탈리아 화가가 격노해서 여기저기 떠드는 바람에 드러났는데, 그 결과 그 모방 작품은 '도작' 판정을 받고 수상이 취소되는, 일본 화단 사상 최악의 사건이 되었습니다. 이번 니시나 조와 사에키 하루히코의 관계는 어떨까 생각해보면 미묘한 부분이 있지요."

도모유키는 손으로 턱을 괴고 생각하면서 말했다.

"우선 니시나는 이 작품을 모방이라고 하지 않고 자신의 오리지널로 발표했습니다. 그리고 하루히코는 그것에 이의를 제기하지 않고 오히려 응원을 해준 보기 드문 케이스지요. 문제는 이 세계관이랄까, 독특한 터치의 독창성이 누구에게 있느냐……."

도모유키는 사장실에 있는 아를르캥을 올려다보면서 말을 이었다.

"〈아를르캥과 피에로〉라는 주제는 유럽에서는 아주 일반적입니다. 대표적으론 프랑스 화가인 앙드레 드랭(André Derain)을 들 수 있겠지요. 피카소와 세잔느도 그렸고요. 그런데 이 그림은 매우 독특합니다. 대중적이면서도 터치가 특이하죠. 누가 봐도 한눈에 니시나 조의 작품이란 걸 알 수 있습니다. 이런 강렬한 독창성이 이 그림의 가치라면, 그걸 그대로 흉내 낸 니시나의 작품은 도작이라는 말을 들을 수밖에 없지요."

한자와가 물었다.

"만약에 말입니다, 만약에 이 이야기가 세간에 드러날 경우에 니시나 조의 그림 가치는 어떻게 될까요?"

"작품의 평가가 어떻게 될지는 모르겠지만, 떨어질 가능성이 있겠지요. 물론 어디까지 떨어질지는 모르겠습니다. 또한 니시나 본인이 도작을 인정하고 사죄했다는 게 밝혀진다고 해도, 오리지널인 사에키 하루히코란 화가가 높은 평가를 받을 수 있느냐 하는 건 다른 얘기입니다. 예술 세계에선 여러 변수가 있어서 한마디로 말할 수 없지요."

무거운 침묵이 허공을 맴돌았다.

그래서 미술의 세계는 재미있다고도 할 수 있지만, 그로 인해 부조리한 일도 있고 선악의 기준도 모호한 경우가 있는 것은 틀림없다. 그 모호한 부분에 어떠한 평가가 내려질 때까지는 시대를 초월해 오랜 시간이 걸리는 일도 있지 않은가.

"그런데 아시다시피 현대미술 수집가들을 대부분 엄청난 부자들이지요. 그들이 작품의 예술성에 반해서 그림을 사는가 하면, 꼭 그렇다곤 할 수 없습니다. 그보다 투자 목적이 더 큰 경우도 있지요. 그들 쪽에서 보면 거금을 내고 산 그림의 가치가 폭락할 위기에 처해 있다면, 가만히 있을 수 없지 않겠습니까?"

"바로 그겁니다. 다카라다 업무총괄부장이 왜 하루히코 씨의 그림을 사려고 했는지. 이번에 그 이유를 알게 되었습니다."

"무슨 뜻이에요?"

하루가 물었다.

"다누마 사장은 니시나 조 작품의 수집가로, 그의 작품에만 500억 엔이 넘는 돈을 투자했다고 합니다. 그런데 도작이란 게 밝혀지면 작품의 가치는 폭락할 수도 있죠. 그래서 하루히코 씨가 남긴 그림을 팔아달라고, 쓰네히코 씨에게 사정한 겁니다. 쓰네히코 씨 말로는, 다누마 사장은 아마도 니시나 조의 유서를 통해 이 사실을 안 게 아닐까 하더군요."

도모유키가 말했다.

"내 생각도 그렇습니다. 니시나 조가 세상을 떠났을 때, 유족이나 특별히 친했던 사람에게 유서를 남겼다는 소문을 들었지요. 자칼의 다누마 사장은 니시나 조의 최대 후원자이자 고객이었습니다. 니시나 조가 다누마 사장을 어떻게 여겼는지는 모르겠지만 끊을래야 끊을 수 없는 업무 파트너였다는 건 틀림없습니다. 니시나 조는 세상을 떠나기 전에 우울증에 걸려 정신적으로 불안정했다고 하더군요. 바스키아처럼 마약에 빠지지는 않았지만 점점 폐쇄적이 되어서 돌아가시기 직전에는 사람도 거의 만나지 않았다고 합니다. 착하고 섬세한 성격이었다고 하던데, 그랬다면 쓰네히코 씨의 말처럼 더욱 이 일로 인해 계속 괴로워했을 가능성이 있습니다. 성공하면 성공할수록 과거에 저지른 죄가 더 크고 더 깊게 느껴졌겠지요. 아마 견디기 힘들었을 겁니다."

도모유키는 가엾다는 양 얼굴을 찡그리며 물었다.

"그런데 쓰네히코 씨는 동생이 남긴 〈아를르캥과 피에로〉를 파실 생각이신가요?"

"양조장 시설이 낡아서 거금이 필요하다고 합니다. 지금 자금 때문에 고생하고 있는 것 같더군요. 정식 매매 계약은 하지 않았지만 그럴 생각이라고……."

도모유키가 입술을 깨물었다.

"속으론 마음이 많이 아프실 텐데……."

"다카라다에게 편지가 있다고 말한 건 최근이라고 합니다. 지금부터는 제 상상입니다만, 그곳에는 유서에 없는 정보가 있었지요…… 그게 이 부분입니다."

한자와는 편지 복사본의 한 구절을 가리켰다.

> 도지마상점의 사무실 벽에 네가 장난으로 그린 〈아를르캥과 피에로〉의 낙서.

"다누마 사장은 이 낙서가 지금 있는지 없는지 알 도리가 없습니다. 그런데 만약 지금 남아 있다면 심각한 문제가 되겠지요."

그 순간, 하루의 얼굴에 황당함을 뛰어넘어 분노가 스며들었다.

"혹시…… 혹시 그게 우리 회사를 M&A 상대로 선택한 이유인가요? 니시나 조의 그림을 산 다누마 사장에게는, 두 사람의 우정은 세상에 드러나서는 안 되는 진실이란 거군요."

"그들의 목적은 니시나 조가 다른 사람의 그림을 흉내 냈다는 사실을 완벽하게 은폐하는 거니까요."

한자와가 대답했다.

도모유키가 공허한 눈으로 사장실의 한곳을 뚫어지게 바라보았다.

"가능성이 있습니다. 물론 미술 출판사를 갖고 싶다는 말이 사실일 수도 있겠지요. 하지만 그것뿐이라면 꼭 우리 회사를 고집할 필요가 없습니다. 왜 꼭 우리 회사를 사려고 하는가…… 이러한 배경이 있다면 충분히 이해할 수 있습니다."

"15억 엔의 간판 값도, 그림의 가치가 떨어질 것에 비하면 싸게 치는 거네요. 사람을 무시해도 유분수지……."

하루는 조바심을 내면서 후 짧은 한숨을 토해냈다.

"사장님, 어떡하실 거예요? 모르는 척하면서 자칼에 매수될 건가요? 아니면 벽의 낙서만 파실 건가요?"

도모유키가 결의를 담아 강하게 말했다.

"아니, 안 팔아. 그 낙서는 사에키 하루히코라는 한 화가가 살았다는 증거잖아? 그 흔적을 없애거나 돈 때문에 파는 건 사에키 하루히코라는 화가에 대한 모독이야. 난 사에키 하루히코라는 남자의 인생이 마음에 들어. 착하고 배려심 있는 멋진 청년이잖아? 그러니까 그 낙서는 안 팔아. 우리 회사도 안 팔고. 하루, 그러면 되겠지?"

그제야 하루의 얼굴에 환한 웃음이 돌아왔다.

"그래야 사장님이죠. 이건 돈 문제가 아니에요. 영혼의 문제죠. 한자와 과장님, 그렇지 않나요?"

"훌륭한 결론입니다! 센바공예사는 다른 회사의 산하에 들어가지 않아도 충분히 살아갈 수 있습니다. 하지만 그러기 위해선……."

도모유키가 재빨리 대답했다.

"경영개혁안 말이군요. 외숙모님이 고개를 끄덕이실 만한, 멋진 개혁안을 만들어보겠습니다. 한자와 과장님, 그때는 대출을 부탁합니다."

"걱정 마십시오. 지난번에 말씀하셨던 출판 부문의 개혁을 꼭 부탁합니다."

"그것 말인데요, 최근에 재미있는 제안이 들어왔습니다."

도모유키는 하루의 지인인 파리의 큐레이터를 통해 들어온 제안에 관해 열성적으로 말하기 시작했다.

말없이 그의 이야기를 들은 한자와가 진지한 얼굴로 말했다.

"사장님, 그겁니다. 그 건은 무슨 일이 있어도 성사시켜 주십시오."

도모유키의 눈빛이 날카로워졌다.

"예전에 아버지께서 이런 말씀을 하셨지요. '아무리 좋은 회사라도 순풍에 돛을 단 것처럼 성장하는 건 아니다, 언젠가 새로운 도전을 해야 할 때가 온다'라고 말이죠. 지금이 바로 그때입니다. 반드시 이 위기를 극복하겠습니다!"

2

한자와가 여느 때처럼 오사카에 출장 온 도마리를 만난 것은 사에키주조를 방문한 다음 주말의 일이었다.

11월의 첫 번째 주말. 이날 오후 7시가 되기 전에 한자와가 히가시우메다에 있는 후쿠와라이에 들어서자 도마리는 벌써 와서 생맥주 잔을 절반쯤 비우고 있었다.

"일찍 왔군."

한자와도 생맥주를 받아서 건배한 뒤, 지난주에 사에키주조에서 보고 들은 내용을 도마리에게 말해주었다.

"그게 M&A의 진짜 목적이라고?"

도마리는 눈을 크게 뜨더니, 생각을 정리하듯 천천히 말을 이었다.

"다누마미술관의 중심은 니시나 조 컬렉션이야. 그런데 그 니시나 조의 작품이 도작이었어. 일단 은폐 공작을 하겠지만 만에 하나 이 사실이 밖으로 드러나면 그림의 가치가 어떻게 될지 몰라……."

한자와가 도마리의 말을 받았다.

"처음부터 투자 목적으로 산 작품이라면, 나 같으면 손을 뗄 거야. 가치가 떨어질 위험이 있다면 무엇 때문에 가지고 있는지 모르니까. 은폐 공작으로 시간을 버는 사이에 그림을 팔아치우고, 가능하면 미술관 프로젝트도 백지로 돌리겠지."

도마리는 고개를 끄덕이며 평소와 달리 진지한 표정을 지었다.

"그래서 은밀히 미술관을 팔려고 내놓은 건가? 한자와, 이게 사실이라면 아주 위험한 정보야. 그림이 반값이 된다면 수백억 엔의 손실이 날 테니까. 미술관도 70퍼센트 정도로 팔린다 해도 100억 엔에 가까운 손실이고."

"그래. 더구나 중요한 건, 현재 자칼의 실적이 좋지 않다는 거야. 이런 일이 밖으로 알려지면 주가도 폭락할 수 있어."

"다누마 사장이나 다카라다가 필사적으로 매달리는 것도 무리가 아니군."

"그것만이 아니야. 이 이야기에는 중요한 문제가 숨겨져 있어."

한자와가 조용히 말하자 도마리가 되물었다.

"중요한 문제?"

"이 명함을 봐."

한자와가 가방에서 명함의 복사본을 꺼내 도마리에게 내밀었다. 사에키주조의 사장인 사에키 쓰네히코가 가지고 있던 다카라다의 명함이다.

"이상하지 않아?"

"이상하다니, 뭐가?"

"쓰네히코 씨가 쓴 날짜를 봐."

도마리는 명함을 들여다보면서 고개를 갸웃거렸다.

"뭐가 이상하단 거야? 오사카 영업본부는 다카라다가 예전에 있던 곳이니까 특별한 문제는…… 앗!"

도마리가 깜짝 놀라며 얼굴을 들었다.

“이거, 오사카 영본의 이즈미와 반노도 알고 있어?”

“아니, 모를 거야. 녀석들은 단지 이용당하고 있는 피라미일 뿐이니까.”

“피라미군. 확실히 그래.” 도마리는 작게 미소 지었다.

“다카라다가 어떻게 나오든, 이제 할 일은 정해져 있군.”

한자와가 조용히 말했다.

“일단 경영개혁안을 정리해 마사코 씨로부터 담보를 받을 거야. 대출만 받으면 사태는 타개할 수 있어.”

3

오사카 우메다에 있는 자칼의 본사. 그곳의 최상층에 있는 사장실에서 다카라다 업무총괄부장이 다누마와 마주앉아 있었다.

“미술관의 매수자는 물밑에서 계속 알아보고 있으니까 걱정 마십시오.”

다누마는 바늘 끝처럼 뾰족한 목소리로 일축했다.

“어떻게 걱정을 안 해? 언제 수백억 엔의 손실이 날지도 모르는데!”

하지만 다카라다는 태연한 자세를 무너뜨리지 않았다.

"너무 조바심 내지 마십시오. 일은 착착 진행되고 있으니까요. 사에키주조에선 거의 그림을 팔기로 결심한 것 같습니다. 그림과 편지만 사들이면 이 세상에 남아 있는 도작의 흔적은 센바공예사의 지하에 잠들어 있는 낙서뿐입니다. 이쪽도 조만간 M&A에 응할 겁니다. 그러면 진실을 완전히 어둠 속에 파묻을 수 있지요. 적어도 미술관을 팔고 그림을 매각할 시간은 충분히 벌 수 있습니다. 다누마 사장님께선 그릇이 큰 분이니까, 느긋하게 행동해주십시오. 아무리 거친 폭풍우가 휘몰아쳐도 기다리다 보면 바닷길이 잔잔해진다고 하지 않습니까?"

다카라다는 영업 출신답게 허울 좋은 말로 다누마를 치켜세웠다.

"센바공예사에서 그 낙서를 먼저 발견하면 어떻게 하지? 그곳에서 진실에 다다를 수도 있잖아?"

다카라다는 콧소리를 내며 센바공예사를 무시했다.

"그걸 어떻게 발견하겠습니까? 지금까지 수십 년이나 잠들어 있었는데요. 그런 게 잠들어 있을 줄은 상상도 못 할 겁니다."

"센바공예사가 M&A에 응하리란 걸 어떻게 알지?"

다카라다의 입술 끝에 비열한 미소가 감돌았다.

"자금이 떨어졌거든요. 그런데 대출도 못 받고 있죠."

"담보가 없기 때문인가? 다른 곳에서 담보를 가져오면 어떻게 해? 그때는 대출해줄 건가?"

"아뇨, 그래도 대출해주지 않을 겁니다."

다카라다는 세차게 머리를 옆으로 가로저었다.

"자네, 그런 조건으로 품의를 퇴짜 놓았다고 하지 않았나?"

"그건 어디까지나 하나의 방편일 뿐입니다. 하늘이 무너지고 땅이 꺼져도, 저희 은행에서 센바공예사에 대출해주는 일은 없습니다. M&A를 받아들인다는, 유일하고 절대적인 조건을 충족시켰을 때만 대출해주기로 했습니다."

다카라다의 웃음은 바닥이 보이지 않을 만큼 어두웠다.

"그럼 뭔가? 당신들은 지금 센바공예사에게 거짓말을 하고 있다는 건가?"

다누마의 질문에 다카라다는 정색을 했다.

"사장님도 참! 누가 들으면 오해하겠네요. 대출 조건은 원래 심사의 내용이나 상황에 따라 달라지는 법이지요. 그것뿐입니다. 더는 모르시는 게 좋습니다."

다카라다는 그 이상의 질문을 부드럽게 막았다.

4

가을이 한창 깊어진 11월 아침. 새벽까지 내린 비로 도사이나리신사의 경내에 생긴 물웅덩이에 하늘이 비치고 있었다.

그 경내 안을 운동복 차림의 젊은이가 손수레를 끌며 걷고 있었다. 나카니시다. 가끔 멈추어서 경내를 청소하는 사람이 모아놓은 쓰레기를 봉투에 넣어 짐칸에 싣고 있다.

참배길 근처에서 쓰레기를 줍고 있던 한자와가 조금 떨어진 곳에서 낯익은 모습을 발견하고 가까이 다가갔다.

"쓰레기는 저에게 주십시오."

"내게 할 말이 있나?"

앞치마 차림에 밀짚모자를 쓴 도지마 마사코는 그렇게 말하고, 주변을 두리번거렸다.

"도모유키도 같이 왔나?"

"새로 만든 경영개혁안을 보여드리고 싶어서요."

"참 끈질기기도 하군."

두 손을 허리에 대고 일어선 마사코는 쓰레기봉투를 한자와에게 주고 옆의 벤치에 앉았다.

"아니면 마침내 막판에 몰린 건가?"

"아닙니다. 담보는 둘째고 마사코 씨의 의견을 듣고 싶습니다."

마사코는 잠시 한자와를 쳐다보고 혼잣말처럼 중얼거렸다.

"알았네. 나중에 집으로 오게."

그러곤 페트병의 물을 한 모금 마신 뒤, 목에 감은 수건으로 땀을 닦았다.

"고맙습니다."

한자와가 도모유키와 함께 그녀의 아파트를 찾은 것은 청소를 마친 뒤였다.

잠시 후, 마사코는 거실 의자에 앉아 도모유키가 가져온 센바공예사의 사업계획을 손에 들었다.

"참 거창하게도 만들었군."

묵직한 계획서를 받아든 마사코의 첫마디였다. 하지만 페이지를 넘기는 사이에 눈빛이 진지해지더니, 마지막 페이지를 덮었을 때는 노안경을 벗고 눈을 감은 채 잠시 침묵했다.

센바공예사의 생존이 달린 혼신의 경영개혁안이다.

"세 잡지 중 두 잡지는 폐간인가? 과감한 결단을 내렸구나."

도모유키가 대답했다.

"《벨 에포크》는 흑자에다 저희 회사의 대표 잡지니까 남기려고 합니다. 나머지 두 잡지는 서로 통합할까 했지만, 적자 잡지끼리 통합해봐야 흑자는 되지 않는다고 판단해 폐간하기로 했습니다. 많이 고심했습니다만……."

도모유키는 감정이 복받치는지 잠시 말을 끊었다가 덧붙였다.

"앞으로 저희 회사가 승부를 걸 기둥은 두 개입니다. 하나는 《벨 에포크》 지면을 충실하게 할 것. 지면을 독자가 원하는 방향으로 완전히 바꾸고, 특별 기획을 자주 만드는 겁니다. 핵심은 얼마 전에 겨우 성사된, 프랑스의 권위 있는 예술 전문지인 《아르 모데른(Art Moderne)》과의 제휴입니다. 이 제휴는 틀림없이 업계에서 상당한 화제를 불러일으키고 독자의 수준을 끌어올릴 겁니다. 그에 대비해 폐간할 잡지의 편집자 두 명을 그쪽으로 이동시키려고 합니다. 개혁의 또 하나의 기둥은 기획 부문의 업무 확충입니다. 기존에 저희 회사가 해온 일은 기획뿐이었습니다. 광고주나 미술관에 특별전을 제안한 뒤, 해외 미술관이나 수집가에게 연락해 그림과 미술품을 수배하는 것이죠. 그런데 얘기를 들어보니 대부분의 클라이언트들은 그보다 더 세심한 서비스를 원하고 있었습니다. 예산 관리와 광고, 홍보, 팸플릿 제작 등 패키지화한 서비스를 통해 매출을 확대하는 거죠. 편집부의 유능한 인재를 재배치함으로써 지금까지 인재 부족으로 할 수 없었던 일을 할 수 있게 될 겁니다."

마사코는 입을 다문 채 도모유키의 말에 귀를 기울였다.

"광고, 홍보, 팸플릿 제작이라면 잡지를 만들면서 익힌 노하우를 응용할 수 있습니다. 또한 인원 증가에 따라 기획 건수를 지금의 두 배로 늘릴 계획입니다."

도모유키의 설명이 끝나고 잠시 침묵이 내려앉았다.

그렇게 얼마나 있었을까. 마침내 마사코의 입에서 말이 흘러나왔다.

"알았다."

마사코가 비난하는 눈길로 한자와를 노려보았다.

"이렇게 확실한 계획이 있어도 은행에서는 아직 담보가 필요한가?"

"저희 쪽에도 이런저런 사정이 있어서요."

한자와는 계획도산과의 관계를 의심하는 융자부의 의견을 말하지 않았지만, 마사코라면 예리하게 알아차렸을지도 모른다.

마사코는 결심한 눈길로 한자와를 바라보았다.

"역시 뭐 괜찮겠지. 한자와 과장에게는 보물찾기 같은 쓸데없는 일도 시켰으니까 더는 심술을 부리면 안 되겠지."

마사코가 새삼스레 도모유키를 쳐다보았다.

"도모유키, 무슨 일이 있어도 이 계획을 제대로 실행해야 해. 그게 자네의 사명이야. 은행 내부의 문제는 우리로선 어쩔 수 없어. 그건 한자와 과장이 대신 싸워주는 수밖에. 한자와 과장, 부탁하네. 우리 건물을 담보로 내놓을 테니까 센바공예사에 대출해주게."

"감사합니다."

한자와는 여걸을 향해 정중하게 고개를 숙였다.

5

"어이쿠! 지점장님, 오셨습니까?"

외근하고 지점으로 돌아온 아사노의 모습을 발견하고 에지마가 간살스럽게 말을 걸었다.

"좋은 소식이 있습니다. 조금 전에 한자와로부터 보고를 받았는데, 센바공예사의 담보를 찾았다고 합니다."

에지마는 그렇게 말하며 아사노에게 센바공예사의 파일을 내밀었다.

"뭐야?"

순간, 아사노는 경악한 표정을 지었다. 그는 윗도리를 벗는 것도 잊고 황급히 파일을 펼쳤다.

“도지마힐스……. 이건 뭐지?”

망연한 표정으로 고개를 든 아사노를 향해, 에지마는 느긋하게 말했다.

“센바공예사 사장의 친척 건물인데, 이번 대출의 담보로 제공해준다고 합니다. 지점장님, 잘됐지요?”

“잘되긴 뭐가 잘돼? M&A는 어떻게 할 건가, M&A는!”

아사노의 험악한 모습을 보고 에지마는 주눅이 들어 손으로 입을 막았다.

“이 담보에 문제는 없나?”

아사노가 나지막한 목소리로 물었다. 에지마는 몸을 도사리며 잠시 머뭇거렸다.

“토지와 건물에는 특별히 하자가 없지만…… 한 가지…….”

“뭔데?”

“친척이라고 하는데 그 친척이 조금…….”

아사노가 노려보자 에지마는 주뼛주뼛 말을 이었다.

“담보 제공자인 도지마 마사코의 남편이 계획도산이란 소문이 있었던 도지마상점의 사장이었습니다.”

“이 마사코란 사람도 계획도산과 얽혀 있었다는 건가?”

“얽혀 있었는지는 모르겠지만 어쨌든 부부였으니까요. 당시 남편이 수십억 엔의 부채를 떠안고 파산했는데, 아내인 마사코가 한 푼도 손해를 보지 않고 건물을 소유하고 있다는 건 좀 이상한 게 아닐까 해서……."

"그렇군."

지점장실로 들어간 아사노가 전화를 건 상대는 업무총괄부장 다카라다였다.

"뭐? 담보 제공자가 나타났다고? 누구지?"

다카라다의 나지막한 목소리에는 경계심이 잔뜩 배어 있었다.

어떻게 된 일인지 설명한 아사노를 향해, 다카라다는 잠시 생각하고는 지시를 내렸다.

"기타하라 융자부장에게는 내가 미리 말해두지. 계획도산과 관련이 있는 부동산은 담보로 부적절하다고 말이야."

아사노의 입가에 미소가 퍼져나갔다. 고마운 일이다. 자신의 손을 더럽히지 않아도 되는 것이다.

그 미소에 오물을 뿌리는 듯한 말이 다카라다의 입에서 떨어졌다.

"그 대신, 숨통은 자네가 끊어야 해. 무슨 일이 있어도 센바공예사의 M&A를 성사시키는 거야. 지금이 중요한 고비야. 아사노 지점장, 이번 일에 자네의 평가가 달려 있어."

"명심하겠습니다."

아사노는 수화기를 내려놓고도 한동안 심장의 고동이 멈추지 않았다.

"담보가 나와서, 지점장이 혼비백산하는 거 아닌가요?"

미나미다 대리가 한자와 옆에 서서, 손을 입에 대고 목소리를 낮추며 말했다.

융자부에서 요구한 담보는 확보했다. 실현가능성이 높은 경영개혁안도 첨부하는 등, 센바공예사에 대한 대출은 만반의 채비를 갖추었다고 할 수 있다.

"트집을 잡고 싶어도 잡을 데가 없잖습니까?"

그때 지점장실 문이 열리고, 아사노가 파일을 들고 자기 자리에 앉았다.

"한자와 과장, 잠깐 나 좀 보지."

왔습니다, 한마디를 남기고 미나미다가 제자리로 돌아갔다.

"이 도지마 마사코라는 담보 제공자 말인데, 예전에 우메다 지점과 거래가 있던 도지마상점 사장의 부인이라고 하던데?"

아사노의 말투에는 날카로운 가시가 박혀 있었다.

"지금은 부동산업을 하고 있습니다. 지난번부터 계속 센바 사장님이 부탁했습니다만 이번에 겨우 승낙을 얻었습니다."

"도지마상점은 계획도산을 한 그 회사지? 그렇게 문제가 있는 곳의 담보를 받는 건 좀 그렇지 않나? 이것 말고 담보는 없어?"

"계획도산에 관해서는 지난번에 보고를 드렸고, 법적으로도 문제가 없습니다."

"남편이 거액의 채무에 시달리다가 파산했는데, 아내라는 사람이 어떻게 이런 건물을 소유하고 있지? 이건 누가 봐도 이상하잖아?"

"이건 도산하기 오래전부터 마사코 씨가 개인적으로 소유하고 있던 건물입니다. 도산의 소용돌이 속에서 명의를 변경한 게 아닙니다."

"어떻게 해도 난 내키지 않아."

아사노는 그렇게 말하더니 옆자리의 에지마에게 물었다.

"부지점장, 어떻게 생각하나?"

"넵! 저도 동감입니다."

언제나 그렇듯 에지마는 혀를 차고 싶을 만큼 한심하게 맞장구를 치더니 물을 필요도 없는 질문을 한자와에게 던졌다.

"이것 말고 담보는 없나?"

"없습니다. 이게 전부입니다. 이것도 몇 번이나 찾아가서 겨우 승낙을 얻어낸 담보입니다. 부디 융자부에 올려주십시오."

아사노는 토라진 어린애처럼 입술을 삐죽거렸다. 그러곤 두 손을 머리 뒤쪽에서 깍지 끼고 의자의 등받이에 몸을 기댔다.

한자와에게는 자신이 있었다.

"할 수 없지. 담보는 담보니까. 한자와 과장, 잘됐군. 이걸로 품의는 승인이 날 거야."

아사노는 예상 외로 순순히 승인했다. 이렇게 해서 센바공예사의 품의를 심사하는 무대는 다시 본부 융자부로 넘어가게 되었지만…….

6

"이렇게 문제가 있는 담보는 곤란합니다."

융자부의 이노구치는 한자와에게 직접 전화를 걸어서 입을 열자마자 불만스럽게 말했다.

"애당초 우리 은행의 우메다 지점이 도지마상점이란 회사에게 15억 엔이나 떼어먹혔잖습니까? 그런데 뭡니까? 아내는 이렇게 재산이 많은데다가 이제 와서 담보를 제공한다? 지금 장난하는 겁니까?"

감정적인 이노구치에 한자와는 냉정하게 대답했다.

"도지마상점과 이 건은 별개입니다. 우리는 센바공예사의 대출에 관해 품의를 올렸습니다. 그쪽이 요구한 대로 담보를 제공했으니까 진행해주지 않으면 곤란합니다."

"이런 담보는 당치도 않다고 기타하라 부장님도 말씀하셨습니다. 심사할 가치도 없다고요."

한자와가 상대를 제지하고 말했다.

"잠깐만요. 부부라고는 하지만 법적으로는 각각 개인이잖습니까. 보증을 서지도 않았고요. 왜 이 부동산이 담보로서 문제가 있는지, 명확하게 설명해주시겠습니까?"

"계획도산의 와중에 숨겨놓았던 자산일 가능성이 있기 때문이잖습니까! 그렇지 않다는 걸 증명할 수 있습니까?"

이노구치는 한자와를 무시하듯 말했다.

일방적인 이유에 한자와의 마음속에서 분노가 솟구쳤다.

"센바공예사를 궁지로 몰 생각인가요? 확실한 경영개혁안이 있고 담보도 있는 상대에게 대출해주지 않겠다니. 이게 말이 된다고 생각합니까?"

이노구치가 흘려들을 수 없는 말을 한 것은 그때였다.

"우리가 대출해주지 않는다고 해서 궁지에 몰리진 않을 겁니다. 대기업에서 M&A를 하겠다고 하는데, 왜 이런 상황에서 문제 있는 담보를 잡고 대출을 해줘야 하죠? 한자와 과장은 그렇게 간단한 것도 모르시나요?"

"M&A 얘기는 어디서……."

한자와가 목소리를 낮춘 순간, 당황한 말투가 돌아왔다.

"내가 어디서 들었든 상관없잖습니까?"

"한 가지 묻고 싶은데요, M&A를 받아들이도록 하기 위해 담보에 트집을 잡는 건 아닌가요?"

그러자 이노구치가 발끈하며 화를 냈다.

"무례한 말은 하지 마! 우리가 그렇게 할 리가 없잖아! 이렇게 문제 있는 담보는 안 되니까 안 된다고 말한 것뿐이야!"

"그건 감정적인 판단이잖습니까? 지금 거래처를 절벽 밑으로 떨어뜨리겠단 건가요? 이건 말이 안 되잖습니까?"

이노구치는 뻔뻔하게 대답했다.

"말이 되는지 안 되는지는 일개 지점의 융자과장이 판단할 문제가 아니야. 어쨌든 이 건에 관해서는 나뿐만 아니라 우리

부장님 의견도 같아. 계획도산에 얽힌 부동산을 담보로 잡는 건 은행의 준법감시 면에서도 맞지 않는다는 것! 더구나 우리 은행의 지점이 휘말렸고 말이야. 당신이 무슨 말을 해도 이런 조건으론 대출해줄 수 없어. 얼른 다른 담보를 찾아보시지. 아니면 빨리 M&A를 받아들이도록 만들든가!"

이노구치의 전화가 일방적으로 끊기면서 센바공예사의 품의는 생각지도 못한 암초에 부딪혔다.

"승인이 안 났다고요? 이유가 뭐죠?"

"죄송합니다. 제 힘이 부족했습니다. 열심히 설득하고 있지만 아직 출구가 보이지 않는 상황입니다."

센바공예사 사장실에서 한자와는 고개를 숙이며 사과했다.

"담보만 있으면 대출해준다고 과장님께서 약속했잖습니까? 그건 거짓말이었나요?"

가시 돋친 도모유키의 말을 듣고 한자와는 입술을 깨물었다.

"외숙모님께서 기껏 담보를 제공해주셨는데 담보에 문제가 있다든지, 은행의 준법감시에 맞지 않는다든지 하는 건 변명으로밖에 들리지 않아요."

하루의 말도 무리가 아니다.

도모유키가 험악한 목소리로 말했다.

"이제 달리 담보는 없습니다. 그건 알고 계시지요? 여기서 대출을 안 해준다는 건 우리더러 망하라고 하는 것과 똑같습니다. 모처럼 경영개혁안을 만들어 이제 막 힘을 내어 일어서려는데 부조리한 이유로 대출해줄 수 없다니. 과장님께서 열심히 설득하시는데, 융자부에선 왜 고집을 부리는 거죠?"

"융자부에서도 도산해도 좋다고 생각하는 건 아닙니다. 계속 설득해볼 테니까 조금만 더 시간을 주시겠습니까?"

도모유키가 절망적인 목소리로 말했다.

"이번 달 말에는 자금이 바닥납니다. 그때까지 되겠습니까?"

"그때까지 노력해보겠습니다."

하지만 한자와의 머릿속에서는 좋은 방법이 떠오르지 않았다. 아사노 지점장이 움직이지 않는 것도 문제다.

현장주의를 채택하고 있는 도쿄중앙은행에서 마지막 순간에 힘을 발휘하는 건 지점장의 결단이다. 그런데 이번 대출에 관해 아사노는 고개를 끄덕이지 않고, 절체절명의 위기에 처하면 M&A를 받아들이게 하면 된다는 자세다.

"나는 처음부터 그런 담보는 마음에 들지 않았어. 은행의 준법감시 때문이라고 하면 어쩔 도리가 없잖아?"

이것이 아사노의 주장이고 에지마도 그에 동조하는 자세를 취했다.

"아무튼 최선을 다하겠습니다. 조금만 더 기다려주십시오."

구체적인 타개책이 보이지 않는 상태에서, 한자와는 그렇게 말하는 수밖에 없었다.

그런 한자와에게 도마리로부터 급하게 만나자는 연락이 온 건 다음 날 아침 8시 반이 되기 전이었다.

"한자와, 지금 막 오사카역에 도착했는데, 시간 있어?"

"10시까지라면 괜찮아. 무슨 일인데 그래?"

"지금 곧장 그쪽으로 갈 테니까 밖에서 만나자. 자세한 얘기는 그때 할게."

도마리는 절박한 대답을 남기고 전화를 끊었다.

그로부터 20분 뒤, 한자와와 도마리는 오사카 서부 지점에서 가까운 호텔 라운지에 마주앉아 있었다. 널찍한 라운지의 천장은 유리로 되어 있어서 날씨가 좋으면 밝은 햇살이 쏟아지지만, 오늘은 비가 오는 탓에 라운지의 곳곳에 놓여 있는 식물들도 칙칙해 보였다.

도마리가 진지한 표정으로 말을 이었다.

"너에게 꼭 해줄 말이 있어서 왔어. 센바공예사의 대출은 통과되지 않아."

"무슨 말이야?"

한자와가 고개를 확 치켜들었다.

"말 그대로야. 다카라다 업무총괄부장이 우리 기타하라 부장과 이노구치 조사역에게 물밑 작업을 하고 있어. 대출해주지 말고 자칼의 M&A 제안을 받아들이게 하라는 거야. 센바공예사가 궁지에 몰릴 수도 있지만, 그러면 오히려 싸게 인수할 수 있어서 좋다면서."

"말도 안 돼! 그렇게 비열한 이야기가 어디 있어?"

한자와의 목소리가 거칠어졌다.

"그 인간들의 머릿속에 있는 건 자기들 사정뿐이야. 다카라다는 편법을 써서라도 센바공예사의 M&A를 밀고 나갈 작정이야. 슬쩍 들었는데, 업무총괄부 안에선 이미 얘기가 끝난 것 같아. 센바공예사의 M&A 프로젝트는 모든 지점에 홍보할 모델케이스로 만들기로."

"도대체 거래처를 뭘로 생각하는 거야?"

한자와의 눈동자 안쪽에서 조용한 분노가 타오르기 시작했다.

"기타하라 부장에게 준법감시를 내세우며 다카라다가 강압적으로 말했어. 이대로 있으면 그 인간들 뜻대로 될 거야."

뒤에서 일어나는 부조리한 상황에 얼굴을 일그러뜨리며 도마리가 몸을 앞으로 바싹 내밀었다.

"한자와, 어떻게 해봐. 그런 작자들 때문에 우리 은행의 대출 시스템이 엉망이 되면 안 되잖아!"

"무슨 말인지 알았어."

한자와의 말투는 조용했지만 눈에서는 푸른 불길이 활활 타올랐다. 눈동자의 바닥에서 소용돌이치는 분노가 손에 잡일 듯했다.

"좋게 넘어가려고 했더니, 자기들 멋대로 설치고 난리군. 어디 두고 보자."

한자와는 세찬 빗발이 내리치는 라운지의 유리창을 노려보며 덧붙였다.

“기본은 성선설이야. 하지만…… 당하면 배로 갚아주겠어.”

8장

어릿광대를 위한 진혼가

1

"부부장님, 센바공예사에서 연락이 왔습니다. M&A에 관해 이야기를 하고 싶답니다. 내일 다녀오겠습니다."

반노는 지금 막 받은 전화 내용을 직속 상사인 이즈미에게 보고했다.

11월 중순의 월요일이다.

"슬슬 때가 됐다고 생각했는데, 드디어 연락이 왔나? 역시 기다리면 맑은 날이 오는 법이군."

지난 주말에 융자부의 이노구치로부터 센바공예사의 대출 품의를 거절했다는 연락을 받았다. 이번 달 말에 자금이 필요한 센바공예사에게 남은 길은 이제 두 가지……. 이대로 도산하느냐, M&A를 받아들이느냐.

"우리 예상대로 된 건가? 지나고 보니까 어이없이 결말이 날 것 같군. 제대로 마무리하고 오게."

이즈미가 회심의 미소를 지었다.

"식량 보급로를 공격한 것이 효과가 있었습니다. 코딱지만 한 영세중소기업이 은행에 반항하고 살아갈 수 있을 리가 없으니까요. 물론 개중에는 영세중소기업을 편드는 한심한 융자과장도 있지만요."

한자와를 빗댄 말이다.

이즈미가 어깨를 들썩이며 코웃음 쳤다.

"조사위원회를 빠져나갔다고 해도, 어차피 녀석의 실력은 뻔할 뻔 자야. 조만간 자신의 실력을 뼈저리게 깨닫게 될 거야."

"다카라다 부장님께 좋은 선물을 드릴 수 있겠군요. 우리도 다누마 사장님께 좋은 보고를 할 수 있고요."

회의에 참석하기 위해 다카라다는 내일 오전에 오사카에 오기로 되어 있었다.

"자칼과 우리 은행이 손을 잡으면 엄청난 프로젝트가 쑥쑥 굴러들어오지. 고생은 좀 했지만 보람이 있군그래."

이즈미의 표정은 센바공예사의 M&A를 확신하는 듯했다.

반노가 M&A 초기 단계의 계약서를 들고 센바공예사로 향한 것은 아침 10시의 일이었다.

"여기까지 오시게 해서 죄송합니다. 들어오십시오."

사장실에서 반노를 맞이한 도모유키는 편안한 모습으로 소파를 권하고, 자신도 맞은편 팔걸이의자에 앉았다.

"아닙니다. 저야말로 시간을 내주셔서 감사합니다. 자금 조달 때문에 고생하신다는 얘기는 들었습니다. 지난번에도 말씀드렸지만 최우선으로 해야 할 건 회사의 존속입니다. 살아남기 위해 최선의 길을 선택하는 게 경영이 아니겠습니까?"

"말씀하신 것처럼 현재 자금 조달 때문에 고생하고 있는 건 사실입니다. 정말이지, 은행이란 곳은 그야말로 복마전이더군요. 계획도산부터 시작해서 담보가 있으면 대출을 해준다고 해놓고, 막상 담보를 내밀었더니 문제 있는 담보라고 퇴짜를 놓고요."

반노는 동정한다는 표정을 지었다.

"요즘은 준법감시에 엄격하거든요."

"아무리 우리가 계획도산과 관계가 없다고 해도 들으려 하지 않더군요. 이래서는 저도 어쩔 도리가 없지요."

반노가 촐랑거리며 가볍게 말했다.

"그래도 다행히 M&A 프로젝트가 있지 않습니까? 결국 결단을 내리셨군요. 욕봤습니다."

반노의 어설픈 오사카 사투리를 흘려듣고 도모유키가 말했다.

"인사를 들을 만한 일은 아닙니다."

"아닙니다. 저희 쪽에서 보면 M&A를 받아들이겠다고 결단해주신 것 자체가 고마운 일입니다."

"네? M&A를 받아들이겠단 말은 한마디도 안 했는데요?"

다음 순간, 반노의 얼굴에서 웃음기가 사라졌다.

도모유키의 말을 듣고 반노는 눈을 동그랗게 떴다.

"무슨 말씀이시죠? M&A 건으로 할 말이 있다고 말씀하시지 않았나요? 지금 자금 조달이 벽에 부딪쳤습니까?"

"그쪽은 한자와 과장님이 열심히 일해주고 계셔서 걱정할 필요가 없습니다."

반노가 당황해서 말했다.

"사장님, 한자와가 어떻게 말했는지는 모르겠지만 대출 품의는 통과되지 않습니다. 지금은 아무리 생각해도 M&A에 응해야 할 때인 것 같은데요?"

"대출 품의는 아직 끝나지 않았다고, 한자와 과장님으로부터 들었습니다만."

반노는 작게 비웃음을 흘렸다.

"끝나지 않았다……? 이런 상황에서요? 말도 안 되는 소리 좀 하지 말라고 하십시오. 대출 품의는 끝까지 통과되지 않을 거고, 이대로 있으면 귀사의 자금은 바닥날 겁니다. 그건 불을 보듯 뻔한 일이지요. 지점의 대출 담당자가 거래처를 망하게 하는 일도 있군요."

반노는 어이없는 표정으로 말하더니, 갑자기 엄격한 표정으로 도모유키를 응시했다.

"사장님, 지금은 M&A를 받아들여야 합니다. 이렇게 좋은 기회는 이제 없을지도 모릅니다. 그걸 눈을 뻔히 뜨고 놓치실 겁니까?"

도모유키는 침묵한 채 천천히 고개를 가로지었다. 그것을 보고.

"사장님, 안 그러면 회사가 망합니다."

몸을 앞으로 바싹 내민 반노를 향해, 도모유키는 분노가 가득 찬 냉정한 얼굴을 향했다.

"그렇게 말씀하시니 확실하게 말씀드리겠습니다. 자칼의 M&A 제안은 정식으로 거절하겠습니다."

압정으로 누른 것처럼 반노는 꼼짝도 하지 않았다. 도모유키에게 시선을 고정한 채 눈도 깜빡이지 않았다. 이윽고 자존심에 상처를 입었다고 생각했는지 반노는 왈칵 성을 냈다.

"M&A를 거절하기 위해 나를 여기로 오라고 했습니까?"

"당신들이 착각하는 것 같으니까, 확실하게 의사표시를 하는 편이 좋다고 하더군요."

"누가 그런 말을……."

반노가 조용히 묻는 순간.

"내가 그랬다."

돌연 목소리가 들리는가 싶더니, 열려 있던 사장실 입구에 한 남자가 나타났다.

"……한자와!"

"사장님, 실례하겠습니다."

한자와는 양해를 구하고, 도모유키의 옆에 있는 팔걸이의자에 앉았다.

"한자와, 뭐야? 이렇게 웃기지도 않는 짓을 하다니!"

지금이라도 달려들 듯이 노려보는 반노를 향해 한자와는 날카로운 눈빛으로 상대를 쏘아봤다.

"그 말을 그대로 돌려주지. 웃기지도 않는 짓을 하는 건 너희들이잖아?"

반노가 코에 주름을 잡고 거친 숨을 토해냈다.

"이런 짓을 하다가 센바공예사가 벽에 부딪치면 어쩔 셈이지? 우리 은행은 기시모토 은행장님을 필두로 M&A 프로젝트를 적극적으로……."

"일장 연설은 이제 됐어. M&A를 받아들일 수밖에 없도록 융자부에까지 물밑 작업을 하다니. 너 같은 피라미를 상대해봐야 시간낭비야. 센바공예사는 내가 온 힘을 다해 지킬 거야. 벽에 부딪치게 놔두지 않아!"

"너 같은 융자과장 나부랭이가 뭘 할 수 있어?"

코끝으로 비웃은 반노를 향해, 한자와는 주머니에서 사진을 한 장 꺼내 내밀었다.

"이건 또 뭐야?"

"보다시피 사진이야. 무슨 사진인지는 너에게 설명할 필요가 없어. 그걸 다카라다에게 보여주고 전해. 이런 짓을 하기 위해 회사를 빼앗으려는 거냐고. 오늘 오사카 영본에 오기로 되어 있을 거야."

"그걸 어떻게……."

반노의 눈동자가 가늘게 흔들렸다. 한자와가 도마리를 통해 다카라다의 동정을 알고 있다는 사실을 모르는 것이다.

"다카라다에게 반드시 보여줘. 그리고 거래처를 무시하지 마! 그렇게 전해줘."

"이 자식, 이런 짓을 하고도 무사히 넘어갈 것 같아?"

주위가 떠나가라 고함을 치는 반노와 달리, 한자와는 불타는 눈길로 조용히 말했다.

"할 수 있으면 얼마든지 해보시지."

"흥, 두고 보는 게 좋을 거야."

반노는 일어서서 마지막으로 도모유키를 향해 차갑게 말했다.

"사장님, 후회하실 겁니다."

2

"센바공예사는 어땠어? 계약서에 사인했나?"

오사카 영업본부로 돌아온 반노를 기다리고 있던 사람은 이렇게 물은 이즈미만이 아니었다. 이날 아침, 신칸센을 타고 오사카에 온 다카라다 업무총괄부장도 기분 좋은 얼굴로 다리를 꼰 채 반노의 대답을 기다리고 있었다.

"그게……."

반노는 말끝을 흐리다가 재빨리 덧붙였다.

"죄송합니다. M&A를 승낙할 줄 알고 갔는데, 오히려 정식으로 거절했습니다."

"뭐야! 지금 장난해!"

이즈미가 화를 내며 자신의 무릎을 한 번 때렸다. '순간온수기'라는 별명처럼 순식간에 대머리가 새빨갛게 물들었다.

"상대는 지금 궁지에 몰려 있어. 그런데 왜 계약서에 사인을 받아내지 못했지? 자네는 도대체 지금까지 뭐 한 거야?"

"부부장님, 죄송합니다. 실은 오사카 서부 지점의 한자와가 뒤에서 부추긴 것 같습니다. 저기…… 융자부에 물밑 작업을 했다는 걸 어디서 들은 모양입니다."

"한자와 이놈!"

숙적의 이름을 들은 순간 다카라다가 이를 갈았다.

"거래처를 무시하지 말라고, 다카라다 부장님께 그렇게 전하라면서……."

다카라다가 눈을 부릅뜨고 거친 숨을 몰아쉬었다.

"건방진 녀석! 이 일은 내가 아사노 지점장에게 말하지."

"부탁합니다. 그리고 또 한 가지……."

반노는 쭈뼛거리며 가방에서 사진을 한 장 꺼냈다.

"실은 한자와가 부장님께 드리라고 사진을 줬습니다. 무슨 뜻인지는 잘 모르겠지만 드려도 될까요?"

"어디 줘봐."

다카라다는 소파에서 몸을 일으킨 뒤, 반노가 망설이면서 내민 사진을 손에 들었다.

"이건 뭐야?"

그렇게 중얼거린 것도 잠시, 눈 깜짝할 사이에 다카라다의 표정이 일그러졌다.

처음에는 분노 때문이라고 여겼지만, 정면을 바라본 다카라다의 얼굴에 낭패함이 가득한 것을 보고 반노는 숨을 쉴 수 없었다.

"다카라다, 왜 그래?"

이즈미가 의아한 얼굴로 묻자 다카라다는 겨우 제정신을 차리고 물었다.

"한자와가 이 사진에 대해 뭐라고 말했지?"

"저에게는 설명할 필요가 없다고……."

다카라다의 날카로운 눈길이 다시 손 안의 사진으로 향했다. 분명히 무슨 일이 있는 것 같은데, 그것이 무엇인지 반노와 이즈미는 짐작도 할 수 없었다.

"무슨 사진인데 그래?"

"그, 글쎄. 나도 잘 모르겠어."

이즈미의 질문을 다카라다는 노골적으로 얼버무려서 반노를 놀라게 만들었다. 산전수전을 다 겪은 영업맨 출신인 다카라다는 어떤 상황에서도 동요하지 않는 남자였다. 그런데 지금은 이해할 수 없을 만큼 흐트러져 있다.

"한자와가 또 무슨 말을 했지?"

"센바공예사를 반드시 지키겠다고 큰소리를 쳤습니다."

"건방진 놈."

이즈미는 그렇게 말했지만, 어디다 분노를 터트려야 할지 알 수 없었다.

"지점의 일개 과장이 거래처를 어떻게 지킨다는 거야? 어차피 마지막에는 자금을 구하지 못해 제발 회사를 사달라고 울며불며 매달릴 게 뻔해. 차라리 그때까지 기다렸다가 사들이는 게 어때?"

기세가 등등한 이즈미의 옆에서 다카라다는 침묵했다.

"다카라다, 내 생각 어때?"

이즈미의 질문에 다카라다는 힘없이 대답했다.

"그게 좋겠어. 이건 내가 맡아두지."

사진을 양복 안주머니에 넣은 다카라다는 "이제 회의할 시간이군"이라고 중얼거리면서 황급히 이야기를 마무리했다.

그날 밤, 이야기를 꺼내기에 그곳만큼 어울리지 않는 곳은 없었다.

우메다역과 가까운 고급 호텔의 프렌치 레스토랑이다. 다누마가 자주 다니는 곳으로, 코스 요리는 한 사람에 5만 엔이 넘는다. 거기에 고급 와인을 곁들이면 하룻밤에 얼마나 나올지 상상도 할 수 없다.

이날 말할 내용이 심각하다는 것을 다카라다는 아직 말하지 않았다.

“사장님, 실은 긴히 의논드릴 일이 있습니다.”

타이밍을 엿보던 다카라다가 말을 꺼낸 것은 음식을 두 접시째 물렸을 때였다.

“오늘 지점의 대출 담당자가 이런 사진을 보내왔습니다. 사진에 있는 건 그 그림이 아닐까 합니다. 센바공예사에 있다는 낙서 말입니다.”

사진을 본 순간, 다누마의 안색이 달라졌다.

“거봐, 내가 방심은 금물이라고 말했잖아! 그쪽은 어디까지 알고 있지?”

신경질적인 노여움이 깃든 눈빛은 바늘 끝처럼 날카로웠다.

“잘 모르겠습니다.”

문제는 그것이다. 니시나 조와 사에키 하루히코의 편지를 통해 밝혀진 이 낙서를, 한자와는 어떻게 알아차렸고 어디까지 알고 있는가. 그리고 무슨 목적으로 이 사진을 다카라다에게 주었는가.

다누마가 비난하는 말투로 물었다.

“이제 어떡할 거야? 이 일에 당신의 은행원 인생이 달려 있다고 말했었지? 만에 하나, 그 사건이 세상에 드러나면 어떻게 책임질 거냐고!”

“제가 알아서 하겠습니다. 담당자는 그저 낙서를 발견한 것뿐일지도 모르고요.”

그렇게 말해도 위로는 되지 않았다.

"M&A는 어떻게 됐어?"

칼날처럼 예리한 질문에 다카라다는 숨을 들이마셨다.

"실은…… 센바공예사에서 정식으로 거절해왔습니다."

깜빡임조차 잊은 다누마의 눈이 다카라다를 뚫어지게 응시했다. 그렇게 얼마나 있었을까.

"여기서 아무리 머리를 굴려봐야 결말이 나지 않겠지. 당신은 이 사진을 왜 보냈는지, 목적을 알아봐. 어떻게 할지는 그 후에 정할 테니까."

사면초가의 상태에서 배짱과 판단력은 다누마가 한 수 위였다.

"알겠습니다."

다카라다는 작게 고개를 끄덕이고 무의식중에 와인 잔을 입으로 가져갔다. 본래라면 입 안 가득 퍼지는 농밀한 향기도 희미한 산미도 느껴지지 않고, 단지 루비색의 물처럼 아무 맛이 없었다.

3

아시노 지점장의 호통을 한자와는 한 귀로 듣고 한 귀로 흘려보냈다.

"이것 봐, 한자와. 잘못을 했으면 반성하는 모습이라도 보여야 하잖아!"

아사노는 자신의 책상 앞에서 태연히 서 있는 한자와를 노려보았다.

"본부에서는 센바공예사의 M&A를 이미 실적에 넣었어. 업무총괄부에선 성공 사례로 전 지점에 알릴 준비에 들어가 있고. 내 얼굴에 똥칠을 할 작정인가?"

센바공예사에서 M&A 제안을 정식으로 거절했다고 보고한 참이었다.

"센바 사장은 M&A에 찬성한 적이 한 번도 없습니다. 그걸 기정사실로 받아들인 건 업무총괄부의 졸속 판단이 아닌가요?"

아사노가 격앙해서 오른손으로 책상을 내리쳤다.

"본부 탓으로 돌리지 마! 그런 변명이 은행장님께 통할 것 같나? 업무총괄부에서 정리한 보고서는 이미 은행장님에게까지 올라가 있어! 이제 와서 졸속 판단이란 말로 넘어갈 수 있을 것 같냐고!"

"오사카 영본의 반노 조사역이 멋대로 보고서를 올렸겠지요. 아니면 다카라다 부장이 독단적으로 움직였든지."

한자와의 대답이 끝나기도 전에 아사노는 다시 미친 듯이 화를 냈다.

"지금 다카라다 부장님을 우롱하려는 건가?"

아사노를 차갑게 노려보던 한자와가 화제를 돌린 것은 그때였다.

"그러고 보니 제가 조사위원회에 제출한 자료를 정식 보고서에는 언급하지 않았다고 하더군요."

"뭐, 뭐야?"

증오가 활활 타오르던 아사노의 눈동자에 다른 감정이 스며들었다.

"이유가 뭔지 아십니까?"

"그, 그야 보고할 만한 가치가 없어서였겠지."

아사노의 얼굴에 경계의 빛이 떠오르기 시작했다.

"조사위원 중 한 사람인 융자부 노모토 부부장이 기록 담당이었죠? 그런데 다카라다 부장이 노모토 부부장에게 그 부분의 기록을 없애달라고 부탁했다더라고요."

아사노가 눈길을 돌리며 딱 잡아뗐다.

"그건 자네가 알 바 아니야. 조사위원회에서 뭐라고 기록하든, 조사받는 쪽이 따질 문제가 아니잖아?"

"지점장님께서 골프 연습을 위해 축제위원회를 내팽개쳐서 지역의 원로들을 화나게 했다……. 이런 사실 대신에 조사위원회 보고서에는 이렇게 쓰여 있다고 합니다. '지점장은 중요한 업무가 있어서 어쩔 수 없이 회의에 불참했는데, 성격이 괴팍한 원로들이 그것을 문제 삼았다'라고요. 그건 사실이 아니잖습니까?"

"그, 그런 건 몰라."

"그렇다면 이건 아십니까? 다카라다 부장이 융자부에 미리 손을 써서 센바공예사의 대출 품의에 트집을 잡으라고 지시했다……."

"몰라!"

"지점장님께서 모르시더라도 본부에 신뢰할 수 있는 정보원이 있는 저는 모든 걸 알고 있습니다."

예상치 못한 말을 듣고 아사노는 파랗게 질려 눈을 깜빡이는 것도 잊은 채 한자와를 쏘아보았다.

"내키면 당장이라도 조사위원회의 보고서 내용에 의문을 제기할 수 있지요. 본부에 있는 몇 명이 제가 조사위원회에 제출한 자료를 가지고 있으니까요. 제가 하고 싶은 말이 뭔지 아시겠습니까?"

"하, 한자와. 지금 날 협박할 생각인가?"

"글쎄요. 하지만 지점장님께서 계속 부조리한 일에 협조하신다면 모든 걸 공개할 준비는 되어 있습니다."

아사노의 눈이 공포로 크게 벌어지고 입술이 떨리기 시작했다.

"센바공예사의 품의를 더는 방해하지 마십시오. 그 2억 엔의 대출 품의는 합리적인 판단으로 올린 겁니다. 경영개혁안은 높이 평가할 만한 가치가 있고 담보도 정당한 것이죠. 당연한 걸 당연하게 평가하는 게 저희가 할 일이 아닌가요? 다카라다 부장에게 무슨 말을 들으셨는진 모르겠지만, 더는 쓸데없이 지연시키지 말았으면 합니다."

"그건 내가 아니라 융자부의 판단이고……."

한자와가 재빨리 아사노의 말을 가로막았다.

"지점장님께서 설득하시면 통과될 겁니다. 우리 은행은 현장주의입니다. 거래처의 실적이나 업무 내용을 잘 알고, 경영자의 인품까지 잘 아는 현장의 의견을 가장 중요하게 여기고 있죠. 그건 지점장님께서도 잘 아실 겁니다. 이번 품의는 지점장님의 힘으로 밀고 나가주십시오. 무슨 일이 있어도 주거래은행인 우리 은행에서 센바공예사에 2억 엔을 지원해야 합니다. 지점장님께서 본래 하실 일을 해주신다면 저도 일을 크게 만들 생각은 없습니다."

한자와의 말이 이리저리 흔들리다가 아사노의 가슴속으로 떨어졌다. 그렇게 얼마나 있었을까, 아사노가 가까스로 말을 짜냈다.

"약, 약속하겠나?"

"물론입니다."

본부에서 오랫동안 일했던 아사노는 한자와의 인맥이 보통이 아니라는 사실을 알고 있을 것이다. 그와 동시에 지금 했던 한자와의 말이 단순한 협박이 아니라는 사실도.

아사노가 한자와에게 패배한 순간이다.

"이제 가봐도 되겠습니까? 일이 좀 있어서요."

"한 가지 물어봐도 되겠나?"

한자와의 등을 향해 아사노가 말했다. 매달리는 듯한 연약한 목소리였다.

"아까 업무총괄부에서 전화가 왔어. 업무총괄부에서 주최하는 전체회의 건이야. 각 지점의 지점장과 융자과장이 참석하기로 돼 있지. 이야기는 들었겠지?"

"그래서요?"

"각 지역에서 선발된 지점이 업무 상황을 발표하기로 돼 있는데, 불행하게도 우리 지점이 선발된 것 같아. 센바공예사의 M&A를 성공 사례로서 발표해달라더군."

"그런 식으로 압력을 가하는 거겠지요. 거절하시는 게 어떻겠습니까?"

"거절할 수 있다면 거절했지. 이럴 땐 어떻게 해야 하나? 전체회의에는 은행장님께서도 참석하신다는데, 은행장님 앞에서 수치를 당해야 하는 건가?"

마음속의 고뇌를 토로하는 아사노의 눈동자가 파르르 떨렸다.

"M&A를 성공시키기 위해 다카라다 부장이 물밑 작업을 했고, 거기에 융자부가 협조해서 대출 품의에 트집을 잡아 끝까지 밀어붙였지만 결국 실패했다고, 확실히 말하면 되잖습니까?"

"내가 그런 말을 어떻게 하나! 자네가 말하게. 그래, 한자와 과장. 자네가 발표하는 거야. 일을 이렇게 만든 사람은 자네니까."

"그러면 제 마음대로 발표하겠습니다."

공포로 눈을 크게 뜬 아사노에게 등을 돌리고 한자와는 재빨리 지점장실을 뒤로했다.

지점장실에서 한자와의 모습이 사라지자마자 아사노는 떨리는 손으로 책상 위의 수화기를 들었다. 그가 전화를 건 상대는 다카라다였다.

"급한 용건이라고 전해주십시오. 연락을 기다리고 있겠습니다."

회의 중이라고 말한 비서에게 그렇게 부탁하고 전화를 끊었다. 그런데 다카라다는 10분도 지나기 전에 전화를 걸어왔다.

"급한 용건이라니, 무슨 일인가?"

"하, 한자와가 제가 어떻게 하는지 지켜보고, 지난번 조사위원회의 자료를 공표하겠다고 했습니다. 마, 만약 그렇게 된다면 부장님께 폐를 끼치게 될 것 같아서……."

아사노의 말을 가로막고 다카라다가 물었다.

"한자와의 목적은 뭐지? 특별한 목적도 없이 그렇게 협박할 놈이 아니잖아?"

첨예하게 대립한 숙적이라서 그런지, 다카라다는 한자와의 방식을 잘 알고 있었다.

"센바공예사의 대출을 승인하게 만들라고 합니다. 부장님께서 물밑 작업을 하신 것까지 알고 있었습니다. 아마 융자부 안에 정보제공자가 있는 것 같습니다."

"센바공예사의 M&A를 포기하라는 건가? 자네는 그놈 하나를 박살낼 기개도 없나?"

양쪽 사이에서 샌드위치가 된 아사노는 수화기를 부여잡은 손에 땀이 솟구치는 것이 느껴졌다. 위가 뒤틀리고 구토증도 솟구쳤다.

"하, 하지만 센바 사장은…… M&A에 응하지 않겠다고 강력하게……. 이제는 어떻게 할 수가…….”

아사노가 공포에 질린 목소리로 띄엄띄엄 말했다. 그러자 다카라다가 신랄한 목소리로 말했다. 마치 아사노의 귀싸대기를 때리는 듯한 목소리였다.

“자네에겐 정말 실망했네. 어차피 자네는 한자와의 상대가 안 된다는 건가?”

“서, 설마 이런 식으로 협박하리라곤…….”

다카라다의 입에서 생각지도 못한 한자와에 대한 평가가 나왔다.

“녀석은 홍정의 천재야. 일단 적으로 간주하면 가차없이 짓누르려고 하지. 조직의 논리와 인맥을 구사해서 말이야. 상대가 지점장이든 본부의 부장이든 상관없어.”

“폐를 끼쳐서 죄송합니다.”

패배 선언 같은 사과의 말을 다카라다는 차갑게 뿌리쳤다.

“이거야 원. 아사노 지점장, 남에게 폐를 끼치면 안 되지. 한자와에게 무릎을 꿇어서라도 일을 원만하게 끝내달라고 부탁해. 그리고 센바공예사의 M&A 실패의 책임은 전부 자네가 져야 할 거야.”

통화가 끝남과 동시에 아사노는 힘없이 고개를 숙였다.

“젠장! 빌어먹을! 염병할!”

그는 솟구치는 분노를 이기지 못하고 책상 위에 있는 서류를 힘껏 내던졌다. 그때 노크 소리와 함께 얼굴을 내민 에지마가 카펫에 온통 흐트러진 서류를 보고 눈을 동그랗게 떴다.

"지점장님, 괜찮으십니까?"

"입 닥치고 나가!"

에지마에게 엉뚱하게 화풀이를 한 아사노는 두 손으로 머리를 껴안은 채 한동안 움직이지 않았다.

4

나카노시마에 있는 오사카 본부의 접견실에 들어간 순간, 상대는 팔걸이의자에 앉은 채 머리를 비스듬히 기울이고 생각에 잠겨 있는 참이었다.

"내일 사진 건으로 얘기하고 싶어."

한자와에게 그런 전화가 걸려온 것은 어제 오후 3시가 지나서였다.

아사노와 한판 벌였다는 이야기는 이미 들었을 텐데, 다카라다는 그것에 관해서 한마디도 하지 않았다. 용건이 있으니까 만나자는 말에 한자와가 동의하자, 내일, 즉 이날 오전 10시 반이라는 약속 시간만을 말하고 전화를 끊은 것이다.

혼마치에 있는 오사카 서부 지점에서 나카노시마에 있는 오사카 본부까지는 차로 15분 걸리는 거리다.

그리고 지금…….

"감히 우리를 협박하다니, 배짱 한번 좋군."

다카라다는 안으로 들어온 한자와를 저주의 눈길로 쳐다보았다.

"오해하시는 것 같습니다만 제 기본은 어디까지나 성선설입니다. 하지만 쏟아지는 불똥은 치워야겠지요."

안구의 밑바닥에서 숯불처럼 시뻘건 분노를 불태우면서 다카라다가 말했다.

"어리석군. 자네가 뭐라고 하든 난 그걸 묵살할 거야. 부장인 나와 일개 과장 나부랭이인 자네. 도쿄중앙은행이라는 조직이 과연 누구 말에 귀를 기울일까? 자네 분수를 파악하시지."

"제 분수는 제가 알아서 파악하겠습니다. 그런 말씀을 하기 위해 저를 부른 건 아니실 텐데요."

"여전히 말이 많은 녀석이군."

다카라다는 뿌리치듯 말하고 본론을 꺼냈다.

"어제 내게 사진을 보낸 의도를 알고 싶어서 오라고 했어. 그건 니시나 조가 그린 낙서지?"

한자와의 눈이 다카라다의 의중을 탐색하듯 가늘어졌다.

"부장님은 그게 니시나 조의 작품이 아니라는 걸 잘 아실 텐데요."

잠시 서로의 속마음을 탐색하는 침묵이 내려앉았다.

"니시나 조의 작품이 아니면 누구 작품이라는 건가? 〈아를르캥과 피에로〉는……."

다카라다의 말 위에 "사에키 하루히코"라는 한자와의 말이 덧씌워졌다.

"부장님은 니시나와 하루히코의 편지를 보고 센바공예사의 지하에 사에키 하루히코의 낙서가 있다는 걸 알았습니다. 현재 고가로 거래되고 있는 니시나 조의 〈아를르캥과 피에로〉라는 작품이 누군가의 작품을 모방했다면……."

"알았어, 이제 됐어."

다카라다는 오른손을 들고 한자와의 말을 가로막고 나서 재빨리 덧붙였다.

"더는 빙빙 돌려서 말하지 않아도 돼. 센바공예사는 돈이 필요할 거야. 단도직입적으로 말하지. 그 낙서를 살게. 얼마면 되는지 말해줘. 다누마 사장님에게는 내가 검토해달라고 말할 테니까."

"공교롭게도 그건 팔 물건이 아니라서요."

한자와의 대답이 끝나기도 전에 다카라다의 얼굴이 굳었다.

"그럼 무엇 때문에……."

"진실을 밝히기 위해서입니다."

그 말은 다카라다가 예상한 최악의 대답이었다.

"니시나 조라는 유명 화가와, 그의 뒤에서 사람들에게 알려지지 않은 채 세상을 떠난 사에키 하루히코. 〈아를르캥과 피에로〉는 그 두 사람의 우정의 증거이자 사에키 하루히코라는 화가가 이 세상에 존재했다는 증거지요. 당신에게 준 사진의 의미를 말하자면, 그건 진실의 역사를 은폐하려고 하는 당신들에 대한 선전포고입니다."

한자와를 타이르듯 다카라다의 목소리가 부드러워졌다.

"자네는 도쿄중앙은행의 은행원이잖아? 그런 짓을 하면 니시나 조 수집가로 알려진 다누마 사장은 엄청난 손해를 볼지도 몰라. 센바공예사만이 아니야. 자칼도 우리 은행의 중요한 거래처라고! 자칼을 지키는 건 우리 은행원의 의무이자 우리 이익을 따르는 일이야! 그렇게 생각하지 않나?"

한자와가 비아냥거림을 잔뜩 담아서 대답했다.

"그건 그쪽의 일방적인 주장이 아닌가요? 우리 은행원에게는 꼭 지켜야 할 규칙이 있습니다. 부장님은 그걸 지키셨습니까?"

경계심으로 인해 다카라다의 눈이 가늘어졌다.

"뭐라고? 무슨 뜻이지?"

"말 그대로입니다, 다카라다 씨."

한자와는 의자 등받이에서 몸을 일으켜 다카라다의 눈을 뚫어질 듯 쏘아보며 말했다.

"난 누가 뭐라고 하든, 당신이 한 짓을 명명백백히 밝힐 생각이야. 각오해둬."

한자와가 벌떡 일어서자 다카라다가 황급히 만류했다.

"잠깐만, 잠깐만 기다리게. 지금 무슨 말을 하는지 모르겠지만 나는 그저 다누마 사장님의 재산 가치를 지키려고 한 것뿐이야. 그게 뭐가 나쁘지?"

"정말 그것뿐인가?"

다카라다는 말을 삼키고 탐색하듯 한자와를 보았지만 한자와는 그 이상 말을 하지 않았다.

"참, 그리고……."

돌아가기 직전에 한자와는 잠시 걸음을 멈추고 다카라다를 돌아보았다.

"M&A 전체회의에서 우리 지점의 발표를 다른 지점으로 바꿔주실 수 없겠습니까? 센바공예사의 M&A는 이미 물 건너갔으니까요. 아사노 지점장을 압박할 생각이었겠지만, 이제 와선 아무런 의미도 없잖습니까?"

다카라다가 똥 씹은 표정으로 대답했다.

"오사카 서부 지점을 지명한 사람은 내가 아니야. 은행장님이지."

"은행장님?"

"오사카 서부 지점에서 자칼의 M&A를 추진하고 있다고 보고드린 적이 있는데, 그걸 기억하고 계시더군. 그 후에 어떻게 되었는지, 꼭 회의에서 경과를 듣고 싶다고 하셔서 발표 명단에 넣었어."

"그 M&A를 위해 당신이 얼마나 비상식적인 일을 했는지, 발표할 자리가 생긴 거군요."

"자네가 참석할 수 있다면 그렇겠지."

"무슨 뜻이죠?"

그렇게 물은 한자와를 향해 다카라다가 의미심장한 미소를 지었다.

"한 가지 충고해두지. 내게는 있고 자네에게는 없는 게 한 가지 있어. 그게 뭔지 아나? 바로 권력이야. 지점의 융자과장 한 명을 처리하는 것 정도는 내게 식은 죽 먹기지. 그걸 잊지 말게."

한자와는 그 말을 웃음으로 날려보냈다.

"인사이동을 두려워하면 월급쟁이 노릇을 할 수 없죠. 할 수 있다면 어디 한번 해보시죠. 하지만 그 전에 다카라다 씨."

의기양양한 다카라다를 향해 한자와가 손가락을 들이댔다.

"……나는 전력을 다해 당신을 박살낼 거야."

5

"업무총괄부 사람에게 넌지시 물어봤는데, M&A 전체회의에 관해선 다카라다 말이 맞는 것 같아."

도마리가 그렇게 전화로 알려준 것은 한자와가 다카라다와 대치한 며칠 후의 일이었다. 12월로 접어들자 거리에는 벌써 〈징글벨〉이 울려 퍼졌다.

"기시모토 은행장님도 M&A를 장래의 수익 기둥으로 삼겠다고 말한 이상, 전국의 현황이 어떤지 관심이 있는 모양이야. 자칼이 얽혀 있어서 그런지, 오사카 서부 지점은 똑똑히 기억하시는 것 같아."

"하여간 은행장님은 옛날부터 이상한 곳에만 기억력이 좋으니까."

한자와가 심사부에 있던 시절, 기시모토에게 자료를 설명하러 끌려간 적이 많았는데, 사소한 일일수록 선명하게 기억하고 있어서 놀란 적이 한두 번이 아니었다.

그런 사안의 공통점은 깊숙이 파고들면 곤란한 '약점'이 있다는 것이었다. 약한 부분을 민감하게 알아차리는 점도 경영 능력 중 하나라면, 기시모토는 본능적으로 경영 능력을 가지고 있는 것이다.

"우리 지점의 M&A가 물 건너갔다는 건 아직 은행장님에게 올라가지 않았나?"

"그것 말인데……."

도마리가 잠시 망설이다가 덧붙였다.

"다카라다가 일부러 올리지 않은 것 같아. 이게 무슨 뜻인지 알아? 오사카 서부 지점은 본보기야. 전국의 지점장들 앞에서 은행장님의 질책을 받게 하려는 거지. 그렇게 되면 다른 지점은 더 열과 성을 다해 M&A에 착수할 테니까. 일벌백계를 위한 희생양이라고나 할까?"

다카라다가 생각해낼 법한 일이었다.

실제로 기시모토는 한번 화를 내면 아무도 말릴 수 없는 성격으로 유명하다. 평소에는 이지적인 신사의 모습인 만큼, 그 격차에 온몸이 얼어붙은 사람은 은행 내에서 일일이 손으로 꼽을 수 없을 정도다.

도마리가 의미심장하게 덧붙였다.

“그런데 그 명예로운 역할이 너에게 돌아올지는 아직 몰라.”

“인사이동이야?”

“빙고! 네가 은행장님 의향을 무시한 채 지점 실적을 방해하고 있다는 보고서를 다카라다가 인사부에 올린 모양이야. 지난번 조사위원회 건도 있고, 지점 업무를 원활히 추진하기 위해서는 되도록 빨리 이동시켜야 한다는 내용이지. 무슨 뜻인지 알겠어?”

“마침내 이 일에서 해방되나? 그것참 잘됐군. 인사 평가를 왜곡하는 건 아주 간단한 일이지.”

한자와는 입술 끝을 올리며 이죽거렸다.

“잘 아시는군. 난 전했으니까 잘해봐.”

한자와의 대답을 기다리지 않고 도마리는 전화를 일방적으로 끊었다.

6

“그나저나 괜찮겠습니까, 한자와 과장님? 우리 회사 때문에 은행 안에서 과장님 입장이 점점 난처해지시는 게 아닌가 하고, 하루도 걱정하고 있습니다.”

아를르캥이 내려다보는 사장실에서 도모유키가 불안한 얼굴로 한자와를 보았다. 도모유키의 옆에는 하루와 에다지마 경리부장이 앉아 있고, 한자와의 옆에는 나카니시가 앉아 있었다. 나카니시의 손에는 이제 막 도장을 찍은 대출 계약서가 들려 있었다.

"그건 걱정하지 않으셔도 됩니다."

한자와는 태연한 얼굴로 대답했다.

"과장님 같은 분이 없어지면 은행은 점점 더 썩겠지요. 다케키요 어르신도 과장님을 높이 평가하시더군요."

"다케키요 회장님께서 무슨 말씀을 하셨습니까?"

"요전에 도사이나리신사의 모임에서 만났는데, 과장님에게 신세를 많이 졌다고 하시더군요."

"반대입니다. 회장님에게는 도움을 받기만 하고 있습니다."

한자와는 웃었지만 도모유키는 진중한 얼굴을 무너뜨리지 않고 새삼 등줄기를 쭉 폈다.

"한자와 과장님, 그리고 나카니시 씨. 이번에 대출해주셔서 정말 감사합니다."

하루와 에다지마도 도모유키를 따라 깊숙이 고개를 숙였다.

한자와가 당황하며 두 손을 흔들었다.

"어서 고개를 드십시오. 저도, 나카니시도 대출 담당자로서 당연한 일을 했을 따름입니다."

"아뇨, 그렇지 않습니다."

그렇게 말한 사람은 놀랍게도 나카니시였다.

"과장님께선 이번 2억 엔 대출을 위해 온몸을 내던지며 정말로 고생 많이 하셨습니다. 과장님, 저도 정식으로 감사의 인사를 드립니다."

나카니시까지 진지한 얼굴로 고개를 숙였다.

"이런! 자네까지 왜 이래?"

한자와가 겸연쩍은 미소를 짓자 나카니시가 다시 강조했다.

"과장님이 안 계셨다면 이번 대출은 절대로 통과되지 않았을 겁니다. 본부 사람들과 지점장까지 어떻게든 M&A를 성사시키려고 하는 와중에, 과장님은 그들에게 정면으로 싸움을 걸어 이번 대출을 통과시키셨잖습니까? 이번 일을 통해 많이 배웠고, 용기를 얻었습니다."

"역시 치열하게 싸워주셨군요. 뭐라고 감사의 말씀을 드려야 할지……."

하루의 말을 받아 도모유키가 정식으로 말했다.

"만약 입장이 곤란해지실 것 같으면 언제든지 말씀해주십시오. 다케키요 어르신께 말씀드려 다시 아사노 지점장을 응징할 테니까요."

"그럴 필요는 없습니다."

한자와는 웃음을 터트리고 나서 조심스럽게 덧붙였다.

"그보다 한 가지 부탁이 있습니다."

"말씀하십시오. 내가 할 수 있는 일이라면 뭐든지 협조하겠습니다."

흔쾌히 대답한 도모유키에게 한자와가 꺼낸 것은 상상도 못했던 말이었다.

7

"홍보부를 통해 인터뷰 요청이 한 건 들어왔습니다.《벨 에포크》란 잡지인데, 니시나 조 컬렉션에 관해 이야기를 듣고 싶다고 합니다."

매일 아침 출근한 후, 비서에게 보고받는 자리였다.

"《벨 에포크》?"

그 이름을 듣고 다누마는 자기도 모르게 되물었다.

"센바공예사에서 나오는 미술 전문 잡지로……."

"그건 알고 있어."

비서는 다누마가 센바공예사를 매수하려고 했다는 사실을 모른다. M&A는 보통 극비리에 추진되어서, 정보에 접할 수 있는 사람은 최고경영자와 가까운 사람뿐이다. 비서는 그 안에 들어가지 않는다.

취재에 응할까? 다누마는 잠시 생각했다.

《벨 에포크》 편집부에서는 다누마가 센바공예사를 매수하려고 한 걸 모르고 취재를 신청했을 것이다. 그렇다면 이건 기가 막힌 우연이 아닐 수 없다.

"이게 취재 신청서입니다."

비서가 내민 서류에는 '니시나 조 특집'이란 글자가 큼지막하게 적혀 있었다.

"홍보부 말에 따르면 《벨 에포크》의 영향력은 막강해서 사장님의 컬렉션 가치를 세상에 알리기에 가장 좋은 매체라고 합니다. 내년 봄에 개관 예정인 다누마미술관을 미리 홍보한다고 생각하시고 받아주셨으면 좋겠다고 합니다."

다누마는 결단이 빠르기로 유명한 사람이다.

"좋아, 그러지 뭐."

"되도록 빠른 날짜에 한 시간쯤 내달라고 했는데, 다음 주 수요일, 도자이신문의 미시마 사장과의 만남이 뒤로 밀렸으니까 그때로 잡아도 되겠습니까?"

"장소는?"

"우리 회사 접견실은 어떨까요?"

"아니, 내 방이 좋겠어. 〈아를르캥과 피에로〉도 있으니까 이번 기획과도 잘 맞잖아?"

"훌륭하신 생각입니다."

비서는 고개를 끄덕이고 그 내용을 수첩에 적었다.

"다음은 소프트실드 이누이 사장과의 미팅입니다만……."

생각할 틈도 없이 다음 건으로 넘어가서, 《벨 에포크》와의 인터뷰는 순식간에 다누마의 머리 한쪽으로 밀려났다. 다누마가 그것을 다시 떠올린 것은 인터뷰 당일이었다.

그 인터뷰에는 보통 인터뷰와는 다른 분위기가 떠다니고 있었다.

특집 인터뷰치고는 카메라맨도 보이지 않고, '다누마 도키야' 같은 거물을 인터뷰하는데 두 사람밖에 오지 않은 것도 기묘하다.

"이번에 귀한 시간을 내주셔서 감사합니다. 저는 센바공예사 사장인 센바 도모유키라고 합니다."

"사장……?"

명함을 받은 다누마는 잠시 상대의 얼굴을 바라보고 할 말을 잃었다.

"당신이 사장……?"

"그렇습니다. 일전에는 저희 회사에 관심을 가져주셔서 감사했습니다.

"그건 저기…… M&A를 말하시는 건가?"

도모유키는 기가 죽지도 않고 웃는 얼굴로 대답했다.

"네, 그렇습니다. 기대에는 부응하지 못했지만, 저희 회사의 신념을 이해해주신다는 건 충분히 알았습니다. 감사합니다."

다누마는 심술궂은 눈으로 도모유키를 노려보았다.

"우리 M&A 제안은 거절해놓고 뻔뻔스럽게 이런 인터뷰를 신청했군."

다누마의 말에는 뾰족한 가시가 배어 있었지만 도모유키는 태연하게 받아넘겼다.

"반대입니다. M&A 제안이 있었기에 오늘 인터뷰를 신청한 겁니다."

"무슨 뜻이지?"

"제가 설명하겠습니다. 도쿄중앙은행 오사카 서부 지점의 융자과장을 맡고 있는 한자와라고 합니다."

"융자과장……?"

다누마가 이마에 주름을 잡은 것은 다카라다로부터 M&A의 진행 과정을 들었기 때문이리라.

"지난번에 저희 은행의 다카라다 업무총괄부장에게 맡긴 사진은 아마 보셨으리라고 생각합니다. 〈아를르캥과 피에로〉의 낙서 말입니다."

"그거야 뭐……."

다누마는 모호하게 대답하면서 두 사람에게 손짓으로 소파를 권하고 자신은 맞은편 의자에 앉았다.

"그래서?"

"누구의 낙서인지 아셨습니까?"

다누마는 "글쎄……"라고만 대답했다.

"모르신다는 겁니까?"

"내가 그걸 어떻게 알아?"

씩은 미소를 지으면서 다누마는 경계의 눈길로 한자와를 물끄러미 쳐다보았다.

"그러신가요? 그렇다면 제가 설명해드리겠습니다."

한자와는 가방 안에서 며칠 전에 다카라다에게 준 사진과 똑같은 사진을 꺼냈다.

"센바공예사 건물은 예전에 도지마상점이라는 회사의 소유였는데, 그 회사에는 실력 있는 햇병아리 화가가 두 명 근무했지요. 한 사람은 다누마 사장님도 잘 아시는 니시나 조. 그리고 또 한 사람은 사에키 하루히코라는 이름의 화가입니다. 사에키 하루히코 씨에 관해선 이미 알고 계실 겁니다."

한자와는 다누마의 옆얼굴에 시선을 고정하고 말을 이었다.

"이 〈아를르캥과 피에로〉는 언뜻 보기에 니시나 조의 작품처럼 보이지만, 자세히 보면 여기……."

그는 사진의 한 곳을 가리켰다.

"여기에 그린 사람의 사인이 있습니다. H. SAEKI. 즉, 사에키 하루히코지요. 나중에 파리로 유학 간 니시나 조가 〈아를르캥과 피에로〉를 발표하기 3년 전에 사에키 하루히코는 똑같은 스타일로, 한 번 보면 누구나 알 수 있는 인상적인 그림을 완성했습니다. 니시나 조가 그린 〈아를르캥과 피에로〉는 사에키 하루히코라는 옛 동료의 오리지널 작품을 흉내 낸…… 더 구체적으로 말하면 표절입니다."

다누마가 조바심 나는 목소리로 대답했다.

"그렇게 단정하면 안 되지. 그 무렵부터 니시나 조는 〈아를르캥과 피에로〉 그림의 아이디어를 가지고 있었고, 그가 그린 그림에 사에키 뭔가 하는 사람이 장난으로 사인했을 수도 있잖아? 니시나 조의 〈아를르캥과 피에로〉는 세계적으로 유명한 현대미술의 걸작이야."

한자와는 순순히 인정했다.

"사장님 말씀이 맞습니다. 문제는 바로 그겁니다."

다누마는 초조한 얼굴로 다리를 바꿔 꼬면서 마음속의 불안을 감추려고 했다. 그래도 한자와의 말을 막지 않는 이유는 그다음 이야기에 관심이 있었기 때문이다.

"현재 니시나 조 컬렉션의 인기와 가치가 어느 정도인지 가장 잘 아시는 분은 세계적인 수집가인 다누마 사장님, 바로 당신입니다. 그런데 만약 니시나 조가 그린 〈아를르캥과 피에로〉의 특징적인 그림이 오리지널이 아니라 다른 사람 작품의 도작에 불과하다는 사실이 밝혀지면 어떻게 될까요? 그 그림의 평가액이 어떻게 될지는 상상도 할 수 없습니다. 일설에 따르면 사장님께서 가지고 계신 니시나 조 컬렉션의 가치는 500억 엔이 넘는다고 하더군요. 어쩌면 그 가치가 절반이 될지도 모르고, 3분의 1까지 떨어질지도 모르지요. 사장님은 그 가치를 지키기 위해 도작의 흔적을 지울 필요가 있었습니다. 센바공예사에 M&A를 제안한 건 그런 사정이 있었기 때문이 아닌가요?"

다누마는 한자와의 말을 인정하지 않고 단호하게 반박했다.

"겨우 조그만 낙서 하나로 잘도 그런 망상을 하는군. 그것 때문에 인터뷰를 빙자해 나를 만나러 왔다면 이건 사기나 마찬가지야. 당신, 각오는 되어 있나?”

“사에키 하루히코 씨는 단바사사야마에 있는 양조장의 차남으로, 지금으로부터 20여 년 전에 세상을 떠나셨습니다. 그 양조장에서는 지금도 그분이 그린 그림을 소중히 보관하고 있지요.”

한자와가 새로 꺼낸 사진은 사에키주조에서 촬영한, 젊은 사에키 하루히코가 그린 〈아를르캥과 피에로〉 그림이었나. 벽의 낙서와 달리 색이 입혀진 그림은 니시나 조의 작품과 판박이였다.

“이 그림은 사에키 하루히코 씨가 미대 시절에 그린 그림으로, 그분의 하숙집에 있던 겁니다. 몸이 약했던 사에키 씨를 위해 니시나 씨는 식료품 등을 가지고 자주 그분의 하숙집을 찾아갔지요. 그때 니시나 씨는 이 그림을 보고 충격을 받은 게 아닐까요? 그리고 파리에서 절박한 상황에 몰렸을 때, 이 그림을 떠올렸습니다. 그렇게 해서 〈아를르캥과 피에로〉는 니시나 조의 작품으로 세상에 나오게 됐지요.”

다누마의 얼굴에 그림자가 드리우더니, 깊은 늪에 빠진 것처럼 어두워졌다.

“두 사람에게 이게 행운이었는지, 불행이었는지 저는 잘 모릅니다. 하지만 니시나 조 작품의 수집가로 이름을 날린 사장님에게는 이것이 불리한 진실에 지나지 않았죠. 그래서 우리 은행의 다카라다를 이용해 사에키주조에 남아 있는 그림을 사려고 하셨습니다."

"한 가지 물어봐도 될까? 내가 그런 이야기를 어떻게 알았다는 거지?"

"유서가 아닌가요? 니시나 조가 스스로 생을 마감했을 때, 친한 사람에게 유서를 남겼다는 소문이 있었습니다. 그 유서 중 한 통은 중요한 고객이자 후원자였던 당신에게 남겼지요. 아닌가요?"

그렇게 말한 사람은 도모유키였다.

다누마가 침묵을 지키는 가운데, 한자와가 말을 이었다.

"사에키주조에서 그림을 사들이려는 계획은 유족들의 반대로 좀처럼 진행되지 않았습니다. 그런데 사장님과 다카라다는 최근에 니시나 조와 사에키 하루히코의 편지가 남아 있다는 사실을 알았습니다. 그 편지를 통해 또 하나의 〈아를르캥과 피에로〉가 있다는 사실도 알았고요. 센바공예사의 지하 창고에 잠들어 있는 낙서가 바로 그겁니다. 사에키주조에 남아 있는 그림과 편지의 매입 계획이 막바지에 이른 지금, 진실을 완벽하게 은폐하려고 하는 당신들에게 남은 마지막 미션은 그 낙서를 은폐하는 겁니다. 그러기 위해 다누마 사장님이 놓은 덫은 센바공예사의 매수였고요. 아닌가요?"

한자와의 질문에 다누마는 아무런 대꾸도 하지 않았다. 마치 온몸의 기운이 빠진 것처럼 소파에 몸을 맡긴 채 시선을 카펫에 내던졌다.

이윽고 그의 입에서 나온 것은 이런 질문이었다.

"당신들 목적은 뭐지? 설마 그런 진실을 말하러 온 건 아니겠지. 일부러 내게 설명하지 않아도 《벨 에포크》에 쓰면 될 테니까."

"그럴 수도 있겠지요. 하지만 그건 사에키 하루히코의 유지에 반하는 일입니다. 그리고 무엇보다 사장님에게 이익이 되지 않지요. 저는 사에키 하루히코의 그림을 제 눈으로 확인하고, 니시나 조와 주고받은 편지도 봤습니다. 그리고 어떻게 하면 그곳에 적힌 두 사람의 우정을 지킬 수 있을지 오랫동안 생각했지요. 제가 여기에 온 건 사장님께 한 가지 제안을 하기 위해서입니다."

9장

정계 인사

1

“나카니시, 다행이야. 센바공예사에 대출해줄 수 있어서. 다행히 늦지 않았나 보더군.”

미나미다가 종업원이 가져온 맥주잔을 들어 올리면서 축하의 말을 건넸다. 하지만 그 맥주잔에 자신의 맥주잔을 부딪치는 나카니시의 얼굴은 찜찜함으로 가득했다.

“표정이 왜 그래? 더 기뻐해도 되잖아? 위험하지 않을까 했는데, 마지막 순간에 한 방에 역전이라니. 심장이 입 밖으로 튀어나오는 줄 알았어. 제법이던데?”

그렇게 말하며 나카니시의 어깨를 두들긴 사람은 선배인 혼다였다.

나카니시는 고개를 흔들며 혼다의 말을 부정했다.

“이번 일을 해낸 건 제가 아니라 과장님입니다. 도무지 영문을 모르겠어요. 그때까지 고집을 부리며 반대했던 지점장이 갑자기 융자부에 전화를 걸어 예외적으로 승인해달라고 설득하더라고요. 그 직전까지 과장님을 불러서 눈에 쌍심지를 켜고 화를 냈는데, 도대체 무슨 일이 있었던 걸까요?"

"그래, 그건 암만 생각해도 이상해. 과장님은 뭐라셔?"

나카니시는 힘없이 고개를 가로저었다.

"특별히 아무 말씀도 없으셨어요. 그런데 아무 일도 없었던 건 아니에요. 분명히 지점장실에서 무슨 일이 있었을 겁니다. 대리님, 뭐 아시는 거 없으세요?"

"자세한 건 나도 몰라."

미나미다는 조용히 말하고, 자신을 바라보는 부하직원들을 향해 한숨을 쉬었다.

"대리님도 모르세요? 이렇게 중요한 일을 비밀로 하시다니, 너무 섭섭한데요?"

불만스럽게 말하는 혼다를 향해 미나미다가 대답했다.

"그렇게 생각하면 안 돼. 말씀을 안 해주시는 건 우리를 지키기 위해서일 거야."

나카니시가 혼잣말처럼 중얼거렸다.

"우리를 지키기 위해서……? 그게 무슨 말씀이시죠?"

"나카니시, 그리고 다른 사람들도 똑똑히 기억해둬. 은행원이란 건, 사실을 알고 나면 책임이 생기는 직업이야. 그래서 모르는 편이 좋은 일도 있어. 과장님은 우리를 지키기 위해서 더러운 일을 혼자 떠맡고 있는 거야."

도저히 가만히 있을 수 없다는 얼굴로 나카니시가 물었다.

"과장님은 무엇과 싸우시는 거죠? 그런 식으로 지점장의 태도를 180도 바꾸는 건, 당치도 않은 파워게임에서 승리하지 않는 한 불가능하잖습니까?"

"확실한 건 나도 몰라. 하지만 본부의 높은 사람까지 개입된 것 같아."

그때 문득 생각난 것처럼 혼다가 물었다.

"그러고 보니 과장님은 오늘 어디 가셨죠? 과장님이 회식에 빠지시는 일은 거의 없잖아요?"

"이타치보리제철의 모토오리 회장님이 오라고 해서 갔어. 모두에게 잘 말해달라고 하시면서 회식비를 주시더군."

미나미다는 가슴주머니에서 1만 엔짜리 지폐를 꺼내 분위기를 뜨겁게 만들더니, 갑자기 걱정스러운 표정을 지었다. "왜 그러세요?"라는 혼다의 질문에 망설이는 표정을 지으면서, "뭐, 자네들에게는 말해도 되겠지" 하고 말을 이었다.

"실은 우리 동기 중에 인사부에 있는 녀석이 있는데, 과장님이 다른 지점으로 이동할지도 모른다고 슬쩍 알려주더라고."

나카니시가 깜짝 놀라는 표정을 지었다.

"과장님이 우리 지점에 오신 지 불과 4개월밖에 안 됐잖습니까? 그렇게 빨리 이동하는 일도 있습니까?"

"혹시 센바공예사의 M&A를 거절한 것과 관계가 있나요?"

혼다의 걱정스러운 물음에 나카니시는 움찔거리며 얼굴을 들었다.

미나미다가 말했다.

"M&A를 미래의 수익 사업으로 만드는 건 기시모토 은행장님의 방침이야. 이번 전체회의에 은행장님께서 직접 참석해 독려하실 모양이야. 업무총괄부에서는 이번 M&A의 실패 원인이 과장님의 비협조적인 태도에 있다고 생각한다더라고. 한마디로 말해서 은행장님의 방침을 거역했다는 거지. 이런 사례를 방치하면 은행 내부 관리에 중대한 악영향을 미친다고 하면서, 업무총괄부에서 인사부에 압력을 가했다고 하더군. 과장님을 인사이동 시키라고 말이야."

"그럼 과장님의 인사이동은……."

"징계 인사라고 할 수 있지."

착잡한 얼굴로 말하는 미나미다를 향해 나카니시가 항의하듯 말했다.

"그건 트집이고 모함입니다. M&A를 거절한 건 센바공예사의 의향을 따랐을 뿐이죠. M&A를 성사시키기 위해 대출을 해주지 않는 본부의 방식이 더 이상한 거 아닌가요?"

"그게 조직의 논리지. 이번에 본부의 강압적인 일처리 방식은 상식적으로 볼 때 문제가 많아. 하지만 그자들에게는 은행장님의 방침이라는 대의명분이 있잖아? 아사노 지점장도 그 꼬리에 매달린 거고. 거래처를 위해 온몸을 내던진 과장님에게만 낙인이 찍힐 가능성이 있어. 조직의 방침을 거역했다는 낙인이…….”

“그럼 저도 과장님과 같은 죄입니다. 과장님은 그걸 순순히 받아들이실 생각인가요?”

미나미다의 얼굴에 월급쟁이 특유의 쓸쓸함이 떠올랐다.

“글쎄……. 하지만 걱정하지 마. 너에게는 아무런 질책도 내려오지 않을 테니까.”

“그건 왜죠?”

“한자와 과장님은 무슨 일이 있어도 너를 지킬 거야. 그것만은 내가 보증해. 조직의 일그러진 논리를 위해 아랫사람을 다치게 하는 일은 절대로 하지 않아. 과장님은 그런 분이야.”

혼다가 미나미다의 말을 받았다.

“적도 많지만 아군도 많다……. 본부에 있는 동기가 한자와 과장님을 그렇게 표현하더군요. 아군은 열렬한 지지자라고 하면서요.”

“더러운 방법을 사용해 M&A를 밀어붙이려고 했던 자들은 아무런 문책도 받지 않다니. 이런 일이 있어도 됩니까? 저는 도저히 납득할 수 없습니다.”

나카니시가 억울한 표정으로 미나미다를 쳐다보았다.

“나도 납득할 수 없어. 하지만 우리는 월급쟁이야. 너도 이런 경험을 통해 앞으로 어떻게 처신해야 할지 배우게 될 거야. 절체절명의 상황에서 과장님이 어떻게 할지, 다들 눈을 크게 뜨고 똑똑히 지켜봐.”

이것이 미나미다가 그들에게 해줄 수 있는 유일한 말이었다.

2

"어떻게 이런 일이……. 울화통이 터져서 견딜 수가 없군. 아사노는 왜 센바공예사의 품의를 승인해달라고 한 거지? 얘기가 다르잖아? 조금만 기다렸으면 센바공예사 쪽에서 백기를 들었을 텐데."

붉으락푸르락한 얼굴로 화를 내며 어금니를 깨문 사람은 이즈미였다.

"아사노는 함락됐어."

두 사람만 있는 회의실에 다카라다의 나지막한 목소리가 울려 퍼졌다. 이즈미의 얼굴에 떠올랐던 놀라움이 이내 의아함으로 바뀌었다.

"함락됐다고……? 왜지? 설마 한자와에게 설득된 거야?"

"설득과는 조금 달라. 말하자면…… 협박이야."

다카라다가 손목시계의 바늘을 힐끔 쳐다보았다. 약속 시간까지는 10분쯤 여유가 있었다.

"조사위원회에서 아사노가 골프 연습장에 다닌 걸 은폐해줬잖아? 어디서 그 정보를 들은 모양이야. 그걸로 아사노를 협박한 거지."

이즈미는 증오에 사로잡힌 얼굴로 어금니를 깨물었다. 표정이 창백한 것은 사태의 심각성을 알아차렸기 때문이다.

"빌어먹을 한자와 놈! 만약 그게 드러나면 우리까지 위험해질 거야. 괜찮겠나?"

"그놈은 은행장님의 경영 방침에 반기를 든 배신자야. 그런 놈이 뭐를 할 수 있겠어?"

다카라다가 허공을 노려보며 말을 이었다.

"아사노도 그렇게 어리석은 놈일 줄 몰랐어. 한자와가 조사위원회의 보고서를 가지고 협박했을지라도 그 정도는 알아서 넘겼어야지."

다카라다의 눈에 분노의 불길이 활활 타올랐지만 그 분노는 아사노를 향한 게 아니라 한자와를 향한 것임을 이즈미는 알아차렸다.

"한자와가 과연 그걸로 끝낼까?"

불안한 얼굴로 말한 이즈미를 향해 다카라다가 목소리를 낮추었다.

"이건 자네만 알고 있어. 내가 이미 선수를 쳐서 인사부에 손을 써놨어. 은행장님의 의향에 반기를 드는 융자과장은 즉시 딴 데로 보내라고 말이야. 그 녀석이 무슨 말을 하든 멀리 보내놓으면 모두 개 짖는 소리에 불과하지."

"인사부에선 뭐래?"

"당장 검토해서 신속히 대응하겠다고 하더군."

"스기타가 움직일까?"

인사부장인 스기타는 '은행의 양심'이라고 평가받는 사람으로, 누구에게도 치우치지 않고 공정하게 일하는 것으로 알려져 있다.

"다도코로 상무님에게 부탁해놨으니까 걱정 마. 스기타에게 따끔하게 한 말씀 하실 거야."

"다도코로 상무님에게?"

이즈미는 놀라움을 감추지 않고 다카라다를 보았다. 다도코로는 인사를 포함해 모든 관리 부서를 관장하는 상무이사로, 인사부장의 상석에 있는 사람이다.

"전후 사정을 얘기했더니 상무님께서 불같이 화를 내시더군. 은행장님의 방침에 반기를 드는 건 발칙하다고 하면서. 상무님께서 스기타에게 말씀하실 거야. 한자와를 엄벌에 처하라고 말이지."

"그럼 스기타도 움직이지 않을 수 없겠군."

"그 녀석도 다음 자리에 신경 쓸 때잖아? 임원의 계단을 올라갈지, 아니면 추락할지. 그건 상무님 의향으로 정해지거든."

간교한 미소를 지으며 이즈미가 말했다.

"그거 잘됐군. 이걸로 한자와도 끝이야. 어쩌면 M&A 이야기도 부활하는 거 아닌가?"

"그렇게 되도록 기도나 하자고."

센바공예사의 매수가 암초에 부딪힌 상태에서 두 사람이 여기에 온 목적은 다누마의 심기를 살펴 자신들에게서 떠나지 않도록 하기 위해서였다.

그때 노크 소리가 들리고 비서가 얼굴을 내밀었다.

"오래 기다리셨습니다. 사장님께서 오시라고 합니다. 이쪽으로 오십시오."

두 사람은 일어서서 비서의 뒤를 따라 사장실로 들어갔다.

"사장님, 이번 M&A는 상대 쪽 사정으로 아직 성사되지 않았습니다. 죄송합니다."

다카라다는 정중하게 고개를 숙인 뒤 그 자세를 유지한 채 한동안 움직이지 않았다. 이즈미도 다카라다를 따라서 고개를 숙인 동안, 조용한 사장실 안에는 긴장된 공기가 감돌았다.

다음 순간, 다누마의 입에서 예상치 못한 말이 흘러나와 두 사람을 놀라게 했다.

"그거라면 이제 됐어. 센바공예사의 매수는 포기했으니까."

다카라다는 어안이 벙벙했다. 이즈미도 멍한 표정으로 입을 다물지 못했다.

이즈미가 신중한 목소리로 조심스럽게 말했다.

"하지만 사장님. 지금까지 열심히 교섭해왔고, 센바공예사도 상황에 따라서는 매수에 응할 가능성도 있습니다. 이대로 포기하실 게 아니라 시기를 보시는 게 어떻겠습니까?"

"포기했다고 했잖아! 이제 됐어."

평소와 다른 다누마의 태도에 다카라다는 석연치 않은 표정을 지었다.

다누마는 자신이 원하는 것은 반드시 손에 넣는 사람이다. 돈을 앞세우고 지위를 이용해서 끈질기게 욕망을 추구했다. 그것이 다누마 도키야라는 남자였다.

의아한 표정을 지은 다카라다를 향해 다누마가 별안간 기묘한 질문을 던졌다.

"다카라다 부장, 솔직히 말해서 난 지금 상당히 궁지에 몰려 있어. 이럴 땐 어떻게 하면 좋겠나?"

생각지도 못한 질문이다.

"과연 이대로 당신들에게 맡겨두어도 될까? 당신들에게 어떤 타개책이 있지? 그걸 알고 싶어. 좋은 방법을 제안해줬으면 좋겠는데."

"지금 저희 쪽에서 여러 가지를 진행하고 있습니다."

다카라다는 궁여지책으로 짜낸 변명을 입에 담았다.

"여러 가지라……. 결과는 언제 나오지? 미술관을 살 사람은 찾았나? 정말로 잘되고 있는 거 맞아?"

다누마가 잇따라 던진 질문을 듣는 동안 다카라다의 머릿속에서 의혹이 부풀어 올랐다.

이날 다누마의 모습은 평소와 다르다. 하지만 위화감의 정체를 밝혀내지 못한 채 복잡하게 뒤얽힌 느낌이 다카라다를 불안하게 만들었다.

다카라다는 다누마의 표정을 살며시 훔쳐보면서 말했다.

"사장님, 저희를 믿어주십시오. 저희는 자칼을 위해 뼈가 가루가 되도록 열심히 일하고 있습니다. 반드시 만족하실 수 있도록 최선을 다할 작정입니다."

하지만 다누마의 반응은 냉랭하기 그지없었다.

"입으론 무슨 말이든 할 수 있지. 그런데 내가 원하는 건 결과야, 결과. 알았나? 당신에게 그만한 실력이 있다면 확실하게 증명해봐. 안 그러면……."

그때 노크 소리가 들리고, 다누마는 가장 중요한 다음 말을 삼켰다.

"사장님, 이제 가셔야 합니다."

비서가 얼굴을 내밀자 다누마는 "알았어"라고 말하며 회의를 마무리했다. 다카라다와 이즈미에게는 어정쩡한 느낌만이 남았다.

"오늘 다누마 사장은 평소와 좀 다르군. 자네, 뭐 때문인지 알고 있나?"

엘리베이터를 타고 나서 이즈미가 말했다.

다카라다는 한곳에 시선을 고정하고 머리를 옆으로 흔들었다.

"아니, 아무 말도 못 들었어. 신경 쓸 거 없어. 모든 건 순조로우니까."

다카라다는 거울처럼 반질반질한 엘리베이터의 벽에 비친 자신의 모습을 바라보았다. 그것은 이즈미에게 한 말이 아니라 자기 자신에게 하는 말처럼 들렸다.

엘리베이터는 순식간에 1층 현관에 도착해서 두 사람을 토해냈다. 건물 밖으로 나온 순간, 싸늘한 늦가을의 공기가 두 은행원을 감쌌다.

3

"내일, 네 인사이동이 정해질 거야."

도마리는 똑바로 앞을 향한 채 한자와를 쳐다보지 않고 말했다. 무표정한 옆얼굴이 상황의 심각성을 말해주는 듯했다.

12월에 접어들어 후쿠와라이에 온 것은 처음이다. 방어가 맛있는 계절이 되었다.

"그래서? 나는 어디로 날려가지?"

한자와의 말투는 너무나 초연했다. 인사이동은 자신과 상관없고, 어떻게 되어도 좋다고 말할 듯한 얼굴이었다.

"인사부에서 준비한 곳은 네 고향이야."

가나자와다.

"가나자와 지점이라면 나쁘지 않아."

"아니, 가나자와 지점의 거래처야."

파견이다.

"내일 인사부 내부에서 회의해서, 스기타 인사부장의 결재를 받기로 되어 있어. 공정하기로 소문난 스기타도 다카라다의 물밑 작업으로 이미 결정한 것 같고."

한자와가 웃음을 터트렸다.

"물밑 작업이라……. 내가 쓸모가 없고 실적에 방해만 된다고 아사노가 그랬대?"

"그것만이라면 그래도 낫지. 잘 들어. 지금의 너는 은행장님의 방침을 무시하고 조직의 이익을 해치는 반역분자로 되어 있어. 다도코로 상무님이 보통 화난 게 아니라더라고. 다카라다가 짜놓은 치밀한 전략에 걸린 거야."

"다카라다 머리에서 제법 좋은 전략이 나왔나 보군."

어깨를 흔들면서 웃는 한자와를 보고 도마리는 발끈한 표정을 지었다.

"지금 웃을 때야?"

"스기타 부장이 나를 파견 보내야 한다고 결론을 내렸다면 기꺼이 파견 나갈 거야. 이런 어리석은 조직에는 나도 미련이 없으니까. 새로운 곳에서 나다운 인생을 개척하는 편이 훨씬 나아."

"바보 같은 소리! 우리 조직에는 네가 꼭 필요해. 넌 아무도 할 수 없는 말을 하고, 아무도 할 수 없는 일을 하고 있으니까. 그런 네 덕분에 우리 동기가 얼마나 위로를 받고 있는지 알아? 네가 있기 때문에 이 조직에 희망을 가질 수 있는 거라고!"

평소와 달리 도마리의 말투는 매우 절박했다.

"그렇게까지 날 높이 평가해주는 줄은 몰랐군."

한자와는 미소도 짓지 않고 앞을 똑바로 향한 채 덧붙였다.

"하지만 자정작용이 없어지면 그 조직은 그걸로 끝이야. 이번에 시험되고 있는 건 내가 아니야. 도쿄중앙은행이라는 조직이지."

4

"오늘도 왔나? 고맙네."

다케키요는 그렇게 말하고 주변을 둘러보면서 평소의 멤버를 찾았다.

"한자와 과장, 오늘은 자네 혼자인가?"

"네. 여기를 청소하고 있으면 저 자신이 깨끗해지는 것 같아서 마음이 편해집니다."

"그런가? 나도 그렇다네."

다케키요는 목에 두른 수건으로 이마의 땀을 닦으면서 도사이나리신사의 경내를 바라보았다. 시간이 일러서 그런지 사람들의 모습은 거의 보이지 않았다.

"잠시 쉴까?"

다케키요는 옆의 벤치에 앉아 가져온 물을 한 모금 마신 뒤, 먼 곳을 바라보며 말하기 시작했다.

"어렸을 때, 우리 집은 찢어질 듯 가난했지. 그래서 가까스로 고등학교를 졸업하고 작은 철공소에 취직했다네. 그런데 그

곳이 망했지 뭔가? 취직한 지 딱 10년째 됐을 때였네. 어찌해야 좋을지 몰라 한동안 방황했지만, 응원해주는 거래처가 있어서 혼자 철공소를 해보기로 했지. 그 이후 정신없이 일을 하다 보니 어느새 환갑이더군. 그리고 그제야 깨달았다네. 그때까지 회사 키울 생각만 했을 뿐, 지역에 공헌한다든지 사람들에게 봉사한다든지, 그런 건 생각해본 적이 없다는 걸. 덕분에 돈은 많이 벌었지만 생각해보면 이것도 참 쓸쓸한 인생이다 싶더군."

다케키요는 차분히 자신의 과거를 털어놓았다. 한자와가 보는 그의 옆얼굴에는 긴 인생을 만족스럽게 달려온 사람 특유의 여유가 자리하고 있었다.

"그때부터 앞으론 회사를 위해서가 아니라 세상을 위해서 살기로 마음먹었지. 그래서 이곳의 신도가 되어 지역 사람들과 교류하고, 이 사람들을 위해 뭘 하면 좋을까 생각했다네. 그랬더니 그때까지 느끼지 못한 마음의 풍요로움을 느낄 수 있더군. 나를 위해서가 아니라 남을 위해 무슨 일인가 하는 건 돈으론 살 수 없는 행복이지. 축제위원회에서 자네를 직접 겪어보고, 사람들로부터 자네가 센바 도모유키 사장을 도와주기 위해 은행과 싸웠다는 얘기를 듣고는 대단한 사람이라고 생각했다네. 실적을 위해 일하는 건 당연하지만, 실적도 되지 않고 윗사람의 눈총을 받으면서까지 고객을 위해서 일하는 것……. 말로는 간단하지만 결코 쉬운 일이 아니지."

한자와는 발밑을 내려다보며 가볍게 웃었다.

"그렇게 대단한 일은 아닙니다. 당연한 일을 했을 뿐이죠. 센바 사장이 싫다고 하는 일을 억지로 밀고 나가는 편이 이상하니까요."

다케키요가 천천히 고개를 가로저었다.

"거래처를 진심으로 대하는 사람만이 그렇게 일할 수 있다네. 요즘 은행원은 고객은 나 몰라라 하고 출세만 생각하는 자들뿐이지. 은행의 방침이나 윗사람의 지시라면, 그게 잘못이란 걸 알면서도 무조건 추종하는 걸세. 하지만 자네는 달라. 은행원이기 전에 한 인간으로서 믿을 수 있네. 그렇게 판단해서 내 생각을 말했고, 의논 상대도 되어주었지. 그리고 자네는 수많은 문제들을 멋지게 해결해왔어. 저승길에 가져갈 선물이 생겼다네."

다케키요가 농담처럼 말해서 한자와를 송구스럽게 만들었다.

"저야말로 회장님께 신세를 많이 졌습니다. 실은 오늘은 감사의 말씀을 드리러 왔습니다."

"다른 곳으로 이동될지도 모른다고 하더군."

한자와는 마음속으로 혀를 내둘렀다. 어디서 들었는지 모르겠지만, 그는 이미 한자와의 상황을 알고 있었던 것이다.

"자네를 도와주고 싶은 마음은 굴뚝같네. 하지만 우리가 가진 힘이라봐야 뻔할 뻔 자지. 은행의 인사이동에 관여할 수 있을 정도는 아니야."

한자와는 고개를 숙이며 감사의 마음을 표했다.

"마음만으로도 충분합니다. 후임이 누가 될지는 모르겠습니다만, 만에 하나 무슨 일이 있을 때는 뒷일을 미나미다 대리에게 맡기려고 하는데, 괜찮으시겠습니까? 그 건에 관해선 아직 말하지 않았습니다만 분명히 놀라겠지요."

다케키요가 어이없는 표정을 지었다.

"자네, 정말로 다른 데로 갈 생각인가? 은행이란 조직은 정말로 이상한 곳이군. 반대로 말하면 은행 같은 곳에 있기엔 자네가 너무 아까워."

"과분하신 말씀입니다. 하지만 저도 그 조직의 사람이니까 그렇게 됐을 때를 대비해 각오는 하고 있습니다."

한자와는 그렇게 말한 뒤, 맑고 청아한 하늘을 올려다보았다. 투명하리만큼 깨끗한 겨울날 아침이었다.

5

10시가 조금 지난 시각. 나카니시는 시계를 올려다보며 이날 아침에만 벌써 몇 번째 한숨을 쉬었다.

책상 위에는 작성 중인 서류가 펼쳐져 있지만 진척되는 모습은 보이지 않는다. 그런 모습은 나카니시 뒤쪽에 있는 혼다를 비롯한 융자과 다른 행원들도 마찬가지였다. 더욱이 아무도 외출하지 않고 자리에 앉아 있는 것은 보기 드문 광경이었다.

"오늘은 다들 왜 이래?"

이상한 분위기를 알아차린 한자와가 의아한 얼굴로 말하자 앞쪽 책상에서 미나미다가 일어나서 사과했다.

"죄송합니다, 제가 괜히 쓸데없는 말을 해서."

"쓸데없는 말이요?"

미나미다가 복잡한 감정이 담긴 눈길로 한자와를 바라보았다.

"오늘이라고 들었습니다. 오전에 인사부에서 과장님 인사이동에 관해 회의를 한다고……."

"나 참, 그런 걸 신경 쓰고 있었어요? 신경 쓸 거 없어요. 될대로 되겠죠 뭐."

한자와는 펜도 놓지 않고 그렇게 말하더니, 읽고 있던 서류에 다시 시선을 떨어뜨렸다.

한자와의 말을 듣고 도저히 가만히 있을 수 없는지, 나카니시가 종종걸음으로 다가왔다.

"어떻게 신경을 안 써요? 과장님께서 왜 이동해야 하는지 납득할 수 없습니다. 센바공예사의 M&A는 오사카 영본에서 무리하게 추진했던 건이잖습니까? 그런데 이런 식으로……."

"진정해."

한자와는 놀란 얼굴로 나카니시를 달랜 뒤, 그의 자리로 모여든 행원들을 올려다보았다.

"이상한 일을 파헤쳐보면 다 뒤가 구린 법이지. 내 존재를 방해꾼으로 여기는 건 그만큼 그쪽에 불리한 사정이 있기 때문이야."

나카니시가 물었다.

"그 불리한 사정이 뭔지, 과장님께선 아십니까?"

"조만간 모두 알게 될 거야."

한자와는 그 이상은 말해주지 않았다.

"과장님, 인사부에는 그걸 설명하셨겠죠?"

미간에 주름을 잡은 나카니시를 향해 한자와는 고개를 가로저었다.

"아니, 설명할 필요 없어."

"그러면 과장님께서 불리하잖습니까?"

"이번 일로 내가 인사이동이 된다면 도쿄중앙은행은 겨우 그 정도의 조직이란 거겠지. 그보다 내 일은 신경 쓰지 말고 어서들 일이나 해."

그 말을 듣고 융자과 행원들은 할 수 없이 자기 자리로 돌아갔다. 그들의 등을 보고 있던 미나미다가 불안한 눈길로 한자와를 바라보았다.

"젊은 행원들의 의욕을 꺾는 일은 없어야 할 텐데요. 과장님, 만약 결정이 나면 즉시 알려주십시오. 그런데 그건 뭔가요?"

미나미다의 시선이 한자와의 책상 위에 있는 부적 주머니에 꽂혔다.

"도사이나리신사의 부적인가요?"

"오늘 아침에 다케키요 회장님께서 주시더군요. 인사 문제에 영험이 있는지 없는지 나중에 가르쳐달라고 하시면서요."

"무서운 농담을 하시네요."

한자와는 웃기만 할 뿐 대답하지 않고, 다시 펼쳐져 있던 서류로 시선을 돌렸다.

6

인사부장인 스기타가 회의실에 들어온 것은 오전 10시가 되기 직전이었다.

멤버는 이미 다 모여 있었다.

이 안건을 담당하는 인사부 부부장인 노지마에 차장인 오기소, 간사이 지역 담당 조사역인 마스카와. 업무총괄부에서는 M&A 추진 담당 차장인 에무라가 참석했지만, 그는 회의의 정식 멤버가 아니라 참관인에 불과했다. 화려한 말솜씨로 좌중을 압도하는 논객으로 알려진 에무라는 업무총괄부의 의견을 관철하기 위해 다카라다가 보낸 자객이었다.

"회의 시작 시간까지는 조금 남았습니다만 모두 모였으니까 시작하겠습니다."

진행 역할인 오기소가 그렇게 운을 떼고 재빨리 본론으로 들어갔다.

"오늘은 오사카 서부 지점의 융자과장인 한자와 나오키에게 중대한 문제가 있다는 업무총괄부의 지적을 받고, 그의 처우에 대해 판단하려고 합니다. 우선 에무라 조사역, 본 건에 관해 정식으로 설명해주시겠습니까?"

"그러면 설명하겠습니다."

자료를 들고 일어선 에무라의 목소리는 그렇게 넓지 않은 회의실에 선명하게 울려 퍼졌다.

"잘 아시는 것처럼 저희 부서에서는 은행장님의 방침에 따라서 전국의 모든 지점과 함께 M&A를 추진하고 있습니다. 그런 가운데 우리 은행과 친밀한 거래처인 자칼이 M&A를 의뢰했는데, 오사카 서부 지점의 거래처였습니다. 본래라면 이 M&A를 적극적으로 추진해야 하지만, 담당자인 한자와 과장은 비협조적인 태도로 일관하더니 거의 확실했던 M&A를 실패하게 만드는 엄청난 실수를 저질렀습니다. 더구나 그 지점은 거래처들이 대량으로 이탈하는 불상사를 일으켜 얼마 전에 조사위원회가 설치되기도 했습니다. 한자와 과장은 그 문제에도 깊이 관여되어 있어서, 이대로 방치하면 지점의 실적이 눈에 띄게 나빠질 뿐만 아니라 거래처와의 신뢰 관계가 훼손됨으로써 장래에 화근을 남길 가능성도 있습니다. 그런 사태를 피하기 위해서는 가급적 빨리 한자와 과장을 경질하고, 좋은 인재를 앉혀야 합니다. 지금 당장 움직이면 오사카 서부 지점의 이번 분기 실적은 좋아질 수 있습니다. 부디 인사부에서 현명한 판단을 내리시기를 바란다는 다카라다 부장님의 말씀도 전해드립니다. 우리 은행의 흐트러진 관리 시스템을 바로잡고 재정비하기 위해서라도 스기타 부장님께서 현명한 판단을 내려주시기 바랍니다."

오기소가 에무라의 말을 받았다.

"지금 에무라 조사역의 설명에 나온 조사위원회에 관해서 보충 설명하겠습니다. 저도 조사위원으로 참석했는데, 한자와 과장은 거래처 모임에 참석했음에도 불구하고 거래처의 대량 이탈 사태가 발생할 때까지 낙관하면서 상황을 잘못 판단했습니다. 최종적으로는 지점장을 비롯해 전 행원의 대대적인 사과에 의해 수습되었지만, 한자와 과장은 융자과장의 자질이 부족하다고 하지 않을 수 없습니다. 아사노 지점장의 말에 따르면 거래처의 평판도 좋지 않아서 대응하기 힘들다고 합니다."

오기소의 지원사격에 에무라는 만족스러운 표정을 지었다.

"부장님, 어떻습니까?"

팔짱을 낀 채 눈을 감고 있던 스기타는 오기소의 질문을 받고 겨우 눈을 떴다.

"한자와의 경질에 반대하는 사람은 없나?"

그 자리에 있는 사람들을 둘러보았지만 대답하는 사람은 아무도 없었다.

"뭐야? 모두 한자와의 경질에 찬성인가?"

스기타는 손에 들고 있는 인사 자료를 잠시 살펴보더니, 작게 탄식하며 탁자 위에 놓았다.

“이 건에 관해 어디선가 들으신 다도코로 상무님께서 그러시더군. 은행장님의 방침에 반하는 행동은 있을 수 없는 일이고 엄벌에 처해야 한다고.”

‘다도코로’라는 이름이 나오자 에무라와 오기소는 동시에 간교한 미소를 지었다.

“지금 들은 이야기가 사실이라면 나도 그것에 반대하지 않아.”

스기타의 말이 끝나기가 무섭게 오기소가 나섰다.

“그러면 한자와 과장을 오사카 서부 지점 융자과장에서 경질해도 되겠지요? 지금 저희 쪽에서 좋은 인재를 선발하기 위해 구체적으로 자료를 뽑고 있습니다. 또한 한자와 과장은 가나자와 지점의 거래처인 가가에스테이트라는 부동산회사로 파견하려고 검토하고 있습니다. 현재 그 회사에 파견 중인 사람이 정년퇴직을 맞이했는데, 가나자와 지점을 통해 그쪽의 의향을 확인하고 있는 중입니다.”

“이봐, 오기소 차장. 그렇게 서둘러 한자와에게 실격의 낙인을 찍을 필요는 없잖나?”

스기타의 말에 오기소는 당황한 표정을 지었다.

“하지만 부장님, 업무총괄부나 아사노 지점장 모두 한자와에 관해서는 같은 의견이고…….”

스기타가 의문을 제기했다.

“그들의 의견이 같단 건 알지만, 우선 자네들의 보고가 사실인지 알고 싶어. 적어도 자네들이 정리한 지난번 조사위원회 보고서에는 한자와에게 문제가 있다고 쓰여 있지 않더군. 거래처 회장들이 모두 까탈스러워서 일부러 심술을 부린 거라고 쓰여 있었는데, 어느 쪽이 맞는 건가?"

허점을 찔린 오기소의 얼굴에는 당황한 표정이 역력했다.

"그러니까, 그게 말이죠…… 조사위원회에서는 한자와의 잘못을 지적한 뒤, 원만하게 끝내려고 해서……."

"그래서 실제와 다르게 보고했단 말인가? 그럴 거면 무엇 때문에 조사위원회를 만든 거지?"

스기타의 질책을 받고 오기소는 입술을 깨물었다.

스기타의 예리한 시선이 에무라에게 향했다.

"에무라, 자네는 지금 한자와가 M&A에 비협조적이라고 했는데, 실제로 매수 대상인 회사에서는 매수에 찬성했나?"

이 질문을 예상했는지, 에무라는 다시 일어서서 명쾌하게 대답했다.

"물론입니다. 센바공예사라는 출판사가 매수 대상이었습니다만, 사장은 적극적으로 매수를 검토하겠다고 말했습니다. 실제로 그 회사의 실적은 계속 내리막길을 걷고 있었지만, 매수에 응하면 손쉽게 회사를 재건할 수 있는 상황이었습니다. 정신이 똑바로 박힌 융자과장이라면 사장을 도와서 올바른 결론을 내리도록 해야 하는데, 한자와 과장은 M&A 자체를 없던 걸로 만들었습니다. 이건 융자과장으로서 분명한 실책입니다."

"사장이 매수에 적극적이었다는 게 사실이란 말이지?"

"자금이 없어서 오늘내일하는 회사에게 M&A는 너무나 절실한 이야기니까요."

"그런데 지점에는 지점장도 있고 부지점장도 있잖나? 사장이 그렇게 적극적이라면 왜 M&A가 성사되지 않았지? 자네 말대로라면 매수되어야 정상이잖아?"

그 질문을 기다렸다는 양 에무라는 회심의 미소를 지었다.

"문제는 바로 그겁니다. 저희 부서에선 센바 사장이 매수에 소극적으로 변한 게 문제라고 생각합니다. 본래라면 융자 담당자가 강하게 설득해야 하니까요."

스기타는 고개를 갸웃거리며 의문을 제기했다.

"과연 그럴까? 매수를 받아들일지 말지 정하는 건 우리가 아니라 어디까지나 거래처가 아닌가? 경영자는 항상 최선의 길로 나아가려고 하고 있어. 한자와가 어떻게 설명했든, 결과적으로 매수를 받아들이지 않았다면 그것도 하나의 경영 판단으로서 존중해줘야겠지. 내 생각엔 자네들 뜻대로 되지 않은 걸 한자와 탓으로 돌리는 것처럼 보이는데, 아닌가?"

"외람된 말씀이지만 그렇게 해선 실적을 올릴 수 없습니다."

스기타는 반박하는 에무라를 화살처럼 날카롭게 쏘아보았다. 그러더니 주변의 자료와 별개로 한 통의 편지를 천천히 꺼냈다.

"이건 어제 내 앞으로 온 편지야. 보낸 사람은 오사카 서부 지점의 거래처인 이타치보리제철의 모토오리 회장님이지. 이 편지에는 한자와에게 크게 신세를 졌다고 쓰여 있어. 훌륭한 사람이라고 칭찬하면서 말이야. 모토오리 회장님이 아는 수많은 경영자들이 한자와의 업무 능력을 인정하고 신뢰하고 있다더군. 자네들 판단과 상당히 다른데, 오기소 차장, 어떻게 된 건가?"

"저기, 그건 말이죠……."

오기소는 허둥대며 변명하려고 했지만 스기타의 발언은 그것으로 끝이 아니었다.

"그리고 이건 센바공예사의 센바 도모유키 사장과 센바 하루 기획부장에게서 온 편지야."

"부, 부장님께 왜 그런 걸……."

오기소가 안타까울 만큼 난감한 얼굴로 물었다.

"오사카 서부 지점의 은행원들이 염려돼 어떻게든 한자와를 지키기 위해 모토오리 회장님과 센바 사장님에게 부탁한 모양이야. 센바 사장님의 편지에는 M&A의 제안을 받고 그 이후의 과정과 경위가 자세하게 쓰여 있더군. 그 덕분에 에무라 조사역, 자네가 일방적으로 주장한 내용이 사실을 왜곡한 거란 걸 알 수 있었네."

에무라가 거북한 얼굴로 침묵하며 고개를 숙였다.

스기타는 오랫동안 인사 분야에서 일해온 뱅커로서 뛰어난 식견을 보여주었다.

"월급쟁이 인생은 인사로 정해지지. 따라서 인사는 공정하지 않으면 안 돼. 솔직히 말하면 자네들이 오늘 내게 보여준 자료와 증언은 전부 모호한 것들뿐이라서 신뢰할 수가 없어. 개인적인 이유로 성실한 은행원의 인생을 빼앗으려고 한다면, 도쿄중앙은행이란 조직은 확실히 썩어 들어가겠지. 자네들은 그래도 된다고 생각하나? 나는 인사부장으로서 그렇게 만들고 싶지 않아. 그리고."

스기타는 마지막으로 에무라를 향해 말했다.

"은행 내부의 정치를 위해 인사를 이용하는 건 그만두기 바라네. 이제 됐나?"

일어서려고 한 스기타에게 에무라가 끈질기게 매달렸다.

"부장님, 잠시만요. 다도코로 상무님의 의향은 어떻게 하실 겁니까? 엄벌에 처하기 바란다는 말을 조금 전에 듣지 않으셨습니까?"

"상무님께는 내가 설명하지. 에무라 차장, 내가 한마디 해도 되겠나? 이렇게 속이 뻔히 들여다 보이는 얍삽한 짓을 하기 때문에 한자와가 심사부에 있을 때 논리적으로 밀린 게 아닌가? 더는 말하지 않겠네만 깊이 반성하기 바라네. 다카라다 부장에게 그렇게 전해주겠나?"

말은 조용했지만 스기타의 내면에서 타오르는 격렬한 분노는 그대로 전해졌다. 스기타의 기백에 압도당해 말을 집어삼킨 에무라는 아무런 반론도 할 수 없었다.

"이 건은 이걸로 됐겠지?"

그 자리에 있는 모든 사람들이 거북한 얼굴로 침묵했다. 스기타가 떠난 후에는 산산이 부서져 사방으로 흩어진 왜곡된 진실의 잔해만이 눈에 보이는 듯했다. 다카라다의 간교한 계략은 통쾌하리만큼 멋지게 실패한 것이다.

7

그 전화는 오전 11시가 되기 전에 한자와의 책상으로 걸려왔다.

"네, 한자와입니다."

본부에서 걸려온 내선전화임을 융자과 행원들이 알아차린 모양이다. 전원이 손을 멈추고 뒤를 돌아 한자와의 말에 귀를 기울였다.

"스기타 인사부장이 단칼에 거절했대. 인사이동은 없던 일이 됐어."

도마리의 말을 듣고 한자와는 태연하게 대답했다.

"그래? 그거 유감이군."

"까불지 마. 이번엔 정말 큰일 날 뻔했거든!"

"도사이나리신사의 부적이 역시 영험하군. 모토오리 회장님께 고맙다고 인사해야겠어."

나카니시가 주먹을 불끈 쥐는 것이 보였다. 혼다가 한자와를 향해 박수를 보냈다. 미나미다가 안도한 얼굴로 참았던 숨을 내뱉었다.

수화기 너머에서 도마리가 황당한 표정을 지었다.

"한자와 나오키가 신에게 의지했다고? 세상 참 말세군. 어쨌든 이번엔 은행의 양심 덕분에 살았어. 무슨 말인지 알지? 자세한 건 다음에 만나서 말해줄게."

그 말을 끝으로 짧은 전화가 끊겼다.

"인사이동이 안 됐다고?"

에무라로부터 소식을 들은 다카라다는 냅다 소리를 지르면서 벌떡 일어났다. 얼굴은 순식간에 백짓장처럼 창백해졌다.

"스기타가 우리 요청을 거절했다는 건가?"

오랫동안 영업의 최전선에서 활약해왔다는 자부심이 있는 다카라다에게 인사부는 참을 수 없을 만큼 역겨운 존재다. 매일 수많은 것들과 싸우고 있는 행원들을 멀리서 지켜보면서, 자신의 손을 더럽히지 않고 점수를 매기며 좋아하는 내무 관료라고나 할까? 돈을 벌어본 적도 없는 자들이 영업의 최전선에서 보낸 간절한 요청을 거절하다니…….

다카라다가 울부짖듯 말했다.

"이렇게 말도 안 되는 짓을 해도 되는 거야! 탁상공론만 짜내는 내무 관료가, 돈을 벌어오는 영업의 최전선보다 더 큰 권력을 가지고 있다니! 그런 조직이 제대로 돌아갈 리 없잖아!"

"오기소 차장과 제가 한자와를 이동시켜야 한다고 몇 번이고 강조했습니다만."

스기타와 주고받은 대화를 말해주자 다카라다는 책상 위에 있는 서류를 힘껏 움켜쥐고 허공을 향해 내던졌다.

"염병할 스기타 자식! 어디 두고 보자! 내가 가만있을 줄 알아?"

몸을 움츠린 에무라의 앞에서 다카라다는 어깨를 들썩이면서 원망스럽게 중얼거리고는 사무실의 한쪽 구석을 노려보며 고함쳤다.

"이제 전체회의나 잘 준비해!"

"오사카 서부 지점의 발표는 어떻게 할까요? M&A는 물 건너갔으니까 기시모토 은행장님께 잘 설명해서……"

에무라의 말이 끝나기도 전에 다카라다가 잘라 말했다.

"변경할 필요 없어. 예정대로 발표하도록 할 거야. 인사부가 움직이지 않는다면 내 손으로 한자와의 숨통을 끊어주겠어. 녀석이 얼마나 무능하고, 그로 인해 얼마나 중요한 M&A를 놓쳤는지 은행장님 앞에서 보여주는 거야!"

다카라다가 의자의 등받이에서 몸을 떼고 명령했다.

"인사부에서 하지 않으면 업무총괄부에서 하는 거야. 이번 전체회의는 그 지긋지긋한 한자와의 공개 처형장이야. 알았지?"

짧은 대답과 함께 에무라가 나가자 다카라다는 음침한 미소를 지으며 의자 등받이에 몸을 기댔다.

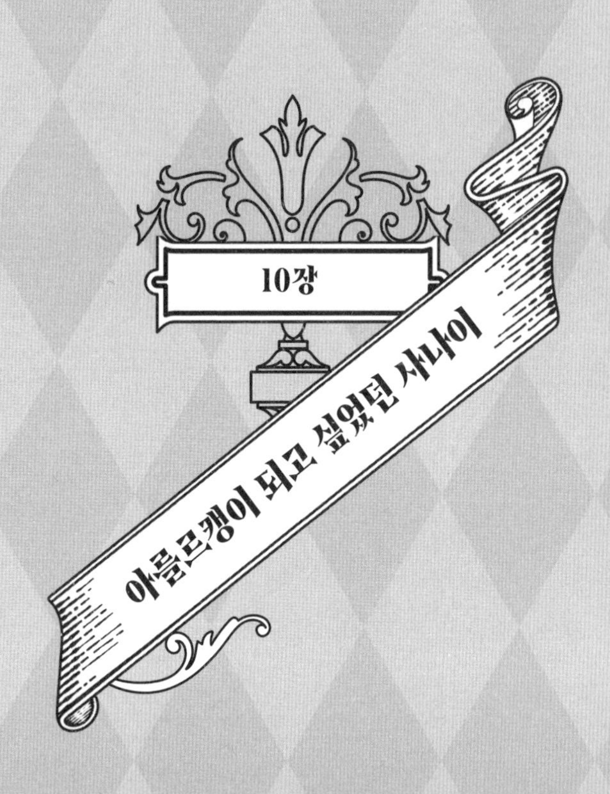
10장
아를르캥이 되고 싶었던 사나이

1

"이번에 인사부에서 거절당한 것 때문에 업무총괄부 분위기가 장난 아니래. 한자와, 조심해."

후쿠와라이의 카운터에 앉은 도마리는 그렇게 말하면서 전채 요리인 새우 간장조림에 젓가락을 향했다.

"조심하라고? 어떻게 조심해야 하는데? '낙석주의' 표지판 같은 말은 하지 마."

한자와는 조용히 소주를 마셨다. 항상 마시는 밤소주인 다바다히부리다.

"아니, 조심할 방법은 있어. 이번 전체회의야. 그 회의에 지점장과 융자과장이 참석하기로 되어 있지? 다카라다가 만반의 준비를 하고 기다리고 있다더군."

한자와는 남의 일처럼 말했다.

"그래? 그것참 수고가 많으시네."

"왜 이렇게 태평해? 이게 남의 일이야? 우리 동기들이 얼마나 걱정하는지 알기나 해?"

"그건 고맙게 생각하고 있어."

한자와의 대답을 듣고 도마리가 불만스럽게 투덜거렸다.

"그것뿐이야? 이번 일만 해도 스키타 부장이 살려준 거나 다름없잖아? 그 사람이 인사부장이 아니었다면 넌 지금쯤 가나자와의 중소기업에서 전표 정리를 하고 있을 거야."

"그런 일은 내 주특기지."

도마리는 한자와를 꾸짖었다.

"그런 말이 아니잖아! 전표 정리는 네가 아니라도 할 사람이 많아! 넌 너밖에 할 수 없는 일을 해야지!"

그러더니 갑자기 목소리를 낮추고 말을 이었다.

"이건 너에게만 하는 말인데, 업무총괄부 안에서는 이번 전체회의를 네 공개 처형장이라고 하나 봐."

"오호, 화형식이라도 할 건가?"

"적어도 불덩이는 될 거야. 더구나 은행장님과 전 지점의 대표자들 앞에서."

도마리는 더욱 목소리를 낮추고 무서운 얼굴로 덧붙였다.

"다카라다는 끝까지 네 소극적인 태도가 문제라고 주장할 건가 봐. ……됐으니까 내 말 끝까지 들어!"

반론을 하려던 한자와를 도마리가 가로막았다.

"너도 할 말이 있다는 건 잘 알아. 센바공예사 사장이 M&A에

응하고 싶어 하지 않았다든가. 하지만 기시모토 은행장님 앞에서 그런 변명이 통할 것 같아? 은행장님은 실적을 중시하는 사람이야. 실적을 올리지 못한 이유에 귀를 기울일 배포 있는 분이 아니라고! 그건 너도 알고 있잖아?"

"그건 그래."

한자와는 얼음이 담긴 소주잔을 입으로 가져갔다.

도마리가 심각한 표정으로 말을 이었다.

"그렇다면 그런 은행장님을 상대로 이번 사태를 어떻게 설명할지, 어떻게 하면 피해를 최소한으로 막을 수 있을지 생각해봐. 이번 M&A는 처음부터 가능성이 없었습니다, 하는 말로는 처참하게 난도질당하고 말 거야. 전체회의에는 나도 참석하라고 하더군. 많은 사람들이 지켜보는 가운데, 공개 처형당하는 네 모습은 보고 싶지 않아. 한자와, 어떻게 좀 해봐!"

도마리는 필사적인 얼굴로 작게 소리쳤다.

"여보, 전체회의라는 게 뭐야?"

그날 밤, 한자와의 귀가를 기다리고 있었던 하나가 물었다.

"어디서 들었어?"

한자와는 무의식중에 넥타이를 풀려고 했던 손길을 멈추었다. 하나는 원래 은행 일에는 관심이 없다. 지금까지 그런 걸 물어본 적은 한 번도 없었다.

"사택 사람들이 내 뒤에서 쑥덕거리더라. 이번 전체회의에서 당신이 위험하다고 하면서. 도모사카 씨 부인까지."

도모사카의 아내는 하나가 친하게 지내는 사람으로, 두 사람에게는 한 가지 공통점이 있다. 전직 은행원이 아니라는 점이다. 은행원의 아내는 압도적으로 전직 은행원이 많다.

"모든 지점의 지점장과 융자과장을 모아놓고 실적을 발표하는 자리야."

한자와의 대답을 듣고도 하나는 석연치 않은 표정을 지었다.

"당신, 도대체 무슨 짓을 한 거야?"

비난이 담긴 말투로 하나가 물었다.

"난 아무 짓도 안 했어."

"아무 짓도 안 했는데 위험할 리가 있어? 무슨 실수를 질렀으니까 그런 얘기가 나도는 거잖아!"

아무래도 하나는 한자와가 실수를 저질렀다고 단정하는 듯했다.

"상대는 누구야?"

"다카라다 업무총괄부장."

그 순간, 하나의 안색이 바뀌었다.

"괜찮겠어?"

"글쎄……."

한자와가 평소와 달리 말끝을 흐리자 하나의 눈동자가 불안하게 흔들렸다.

"물론 당신이 그른 일을 하진 않았을 거야. 분명히 옳은 일을 했겠지."

"은행이란 곳에선 옳은 일이 반드시 옳은 건 아니야."

"그렇지 않아. 어느 때든 어디에서든 옳은 일은 옳고, 그른 일은 그른 일이야."

"그렇다면 좋겠는데."

넥타이를 푼 한자와를 보고 하나가 말했다.

"난 은행 사람이 아니니까 잘은 모르지만. 어쨌든 나오키, 절대로 지면 안 돼. 나와 다카히로를 위해서도 절대로."

한자와는 조용히 미소를 지으며 작게 고개를 끄덕였다.

2

도쿄중앙은행의 전체회의는 약 400개 지점의 지점장과 융자과장, 본부의 주요 부서 담당자 등이 한자리에 모이는 자리로, 은행의 실적과 방침을 확인하는 가장 중요한 회의다.

회의는 12월 둘째 주말에 열렸다. 오전 9시에 시작되었는데, 앞쪽 문에서 한 남자가 들어온 순간 갑자기 회의장 전체가 술렁거리기 시작했다.

기시모토 신지, 도쿄중앙은행 은행장이다.

임원들이 정중한 인사로 맞이하는 가운데, 기시모토는 특별히 마련된 의자에 앉아 건네진 자료를 살펴보기 시작했다.

"의사 진행 도중이긴 하지만, 여기서 잠시 기시모토 은행장님의 말씀을 듣고자 합니다. 은행장님, 부탁드리겠습니다."

기분 좋을 만큼 매끄럽게 회의를 진행하는 사람은 업무총괄부의 에무라였다.

모두 숨을 죽이고 지켜보는 가운데 천천히 단상에 오른 기시모토는 자신을 바라보는 은행원들을 향해 입을 열었다.

"오늘은 잠시 업무를 뒤로하고 전국의 각 지점에서 이렇게 한 자리에 모여주셔서 감사합니다. 그런데 업무를 뒤로하면서까지 모인 이상, 업무총괄부에서 준비한 서류의 숫자를 보면서 쓸데없이 시간을 보내서는 아무런 의미가 없겠지요. 기왕에 이렇게 모였으니 각 지점에 어떤 문제가 있고 어떻게 해결하면 좋은지, 문제를 제기하고 대책을 세우는 자리로 만들었으면 합니다. 그렇지 않으면 교통비가 아까우니까 말이죠."

맨 마지막 말은 농담임이 분명하지만 소리 내어 웃을 수 있는 분위기가 아니었다.

오랫동안 영업본부에서 일해온 기시모토는 실적을 우선하는 현장주의자로, 작은 속임수도 통하지 않는다. 어설프게 변명하면 그 즉시 심장이 철렁할 만큼 날벼락이 떨어진다.

기시모토에게 열심히 일하는 것은 당연하고, 평가할 가치가 있는 것은 오직 실적뿐이다. 그런 의미에서는 능력주의라고 말할 수 있지만, 실적을 올리지 못하는 사람에게는 이유 여하를 막론하고 무능하다는 낙인을 찍는다. 그의 사전에 정상 참작이라는 단어는 없다.

“한자와 과장, 정말 괜찮겠지?”

그런 기시모토의 훈시가 끝나고 텅 빈 단상을 보면서, 한자와의 옆에 앉은 아사노가 겁먹은 목소리로 작게 물었다.

“비난을 한 몸에 받을 거라고 미리 각오해두시면 됩니다. 그냥 넘어가지는 않을 테니까요.”

“농담하지 마. 전 지점의 지점장들 앞에서 내 얼굴에 똥칠을 할 셈인가?”

“얼굴에 똥칠을 할 정도로 끝나면 다행이겠지요.”

눈 깜짝할 사이에 아사노의 얼굴이 창백해지고 입술이 바들바들 떨렸다.

“어떻게든 된다고 했잖아!”

한자와가 대답하려고 했을 때, 에무라가 의사를 진행했다.

“다음은 기시모토 은행장님께서 장래의 주요 수익 분야로 방침을 정하신 M&A에 관해 검토해보겠습니다. 각 지역별로 M&A를 어떻게 진행하고 있는지 발표하는 자리입니다. 그럼 우선 센다이 지점에서 현재의 진행 상황과 성과에 대해서 발표하겠습니다.”

발표순서는 센다이, 마루노우치, 나고야, 오사카 서부……. 오사카 서부 지점을 제외하면 평소에 M&A 프로젝트가 자주 발생하는 대도시의 핵심 지점들이다. 이런 지점들은 M&A의 성공 사례가 끊이지 않는다. 그런 지점들 사이에 규모가 한 단계 작은 오사카 서부 지점이 섞여 있는 것은 아무리 기시모토 은행장의 의향이라고 해도 균형이 맞지 않는다. 더구나 화려한 성공 사례를 늘어놓은 다음, 대단원의 마무리를 장식할 오사카 서부 지점이 발표할 내용은 M&A의 '실패 사례'다.

"이제 끝이야……."

아사노는 지금이라도 쓰러질 것처럼 절망적인 표정을 지었다.

"그러면 마지막으로 오사카 서부 지점의 발표가 있겠습니다."

발표 순서는 순식간에 돌아왔다. 진행을 맡은 에무라의 목소리가 마이크 너머로 들렸다.

"일찌감치 'M&A 성공 예상'이라는 보고가 있어서 은행장님께서도 기대하신 핵심 프로젝트입니다. 매수 대상은 센바공예사라는 오래된 출판사. 연매출은 30억 엔. 지난 분기는 적자였고 이번 분기에도 적자가 이어지는 바람에 자금 면에서 궁지에 몰려 있었습니다. 그런 와중에 매수하겠다고 나선 곳은 다누마 도키야 사장이 이끄는 자칼이었습니다."

다누마와 자칼의 이름이 나온 순간 회의장이 들끓었다.

"센바공예사에게는 그야말로 궁지에서 벗어날 수 있는 절호의 기회였던 만큼, 이번 M&A는 오사카 서부 지점에게 매우 간단한 일처럼 보였습니다. 과연 어떤 방식으로 접근해서 어떤 열매를 맺었는지, 오사카 서부 지점의 발표를 들어보겠습니다."

절체절명의 상황이 눈앞으로 다가왔다.

"발표는 아사노 지점장님께서 하시겠습니까? 아니면……."

"아뇨, 제가 발표하겠습니다."

"오호! 한자와 과장님이 발표하나요?"

에무라의 얼굴에 잔인한 미소가 떠올랐다. 다카라다는 어느새 은행장의 옆으로 달려가 웃음을 숨기듯 주먹으로 입을 가리고 있었다. 조금 떨어진 곳에서는 도마리가 심각한 얼굴로 팔짱을 낀 채 기도하는 눈길로 한자와를 바라보았다.

"분명히 멋진 발표가 되리라고 생각합니다. 기대하겠습니다."

에무라가 활활 타오르는 불길에 기름을 부었다. 미리 짜놓은 연출에 예정된 결말. 상황은 다카라다가 쓴 시나리오대로 진행되고 있었다.

자료를 들고 일어선 한자와는 가볍게 인사를 하고 곧장 단상을 향해 걸어갔다. 그리고 단상 앞의 계단을 경쾌하게 뛰어올라 연단 앞에 서서, 자신에게 시선을 고정한 천 명의 뱅커들을 향해 말하기 시작했다.

"오사카 서부 지점의 융자과장, 한자와입니다. 지금 진행자가 소개한 센바공예사의 M&A 제안과 교섭 경위에 관해 자세히 말씀드리기 전에 결론부터 말씀드리겠습니다. ……이 M&A는 성사되지 않았습니다."

드넓은 회의장에 이날 가장 큰 술렁거림이 일었다.

3

진행을 맡은 에무라가 끼어들었다.

"한자와 과장님, 잠시만요. 자료에 따르면 'M&A 성공 확실시'로 되어 있습니다. 성공이 확실한 M&A였는데 이제 와서 성사되지 않았다고 하면 곤란하지요."

"외람되지만 저희는 성공이 확실하다고 말씀드린 적이 한 번도 없습니다. 아마 오사카 영업본부의 안일한 예상을 듣고 업무총괄부에서 멋대로 그렇게 적어놓은 것 같은데, 좀 더 현장의 의견에 귀를 기울여주셨으면 합니다. 이번 프로젝트는 당초에 생각했던 것처럼 그렇게 간단한 일이 아니었습니다."

다카라다가 분연한 표정을 지으며 한자와 쪽으로 고개를 돌렸다. 업무총괄부에 대한 생각지도 못한 비난에 회의장의 모든 사람들이 숨을 들이마셨다. 한자와가 말을 계속하려고 했을 때, 다카라다가 벌떡 일어섰다.

"잠깐만! 내가 한마디 해도 되겠나?"

에무라로부터 마이크를 건네받은 다카라다는 한자와를 뚫어지게 노려보았다.

"여기는 업무총괄부를 비난하는 자리가 아니야. 오해가 있는 것 같아서 말하겠는데, 업무총괄부에서는 항상 현장의 의견에 귀를 기울이고 있어. 오사카 영본이 간단하다고 했던 프로젝트를 자네가 성공시키지 못한 건 사실이잖나? 간단한 일이 아니라서 마무리를 못했다는 건 자네의 역부족을 인정하지 않는 변명으로밖에 들리지 않아! 자네는 자신의 미숙함에 대해 반성도 안 하나?"

"반성할 필요가 있다면 얼마든지 하겠습니다."

한자와의 반론에 다시 회의장이 떠들썩해졌다.

"조금 전에 저기 있는 에무라 조사역은 센바공예사는 실적이 안 좋아서 자금 면에서 궁지에 몰려 있다, 그래서 자칼의 M&A 제안에 쉽게 응할 것이라고 말했습니다. 센바공예사는 100년의 역사를 가지고 있는 전통 있는 출판사입니다. 현재 사장으로 있는 센바 도모유키 씨는 3대째로, 동생도 기획부장이라는 중요한 직책을 맡아서 회사를 떠받치고 있지요. 분명히 작년에는 적자였고 올해도 현재까지 적자가 나는 등 단기적인 실적은 좋지 않지만, 경영 개혁을 통한 조기 실적 회복이 예상됩니다. 센바 사장은 M&A 제안에 귀를 기울이기는 했지만 반응은 처음부터 부정적이었습니다. 돈이 없으니까 회사를 팔 거라는 생각은 우리 은행원들의 오만한 자세입니다. 그런 자세로 강제로 M&A를 추진하는 건 매일 필사적으로 살고 있는 경영자를 배신하는 행위가 아닐까요? 여기에 있는 모든 사람은 그런 근본적인 인식을 가져야 한다고 생각합니다."

다카라다가 득달같이 달려들었다.

"M&A에 실패해놓고 말 같지도 않은 변명을 하는 건가? 여기에 있는 모든 분들에게 말하고 싶습니다. M&A 추진은 기시모토 은행장님의 미래를 위한 비전입니다. 실패 이유는 얼마든지 말할 수 있겠죠. 그럴 듯한 변명을 늘어놓으며 이상론을 말하는 겁니다. 전 오랫동안 영업 일선에서 일해왔는데, 그런 자세로 일하면 실적을 올릴 수 없습니다. 이 건만 봐도 그렇습니다. 오사카 서부 지점은 눈을 뻔히 뜨고 M&A 프로젝트를 놓쳤잖습니까? 성과가 제로입니다, 제로! 보너스 포인트도 없고요. 지금 우리를 믿고 일을 맡긴 자칼의 신용마저 잃어버릴 지경에 처해 있습니다. 이게 한자와 과장이 말하는 이상론이 가져온 결과지요. 여러분, 그래도 된다고 생각합니까? 이런 식으로 해서 다른 은행과의 싸움에서 이길 수 있겠습니까? 우리의 경쟁 은행은 이런 안일한 이상론 같은 건 내세우지 않습니다. 더 악착스럽게 일하고 있지요. 우리만 특별한 게 아닙니다. 여기는 이상론을 말하는 자리가 아니라 현실을 말하는 자리입니다. 성인군자 행세를 하며 허울 좋은 말만 늘어놓는 자는 지금 당장 우리 은행을 떠나야 합니다! 알았나, 한자와!"

"이상론을 잊고 눈앞의 이익만 좇던 은행이 어떻게 됐는지, 벌써 잊으셨습니까?"

한자와의 입에서 차가운 비난이 나온 순간, 회의장의 공기가 얼어붙었다.

"거품 경제가 무너지면서 은행이 통폐합된 것을 벌써 잊으셨냔 말입니다! 자칫하면 그때와 똑같이 될 수도 있습니다. 저는 그래도 되느냐고 말씀드리는 겁니다. 실물경제에서 동떨어져 돈을 위해 돈을 빌려준 결과, 우리에게 남은 건 거액의 부실채권이었습니다. 다시 그 암흑 시절로 돌아가고 싶습니까?"

벽 쪽에 앉아 있는 도마리가 얼굴을 찡그렸다. 이제 그만해라…… 한자와를 향한 눈이 그렇게 말하고 있었다.

다카라다가 다시 반론을 펼쳤다.

"여기는 경영론을 펼치는 자리가 아니야. 실적을 말하는 자리라고! 한자와, 착각하지 마! 우리 쪽에서 보면 오사카 서부 지점은 교섭력이 너무 약해. 잘 들어, 경영자는 항상 망설이고 고민하는 법이지. 가끔은 현실을 잘못 판단할 때도 있어. 센바공예사가 그랬잖아? 어떤 판단이 올바르고 합리적인지, 그걸 가장 잘 아는 사람은 우리 은행원이야! 여러분, 안 그렇습니까?"

다카라다가 회의장에 있는 은행원들을 바라보며 말을 이었다.

"장래성도 없고 실적도 변변치 않는 회사가 살아남으려면 어떤 선택을 해야 하는가! 경영자라면 누구나 자기 회사를 팔고 싶어 하지 않겠지요. 하지만 올바른 경영 판단을 하도록 이끌어야 하는 것도 우리의 임무입니다. 거래처에서 '노(No)'라고 말한다고 해서, 그걸 그대로 받아들이면 좋아지는 건 아무것도 없습니다. 그렇지 않습니까?"

힘찬 박수가 일면서 누가 보기에도 한자와의 열세는 명백했다.

다카라다는 수많은 아군을 뒤에 두고 승리를 과시했다.

"한자와, 어떤가? 이게 자네 의견에 대한 우리 은행의 평가야. 자네는 이 말에 반론할 수 있나? 은행장님 앞에서 뻔뻔스럽게 스스로를 변호하기 전에 자네가 할 일은 자신의 무능함을 반성하고, 이런 한심한 결과를 초래했음을 사죄하는 일이잖아!"

"그래!", "사과해!"라는 비난의 소리가 여기저기에서 날아왔다.

도마리가 고개를 숙인 채 머리를 좌우로 흔들었다. 회의 참석자들의 신임을 얻은 다카라다는 마이크를 에무라에게 돌려주고 씩씩한 걸음걸이로 자기 자리로 돌아갔다. 한자와의 퇴로는 이미 끊어진 거나 마찬가지였다.

하지만 한자와는 마이크를 들고 침착하게 대답했다.

"사물을 보는 관점은 처지에 따라 다른 법이지요. 다카라다 부장님, 당신은 예전에 자칼의 담당자였습니다. 다누마 사장의 신임을 얻어 다른 은행으로부터 주거래은행이란 위치를 빼앗음과 동시에 간사이 지역에서 가장 큰 다누마미술관의 건설비용으로 300억 엔을 대출해주었지요. 그런 부장님에게 묻고 싶습니다. 자칼은 왜 센바공예사를 매수하려고 했을까요?"

한자와가 무슨 말을 하는지 몰라서 다들 어리둥절한 표정을 지었다.

에무라가 당황한 얼굴로 끼어들었다.

"한자와 과장님, 그런 얘기는 이번 M&A와 직접적인 관계가 없잖습니까?"

다카라다를 똑바로 바라보고 한자와는 단언했다.

"관계가 있으니까 묻는 겁니다. 이건 아주 중요한 일입니다."

"중요하긴 뭐가 중요해? 또 시시한 변명을 늘어놓을 작정이겠지."

다카라다가 마이크도 없이 대답하고 고개를 옆으로 휙 돌렸다.

한자와가 다시 말했다.

"부장님과 관계있는 일인데, 직접 설명할 의사가 없다고 받아들여도 되겠습니까? 부장님께서 직접 변명할 수 있는 마지막 기회가 될 텐데요."

벽 쪽 끝자리에 앉은 채 다카라다가 어쩔 수 없다는 얼굴로 손을 내밀자 에무라가 마이크를 넘겨주었다.

"여기는 실적을 발표하는 자리라고 몇 번 말해야 알아듣겠어? 제발 부탁이니까 이제 그만해! ……에무라, 어서 의사를 진행해."

여기저기서 실소가 새어 나오고 동정 섞인 시선이 한자와에게 향해진 순간, 한자와의 신호로 인해 회의장이 어두워졌다. 좌우 스크린에 나온 글자를 본 순간, 모든 사람들이 일제히 숨을 멈추고 회의장은 정적에 휩싸였다.

매수인	모토오리 다케키요 재단
매도인	다누마미술관
예상매매가	최대 550억 엔(기업 정밀실사에 따라 변동될 가능성 있음)

획 하는 바람 소리가 날 정도로 다카라다가 벌떡 일어섰다. 그의 눈에 떠오른 감정은 영락없이 경악이었다. 시선은 스크린에 달라붙은 것처럼 움직이지 않았다.

다카라다는 억지로 시선을 떼어내 한자와에게 옮기고, 당황한 얼굴로 물었다.

"이, 이게 어떻게 된 거지?"

한자와는 차분하게 입을 열었다.

"그건 지금부터 설명해드리죠. 서론이 길어졌지만 지금부터 오사카 서부 지점의 M&A 프로젝트에 관해 발표하겠습니다. 모토오리 다케키요 재단은 저희 지점의 거래처인 이타치보리제철의 모토오리 다케키요 회장님께서 설립한 재단법인입니다."

4

한자와는 원점에서부터 이야기를 시작했다.

"모토오리 다케키요 재단이 어떻게 해서 다누마미술관을 매수하게 되었는가? 의외라고 여기실지도 모르겠지만 계기는 센바공예사였습니다. 자칼이 센바공예사를 매수하겠다고 했을 때, 솔직히 말씀드리면 센바 사장님과 저는 의아하게 생각했습니다. 조금 전에 다카라다 부장님께 여쭤봤듯이, '자칼은 왜 센바공예사를 매수하려고 할까?' 하는 의문이 있었습니다. 센바공예사는 몇 가지 특징을 가지고 있는 회사이기는 하지만 몇 번 거절했음에도 불구하고 자칼은 매수 제안을 철회하지 않았습니다. 오사카 영업본부의 자칼 담당자는 다누마 사장이 출판사에 관심을 가지고 있어서 그렇다고 설명했습니다만 그것만으론 도저히 납득할 수 없었지요. 그런데 그 후에 우연히 수수께끼의 계기를 발견했습니다. 바로 이 사진입니다."

스크린에 어두컴컴한 사진이 나타났다.

"이건 최근에 센바공예사 지하에서 발견한 낙서입니다. 이 그림을 보신 적이 있으십니까?"

한자와가 회의장을 향해 질문을 던지자 몇몇 사람이 작게 고개를 끄덕이는 게 보였다.

"그렇습니다. 이건 〈아를르캥과 피에로〉라는 그림입니다. 현대미술의 총아라는 찬사를 받은 니시나 조의 대명사라고 할 수 있지요. 이 낙서는 25년쯤 전의 것으로, 당시 이 건물은 도지마상점이라는 회사의 소유였습니다. 이 반지하 창고에는 디자인실이 있었는데, 알려지지 않은 이야기지만 이곳에서 니시나 조가 근무했습니다. 만약 이게 니시나 조의 작품이라면 적어도 10억 엔이 넘겠지요."

회의장 전체에 놀라움과 한숨이 퍼져나갔다.

"자칼의 다누마 사장은 니시나 조 그림의 수집가로 알려져 있고, 내년에 개관 예정인 다누마미술관은 니시나 조 작품을 메인으로 전시할 계획이었습니다. 물론 출판사에도 관심이 있을지 모르겠지만, 센바공예사에 집착하는 이유는 이 낙서 때문이 아닐까? ……그게 제가 처음 세운 가설이었습니다."

의외의 전개에 사람들은 한자와의 말에 귀를 기울였다.

한자와가 스크린의 일부를 가리키며 말을 이었다.

"그런데 여기를 보십시오. 알아보시기 힘들겠지만 여기에 사인이 있습니다. 자세히 보면 'H. SAEKI'라고 쓰여 있지요. 'J. NISHINA'로 되어 있다면 이해가 되지만, 놀랍게도 이건 다른 사람의 사인입니다. 그런데 이 낙서는 아무리 봐도 니시나 조의 그림으로밖에 보이지 않습니다. 이게 어떻게 된 걸까요? 이상하게 여기고 조사해보니 'H. SAEKI'란 사람은 당시 니시나 조와 같이 도지마상점에 근무했던 화가 지망생으로, 젊은 나이에 세상을 떠난 사에키 하루히코란 걸 알게 되었습니다. 저는 자세히 알아보기 위해 사에키 하루히코의 본가인 단바사사야마의 양조장을 찾아갔는데, 그곳에서 놀라운 걸 발견했습니다. 그게 바로 이것입니다."

스크린에 등장한 것은 사에키 하루히코가 그린 〈아를르캥과 피에로〉이었다.

"그리고 이게 니시나 조의 〈아를르캥과 피에로〉입니다."

화면이 바뀌고 새로운 그림이 등장했을 때, 회의장 여기저기에서 당황하는 목소리가 소용돌이쳤다. 똑같잖아, 하는 중얼거림이 한자와의 귀에도 들렸다.

"저는 처음에 니시나 씨가 그린 그림에 하루히코 씨가 장난으로 사인을 했다고 여겼습니다. 그런데 하루히코 씨의 그림을 겨우 찾아냈을 때, 제 생각이 큰 착각이었음을 깨달았지요. 그것은 하루히코 씨가 그린 그림이었습니다. 〈아를르캥과 피에로〉의 특징적인 그림은 사에키 하루히코라는 무명 화가의 오리지널이었고, 니시나 조는 그것을 흉내 내서 그린 것에 지나지 않습니다. 어쩌면 도작이라고 할 수도 있겠지요."

스크린의 사진이 오래된 편지로 바뀌었다. 하루히코의 형 쓰네히코가 보여준 사에키 하루히코와 니시나 조의 편지다.

"제가 도달한 진실은 어느 의미에서 현대미술계를 발칵 뒤흔들 수 있는 사건입니다. 이 편지에서 니시나 씨는 하루히코 씨에게 도작의 사실을 인정하고 사죄했습니다. 하지만 여기서 꼭 알아야 할 사실은 살날이 얼마 남지 않은 하루히코 씨가 그 사죄를 받아들였을 뿐만 아니라, 자신의 작품을 흉내 낸 니시나 씨의 그림이 높은 평가를 받은 걸 자신의 일인 양 기뻐하면서 세상을 떠났다는 것입니다. 하루히코 씨의 유족이 이 사실을 밝히지 않았던 이유는 그런 사정이 있었기 때문이지요. 그런데 이것은 니시나 조 작품의 수집가인 다누마 사장에게는 불편한 진실일 수밖에 없었습니다. 다누마 사장은 니시나 씨의 유서를 보고 이 사실을 알았는데, 만약 이 사실이 밖으로 드러나면 니시나 조에 대한 평가는 땅에 떨어질 수도 있겠지요. 다누마 사장은 니시나 조의 그림에 500억 엔이라는 거액을 투자했지만,

어쩔 수 없이 미술관 건립 계획을 포기하기로 결심했습니다. 그런데 그때 그걸 반대한 사람이 있었지요."

회의장 전체에서 숨소리 하나도 나지 않는 가운데, 사람들은 모두 한자와의 이야기에 빨려 들어갔다.

"그 사람은 다누마 사장에게 약속했습니다. 자신이 이 진실을 완벽하게 은폐하겠다, 그러니까 다누마미술관은 계획대로 지어달라, 이렇게 말입니다. 그 사람은 니시나 씨가 자살한 직후부터 하루히코 씨의 본가에 몇 차례나 드나들며 유작을 팔아달라고 사정했습니다. 또한 최근에는 편지가 있다는 사실을 알고, 그림과 같이 그것도 팔아달라고 애원했습니다. 그 편지에 하루히코 씨가 남긴 또 하나의 〈아를르캥과 피에로〉에 대해 적혀 있었기 때문이지요. 즉, 센바공예사에 있던 낙서에 관해서 말입니다."

이야기의 결말이 어떻게 될지는 아무도 예상할 수 없었다.

"그와 비슷한 시기에 저희 지점의 가장 중요한 거래처인 이타치보리제철의 모토오리 회장님께서 저에게 한 가지를 의논했습니다. 당신의 유일한 취미는 미술품 수집으로, 지금까지 수집한 미술품을 전시할 수 있는 미술관을 짓고 싶다는 것이었지요. 그래서 저는 다누마 사장을 직접 만나서 제가 조사한 사실을 솔직하게 말씀드렸습니다. 조금 전에 말씀드린 미술관 건립 경위는 그때 다누마 사장으로부터 직접 들은 것입니다. 당시는 회사 실적이 최고조에 달해서 은행 담당자의 말에 넘어가 미술관 건립을 추진했는데, 사실의 은폐는 이뤄지지 않고 최근에 이 편지를 통해 센바공예사에 하루히코의 낙서가 남아 있다는 사실을 알게 되었다. 만약 누군가가 그 낙서를 발견해 하루히코가 그렸다는 사실이 드러나면 니시나 조 작품에 투자한 자신의 재산 가치는 크게 떨어진다……. 다누마 사장은 그렇게 판단해서 은밀히 미술관을 매각하려고 했습니다. 모든 사실이 명백히 드러나기 전에 니시나 조의 그림도 팔아치울 생각이었다고 합니다. 그런데 제가 사실을 밝혀냄으로써 그런 계획은 물거품이 됐습니다. 저는 이타치보리제철의 모토오리 회장님과 의논한 끝에 다누마 사장에게 한 가지 제안을 했습니다. 현재 건립 중인 다누마미술관을 팔라는 것입니다. 이 금액에는 다누마 사장의 니시나 조 컬렉션도 전부 포함되어 있습니다. 이것을 계기로 다누마 사장은 현대미술의 투자에서 완전히 손을 떼겠다고 하더군요. 이번 계약을 계기로 이 미술관은 모토오리 회장님의 지휘하에 예정대로 개관해서, 간사이 지역의 새로운 예술기지가 될 겁니다. 계약은 아직 시작에 불과하지만, 앞으로 기업 정밀실사 등을 포함해 차질 없이 진행할 생각입니다."

한자와의 말이 끝난 순간, 조용했던 회의장에 탄성이 울려 퍼졌다. 어디선가 시작된 찬사의 박수 소리가 점차 회의장 전체로 퍼져나갔다.

생각지도 못한 일이 일어난 건 바로 그때였다.

기시모토 은행장이 일어나서 박수 대열에 참가한 것이다. 한자와의 눈에 뜨거운 박수와 함께 연신 고개를 끄덕이면서 만면에 미소를 짓고 있는 도마리가 보였다.

"저기…… 여러분 정숙하십시오"라는 에무라의 당황한 목소리는 사람들의 환호성과 박수에 밀려 들리지 않았다.

"한자와 과장님, 수고 많았습니다. 그러면 다음 순서는……."

"아뇨, 이야기는 아직 끝나지 않았습니다."

"네?"

난감한 표정을 지으며 다카라다를 쳐다본 에무라의 얼굴이 즉시 딱딱하게 굳었다. 한자와를 향한 아낌없는 찬사가 소용돌이치는 가운데, 다카라다가 분노와 굴욕에 휩싸인 창백한 얼굴로 덜덜 떨고 있었던 것이다.

한자와의 무능함을 보여주려고 했던 전체회의에서 다카라다는 이미 패배한 것이나 마찬가지였다. 한자와의 이야기에서 드러난 것은 은행의 사정으로 억지로 일을 추진했던 자들의 천박함이고, 맹목적인 이익으로 달려나갔던 자들의 어리석음이다.

"지금까지 제가 알아낸 진실을 말씀드렸습니다만, 마지막으로 한 가지 진실을 더 말씀드리려고 합니다."

흥분이 채 가라앉지 않은 회의장에 다시 한자와의 목소리가 울려 퍼지면서 웅성거리는 소리와 박수 소리가 그쳤다.

"사에키 하루히코 씨의 본가에 갔을 때, 그의 형님으로부터 하루히코 씨의 그림과 편지를 팔지 않겠냐는 제안이 있다는 얘기를 들었습니다. 형님인 쓰네히코 씨는 처음에 제가 그 사람이 보내서 온 줄 알았다고 합니다. 같은 은행 사람이니까 그렇게 생각했다고 하셨지요. 이게 바로 그 사람의 명함입니다."

소란스러움이 커지는 가운데 다카라다는 눈도 깜빡이지 않고 스크린에 시선을 고정했다.

"다카라다 부장님, 바로 당신 명함입니다!"

단상의 한자와가 그렇게 말하자 다카라다는 천천히 일어나서 내뱉듯이 말했다.

"그래서 뭐? 난 다누마 사장의 부탁을 받고 갔을 뿐이야. 담당자로서 당연한 일이잖아!"

"여러분, 이 명함의 직책을 보십시오. '도쿄중앙은행 오사카 영업부 차장, 다카라다 신스케'라고 되어 있습니다. 명함 밑에 쓰네히코 씨가 연필로 쓴 3년 전의 날짜도 보이실 겁니다. 제가 무슨 말을 하고 싶은지 아시겠습니까?"

당황함과 놀라움의 기척이 회의장을 에워싸면서, 거의 모두의 시선이 한자와를 따라서 다카라다에게 향했다. 그곳에는 자리에서 일어선 채 시뻘겋게 달아오른 얼굴로 한자와를 노려보고 있는 남자의 얼굴이 있었다.

"이때는 아직 다누마미술관의 대출이 정해지지 않았습니다. 즉, 다카라다 부장님, 당신은 다누마 사장의 컬렉션 평가액이 크게 추락할 우려가 있음을 알면서도, 은행에 그 사실을 숨긴 채 대출을 추진한 겁니다."

손에 땀을 쥐는 긴장감 속에서, 그 자리에 있는 모든 사람이 숨죽이고 있었다.

한자와의 말이 다시 이어졌다.

"다누마 사장이 이렇게 말하더군요. 결국 입으론 고객을 위해서라고 말하면서 머릿속에는 자신의 실적밖에 없다, 그런 은행원에게 속은 자신이 너무 한심하다고 말이지요."

"다카라다, 정말인가?"

추상처럼 매서운 기시모토의 질문을 받고 다카라다는 입술을 깨물며 고개를 숙였다.

그런 다카라다를 보면서 한자와가 단상에서 말했다.

"다카라다 부장님! 부장님은 조금 전에 여기는 이상론을 말하는 자리가 아니라 현실을 말하는 자리라고 말씀하셨습니다. 이게 부장님의 현실입니다. 이상론만 말하면 분명히 실적이 따르지 않을지도 모르지요. 하지만 이상이 없는 일에 멋진 현실은 없습니다. 이게 부장님의 일하는 모습을 지켜본 제 솔직한 심정입니다. ……지금까지 들어주셔서 감사했습니다."

그 자리에 있던 사람들 모두 어안이 벙벙했다. 한자와는 정중하게 고개를 숙이고 단상에 올라갈 때처럼 가벼운 발걸음으로 내려와, 아무 일도 없었다는 듯 자기 자리로 돌아갔다.

5

"당하면 배로 갚아준다……. 너란 녀석을 누가 말리겠냐?"

도마리는 감탄인지 비난인지 모르는 얼굴로 말하더니, 새삼스레 생맥주잔을 치켜들고 덧붙였다.

"아무튼 무사해서 다행이야."

"고마워."

한자와는 그렇게 대꾸하고 아무 일도 없었던 것처럼 술을 마셨다.

여느 때처럼 단골가게인 후쿠와라이다. 전체회의가 끝난 후 일주일이 지났다. 그동안 진실이 드러나면서 일은 급속도로 진행되기 시작했다. 마치 그동안 막아놓은 물이 단숨에 흐르기 시작한 것처럼.

"본부에선 네 얘기로 떠들썩해. 개중에는 심사부 시절의 원한으로 네가 다카라다를 완전히 개박살낸 복수극이라고 말하는 사람도 있고, 업무총괄부의 허접한 일 처리가 초래한 자멸이라고 말하는 사람도 있어. 하지만 뭐니 뭐니 해도 가장 많은 건 오사카 서부 지점의 자세와 역량을 높이 평가하는 사람들이야."

한자와는 술을 한 모금 마시고 나서 대꾸했다.

"당연하지. 다카라다는 어떻게 됐어?"

"조사위원회가 만들어져서 당시의 사실관계를 조사 중이야. 오사카 영본의 이즈미와 반노, 기타하라 융자부장과 이노구치도 조사 대상이고. 그동안 융자부에 했던 부당한 물밑 작업도 문제가 되고 있어. 다카라다는 다누마 사장이 시키는 대로 했다고 주장하는 모양이던데, 실제로는 어땠을까?"

"다누마 사장에게 들은 이야기는 이미 인사부에 제출했어. 다카라다는 진실을 알면서도 은행에 보고하지 않았지. 그것만으로도 뱅커 자격이 없어."

도마리가 신중한 얼굴로 물었다.

"몇 가지 이해 안 되는 부분이 있는데 말해주겠어? 자칼은 오사카 영업본부 담당이잖아? 어떻게 그 사람들 몰래 다누마 사장과 담판을 지었지?"

"그건 영업 비밀인데……."

한자와는 웃으면서 농담처럼 말한 뒤, 센바공예사의 인터뷰를 가장해 만났다고 말해주자 도마리는 놀라움을 감추지 않았다.

"어느 면에서 보면 엄청난 도박이었어. 다누마 사장은 그때 자리를 박차고 일어설 수도 있었지. 하지만 그러지 않고 내 얘기를 들어주더군. 오사카 영본에 이야기가 새어 나가면 이즈미나 다카라다가 나서서 골치 아프게 될 게 뻔하잖아? 그래서 다누마 사장과 의논해서, 다누마미술관의 매매는 극비로 하기로 한 거야."

"그 덕분에 이타치보리제철의 모토오리 회장님은 미술관 건립 계획을 앞당겨 실현할 수 있게 됐군. 그야말로 수요와 공급

이 일치한 좋은 거래였어."

"더구나 싸게 살 수 있었지. 그 금액에는 니시나 조의 컬렉션도 포함되어 있거든. 난 그걸 더 높이 평가해줬으면 좋겠는데?"

한자와가 웬일로 자랑스러운 듯이 말했다.

"가장 중요한 건 현대미술사의 알려지지 않은 한 페이지를 세상에 내놓은 일이 아니겠어? 니시나 조만이 아니라 어둠 속에 묻혀 있던 사에키 하루히코를 대중들에게 알려준 것에 큰 의미가 있다고 생각해."

"그렇게 목에 힘을 주는데 미안하지만, 사에키 하루히코는 니시나 조의 모방이랄까 도작을 용서하고 니시나를 위해 사람들에게 알리지 않고 죽었잖아? 그런 사실을 밝히지 않는 게 유족의 뜻 아니야?"

도마리의 지적은 당연하다.

만약 하루히코의 형인 쓰네히코가 마음만 먹었다면, 사에키 하루히코라는 이름은 좀 더 일찍 세상에 널리 알려졌으리라. 그렇게 하지 않은 이유는 오직 사에키 하루히코의 유지를 존중했기 때문이다.

"사에키 하루히코의 유지에 반한 일이라는 건 나도 알아. 실은 그것 때문에 많이 망설였어. 그 망설임이 사라진 건 니시나 조의 유서를 본 다음이야. 니시나 조가 다누마 사장에게 보낸 유서 말이야."

그건 편지지 열 장에 가까운 긴 유서였다.

6

(중략)

그 기억은 항상 어제 일어난 일처럼 선명하게 되살아납니다.

파리의 낡은 다락방에서 마침내 소중한 꿈도 희망도 무너졌습니다. 수중에 남은 돈은 얼마 되지 않고 그동안 그렸던 그림은 전부 외면당했으며, 유일한 수입은 미술관에서 모사 그림을 파는 것뿐이었습니다. 그때 저는 가지고 있는 재능을 ―그걸 재능이라고 부를 수 있다면― 밑바닥까지 전부 사용하고 처절한 고독에 짓눌려 있었습니다.

왜 〈아를르캥과 피에로〉를 그렸는지, 아무리 기억을 더듬어도 정확한 상황은 떠오르지 않습니다.

그 순간, 마치 번개를 맞은 것처럼 뇌리에 떠오른 건 사에키 하루히코가 그렸던 그 독창적인 그림, 제 화풍과는 털끝만큼도 비슷하지 않은 그림이었습니다.

그 그림을 그린 순간, 화가로서의 저는 죽었습니다. 이것은 단순한 모방이 아니라 완벽한 복제란 사실을 스스로도 알고 있었기 때문입니다.

〈아를르캥과 피에로〉가 사람들의 찬사를 받고 성공을 거두었을 때, 하루히코는 저를 용서해주고 축하해주었습니다. 그리고 편지에 이렇게 썼습니다. "저를 대신해서 제 몫까지 그림을 그려주십시오"라고. 하루히코는 화가로서의 인생을 저에게 맡긴 것입니다. 그것은 제게 니시나 조라는 이름을 대면서, 사에키 하루히코로 살아가는 것과 똑같은 것이었습니다.

그 이후, 저는 비겁한 사람이 되었습니다. 돈을 위해, 성공을 위해 〈아를르캥과 피에로〉를 계속 그린 것입니다. 마치 처음부터 제 작품이었던 것처럼.

저는 어쩌면 교활한 아를르캥이 되려고 했을지도 모르겠습니다. 세상을 속이면서 주도면밀하게 행동하는 인기인이.

하지만 그렇게 될 수는 없습니다. 세상은 속일 수 있어도 저 자신은 속일 수 없었으니까요.

저는 어리석은 어릿광대에 불과했습니다. 더구나 교활하고 천박하며 웃을 수도 없는 어릿광대였습니다. 누가 뭐라고 하든, 그 사실은 제가 가장 잘 알고 있습니다.

처음에 〈아를르캥과 피에로〉를 그렸을 때의 죄책감은 지금도 똑똑히 기억하고 있습니다. 언젠가 희미해지지 않을까 기대했건만 시간이 갈수록 점점 더 커져서 제 마음을 무겁게 내리눌렀습니다. 그리고 지금은 저를 완전히 희롱하고 때려눕혀서, 스스로 제어할 수 없는 한계에 이르렀습니다.

저는 이제 제 마음을 제어할 수 없습니다. 절망의 벼랑 끝에 서 있는 자신을 멀리서 바라볼 수밖에 없는 것입니다.

주목을 받아야 할 사람은 제가 아니라 사에키 하루히코라는 화가입니다. 그 사람이야말로 세상에 널리 알려져야 할, 진정한 재능을 가지고 있는 사람입니다.

요즘 들어 도지마상점의 디자인실에서 그와 같이 일했던 시절이 종종 떠오르곤 합니다. 당시에는 우리 두 사람 다 젊었습니다. 서로 화가가 되고 싶다는 꿈을 이야기했지만 진정한 의미에서는 결국 꿈을 이룰 수 없었습니다.

이것 또한 인생일까요?

언젠가는 우리 두 사람의 인생을 세상 사람들에게 알리고 싶습니다. 죽을힘을 다해 살면서 괴로워하고 발버둥쳤던 우리의 삶이, 언젠가 사람들의 기억에 새겨질 수 있다면 그보다 더 행복한 일은 없을 겁니다.

이것이 아를르캥이 되지 못한 남자의 마지막 소원입니다.

유서의 내용을 자세히 말해주고 나서 한자와는 안타까운 마음으로 말했다.

"니시나 조는 정직하고 순수한 사람이었던 것 같아. 미술관 건립 계획과 함께 다누마 컬렉션이 그곳의 핵심이란 말을 들었을 때, 더는 견딜 수 없어서 스스로 죽음을 선택한 거야. 결국 다카라다가 죽인 거나 마찬가지지."

"그래서 진실을 밝히기 위해 다누마 사장에게 유서를 보냈군."

도마리도 또한 숙연해져서 술병이 늘어선 가게의 벽을 아득한 눈길로 바라보았다.

"나는 어떻게든 니시나의 유지를 이어받고 싶었어."

"이 사실을 세상에 밝힐 거야? 어떤 식으로?"

"다케키요 회장님께선 새로운 미술관의 메인 이벤트로 〈니시나 조와 사에키 하루히코〉 상설전을 여실 생각이야. 이 상설전은 센바공예사가 담당할 거고. 두 사람의 관계는 다음 달 《벨 에포크》의 특집 기사를 통해 세상에 알려지게 될 거야."

"그러면 되겠군."

도마리는 문득 생각났는지 화제를 바꾸었다.

"사에키주조는 어떻게 됐어? 자금 사정이 안 좋다고 하지 않았어?"

"그쪽은 오사카 영본이 주선해서 대형 주류회사로부터 투자받는 방향으로 이야기가 마무리되는 중이야."

도마리는 안도한 얼굴로 고개를 끄덕였다.

"이번 일로 아사노 지점장도 조금은 얌전해졌겠군."

그 말을 듣고 한자와가 작게 한숨을 내쉬었다.

"그랬으면 좋겠는데, 하나도 안 변했어. 자신의 실수는 부하직원의 실수. 부하직원의 공은 자신의 공……. 에지마를 따까리처럼 다루며 득의양양해 있지."

"은행원의 거울 같은 사람이군."

도마리의 빈정거림에 부루퉁한 얼굴로 고개를 끄덕인 한자와는 예전에 화가를 꿈꾸었던 청년들의 인생을 떠올리며 아련한 표정을 지었다.

옮긴이 **이선희**

부산대학교 일어일문학과를 졸업하고 한국외국어대학교 교육대학원 일본어교육과에서 수학했다. KBS 아카데미에서 일본어 영상번역을 가르치면서, 외화 및 출판 번역작가로 활동하고 있다. 옮긴 책으로는 기시 유스케의 《검은 집》《푸른 불꽃》《신세계에서》와 히가시노 게이고의 《비밀》《방황하는 칼날》《공허한 십자가》, 나쓰카와 소스케의 《책을 지키려는 고양이》, 사와무라 이치의 《보기왕이 온다》 등이 있다.

한자와 나오키
아름르갱과 어릿광대

초판 1쇄 2022년 2월 25일

지은이 | 이케이도 준
옮긴이 | 이선희

발행인 | 문태진
본부장 | 서금선
책임편집 | 박은영　　편집 4팀 | 박은영 허문선

기획편집팀 | 한성수 임은선 이보람 송현경 박지영 정희경
마케팅팀 | 김동준 이재성 문무현 김혜민 김은지 이선호 조용환 박수현
저작권팀 | 정선주　디자인팀 | 김현철
경영지원팀 | 노강희 윤현성 정헌준 조샘 최지은 조희연 김기현 이하늘
강연팀 | 장진항 조은빛 강유정 신유리 김수연

펴낸곳 | ㈜인플루엔셜
출판신고 | 2012년 5월 18일 제300-2012-1043호
주소 | (06619) 서울특별시 서초구 서초대로 398 BnK디지털타워 11층
전화 | 02)720-1034(기획편집) 02)720-1027(마케팅) 02)720-1042(강연섭외)
팩스 | 02)720-1043　전자우편 | books@influential.co.kr
홈페이지 | www.influential.co.kr

ISBN 979-11-6834-014-5 (03830)